目 录

001 "须仰视才见"
　　——我的鲁迅阅读心史　（代序）

001 暗夜里的思想者

011 起然烟卷觉新凉
　　——鲁迅的吸烟史

029 故人云散尽　余亦等轻尘
　　——鲁迅如何"记念"故亡者

055 何处可以安然居住
　　——鲁迅和他生活的城市

077 一段情谊引发的歧义纷呈
　　——鲁迅与藤野严九郎

103 把酒论当世　先生小酒人
　　——鲁迅与酒

125 一次"闪访"引发的舆论风暴
　　——鲁迅与萧伯纳

157 或可以"斥人"或"值得师法"
　　——鲁迅笔下的鸟兽昆虫

187 病还不肯离开我
　　——鲁迅的疾病史

223 改变命运的序言
　　——鲁迅为萧红萧军小说作序

233 《萧红书简》中的鲁迅许广平

251 历史尘埃里折射梦想纹路
　　——读北冈正子《鲁迅：救亡之梦的去向》

259 孤独者的命运吟唱
　　——鲁迅小说里的孤独精神

279 鲁迅的青年观

289　鲁迅为什么不写故宫

301　立誓不做编辑者

311　鲁迅自序里的自谦

317　柔性的鲁迅

323　这也是鲁迅精神

329　姿态即精神

337　文体兴衰之叹

343　编选"鲁迅箴言"的起因

351　为什么说演讲不是激昂煽情

"须仰视才见"

——我的鲁迅阅读心史
（代序）

"须仰视才见"，是鲁迅小说《一件小事》里的一句话，是小说中的"我"感受到人力车夫愈走愈高大的背影后的感慨。在一定程度上，鲁迅就是中国文化和中国精神的"人力车夫"，他以甘愿蜡炬成灰的品格和默默付出的毅力，为民族性格的铸造奉献出自己的一切。

真正的经典不会被撼动

对我而言，谈论鲁迅属于"奢谈"，从不敢对自己写下的相关文章有半点自我欣赏。和一些人天然的不以为然不同，我敬重那些致力于鲁迅研究的专家。一个民族伟大的经典作家，需要人们敬仰，更需要有人不懈地以专业的精神和专业的水准去阐释和挖掘，使经典作家的思想、精神及艺术光彩能够随着时代的发展而始终熠熠生辉。这种专业的研究其实就大多数研究者而言，并不能得到多少实际的"好处"，反而让人产生一种"飞蛾投火"的悲壮感，但对一个国家和一个民族的文化而言，这样的人和这样的精神是必须要有的。至今还记得，已经是三十多年前的某个冬日，我坐在一间简陋的学生宿舍里，从一本学术刊物上读到一篇振聋发聩的文章：王富仁的《中国反封建思想革命的一面镜子——〈呐喊〉〈彷徨〉综论》，完全被震到了！鲁迅还可以这样研究，研究者还可以如此全情投入地去抒写对鲁迅的认知而全然不见"论文"的固定格式。我曾经反复阅读那篇文章，以至于到后来此文扩充发表、成书出版后，仍然觉得我读过的文章最为精要和华彩。可见鲁迅研究界在那时已经拥有很多了不起的才俊。保持对鲁迅的阅读，蓄积"鲁迅研究"的愿望，也成了我个人长期坚持的信念。

  自上世纪九十年代以来，关于鲁迅的议论从来没有停歇过。这种议论很多时候是无谓的纷争，也或者是刻意的对鲁迅的拉低。有过与鲁迅"断裂"说，有过将鲁迅作品从语文教材里大幅减少说，有过关于鲁迅的各种传闻八卦说；在这样的纷纷扰扰中，鲁迅研究者艰难地前行着，"吃鲁迅饭"也成了这些"从业者"背负的"因袭的重担"。鲁迅研究者的身份感受到质疑。

在鲁迅身上赋予太多文学之外的因素，招致不少人刻意的议论，并将之说成是让鲁迅"走下神坛"。然而另一种情形也并不让人乐观，即很多人把鲁迅看作只是个作家，凡若不读文学，即有理由不问鲁迅。鲁迅作为民族精神之魂，远未深入人心。我还记得，大约十年前参加一个图书项目评审，有人对出版鲁迅辞典的项目提出质疑，理由是鲁迅不过是一个作家，为一个作家编纂辞典有何必要。我却认为，外国人可以为一本经典书籍编纂辞典，可以为一个作家如莎士比亚编纂辞典，我们为什么不能为鲁迅编纂辞典？这册厚重的《鲁迅大辞典》后来也成了我书桌上从未移开的工具书。文化界的认识尚且如此，鲁迅在当代社会生活中的影响力就更值得探讨了。一九三六年十月鲁迅逝世，同时代作家郁达夫在缅怀文章《怀鲁迅》里，就有这样评价鲁迅且论及国人应当如何对待鲁迅的名言："没有伟大的人物出现的民族，是世界上最可怜的生物之群；有了伟大的人物，而不知拥护、爱戴、崇仰的国家，是没有希望的奴隶之邦。"作家叶圣陶的悼念文章《鲁迅先生的精神》表达了同样的认知："与其说鲁迅先生的精神不死，不如说鲁迅先生的精神正在发荣滋长，播散到大众的心里。而这个，就是中华民族解放终于能够成功的凭证。"今天，鲁迅在中国现代文化中的地位越来越被世人所认可，鲁迅作品是当代中国人阅读中持久不衰的经典。鲁迅的创作、翻译、学术成就是中国现代文学的高峰，其价值和份量正被人们所深刻认知；鲁迅的精神和思想、他对提升民族性格的自觉努力，越来越成为当代中国文化建设中的重要支撑和动力来源。这是令人欣慰的。

鲁迅思想的魅力在于其强大的现实性

二〇一六年，正逢鲁迅诞辰一百三十五周年、逝世八十周年，在中国现代文学馆主办的纪念座谈会上，我又一次听到很多鲁迅研究专家们，对鲁迅及鲁迅研究的当代境遇提出诸多忧虑。而我则以为，这正考验和体现着鲁迅研究者的价值和作用。在我看来，鲁迅研究既有学术责任，也有向社会传播鲁迅的责任；在当前情势下，向社会传播鲁迅的责任更加重大，应当让社会公众充分认识鲁迅对全民族的意义。鲁迅形象在当下社会到底有多高？到底是看涨还是看跌？大家的意见不一定完全一致（但有一点，否定鲁迅的声音更容易被传播）。在这个过程当中，鲁迅研究界的学者也应有责任,这个责任要求我们不能把学术只当成学问,应该向社会传递鲁迅精神,视其为一种文化滋养——在某些历史时刻,鲁迅精神是火炬,是灯塔,全民族应为之骄傲。这样的意识,需要通过鲁迅研究树立起来。莎士比亚研究也可以有很多角度和结论,但是当"宁愿失去一个印度,也不愿失去莎士比亚"几乎成为一句谚语的时候,英国人对莎士比亚的讨论就设定了一个前提。鲁迅之于中国文化比起莎士比亚之于英国文化,价值、意义、重要性或许更高更大,但人们对其认识却难得有一个基本确认的前提。

同时我认为,把鲁迅放在当代文化背景下,放在当代文学格局中阅读和研究很重要。鲁迅思想的巨大魅力就在于其强大的现实性,在于他对民族性格的根性剖析具有长久的"当代性"。把鲁迅的文学成就结合到当代文学中去,才能看出他作为一个作家的伟大性。我认为近代以来中国文学的追求,最后就体现在鲁迅的经典性上。中国文学的现代性追求都是朝"鲁迅"这个目标去的,包括鲁迅自己也在朝着这个目标努力。这样的表述并不是忽略同时代作家,而是说鲁迅集中体现、最能够代表一个时代的思想深度和创作高度。鲁迅之后的中国现代文学,在一定程度上就是鲁迅思想和创作高度的延展;如果没有达到那个高度,那就是他的余波。这才是一个经典作家的地位。

面对一个经典作家,永远有很大阐释空间。鲁迅研究界具有义不容辞的文化责任和学术担当,将鲁迅的思想、精神,创作、人生,以活的形态表达出来,让鲁迅形象成为一个民族的文化骄傲。

鲁迅思想活在人间

近十年来,我努力想从这样的角度进入鲁迅的人生和文学世界:他是在人间烟火中艰难生活的人,更是在凡俗世界里发出不凡声音的智者;他有时是靠一些微不足道的嗜好保持着生活的乐趣,又从这些琐屑中透露出豁达的人生观念;他注重工作和创作中的每一个细节,并从这些微小和纤细中发现大的意义和价值;他对自喻名流者不以为然,对才华和成就并不大、但具有诚挚情怀的青年给予热情鼓励;他笑一切自以为是者,谦逊地对待自己的名声和成绩,但若有人刻意前来贬损,又毫不留情地给予痛击;他厌倦影响创作和工作的烦扰,又自觉承担起生活的重压;他冷眼看世界,内心却燃烧着无尽的热情之火;他不拒绝为了养家而做"公务"和教书,却又坚守着不可动摇的内心理想。他是痛苦的,更是清醒的,他体验着自己的苦痛,更关心世人的艰辛;他毫无情面地解剖别人,又时时更严苛地解剖自己;他敬重藤野先生的滴水之恩,也不回避对恩师章太炎由革命家"退居于宁静的学者"的惋惜;他不宽恕任何一个论敌,但又要区分哪怕是一个群体甚至一个人不同时期的优劣差异,比如对刘半农,"我爱十年前的半农,而憎恶他的近几年",他与"创造社"格格不入,却又视郁达夫为朋友,因为郁达夫身上没有让他讨厌的"创造气"。他爱青年,以至于不希望他们无谓地牺牲,青年中的世故者又最让他痛心;他有深邃的思想,却愿意为文学青年做琐碎的编辑工作;他热情译介"摩罗"诗人雪莱、拜伦,又倾心于叔本华、尼采、克尔凯郭尔哲学;他劝人少读甚至不读中国书,却又精心写下《中国小说史略》;他担忧娜拉出走以后无路可走,又担心世人庸居于自己的屋檐下不思进取,他说"家是我们的生处,也是我们的死所"。他是矛盾的,又是统一的,他的思想看似没有体系,他的精神却在始终坚持;如果时代进步到他所批判的弊端均已消灭,他情愿自己的文章速朽;他没有文人学者的习气,却从来都严谨地在书案前忙碌着;他没有博士、教授的头衔,却有一颗孜孜以求的进取的心。

  我不能系统地写下自己的阅读心得,但每次重读都仿佛是新读，同时又积累下越来越清晰的认知。鲁迅是鲜活生动的，活的鲁迅需要后人尽可能生动地表达出来。鲁迅还在，他是一个常人，却又为所有的常人们思考着命运的过去、现在与未来。大约是二〇〇七年吧，我写了一篇姑且算作谈鲁迅"吸烟史"的文章，这看似"不入流"的话题，并非是无所谓的边角料——小而言之，它反映出鲁迅身上的"烟火气"，大而言之，它折射出鲁迅的生命观。我相信，作为现代中国最杰出的经典作家，从任何一个哪怕很小的角度进入鲁迅的人生世界，都会得到丰富的收获。从那以后的几年间，我先后伴随着阅读，考察了鲁迅的多侧面人生，写下了十多万字的随笔式文章。这些文章的努力目标是一致的，希望能从一个接一个的侧面展示鲁迅形象，从中看到他亲切自然的一面，又同时透视出他从不平庸的思想家风采，他是现实生存的拼争者，又是一个为了国家民族革新进步而斗争的革命家；他有多方面的才华，却又从来都是以文学笔触作为表达的根基；他一生中有过无数的笔墨争论，但其实包括论敌在内的同时代人早已认识到他对整个中国的意义和价值；他竭力反对身后留名，但八十年来的纪念、争论、研究、探讨，从来就没有停止过。这本身就是鲁迅思想、精神、创作魅力无穷的体现，是他留给后世的丰富遗产。

作为一个专业的阅读者和业余的"研究者",我留意自己能读到的关于鲁迅的文章和著作,从中获取有益的启发,也分析、规避不必要的学术腔调和研究上的重复。我视致力于其中的研究者为同道和良师益友,可以说,我对鲁迅的阅读与研究热情,既是来自对鲁迅原著的阅读,也来自众多研究者努力而得的学术成果。我把这几年写成的关于鲁迅的随笔式文章结集,希望有读者能从中感知到一个仿佛仍然生活在我们中间的鲁迅。这些努力或许只具有个人印迹,但我相信为此努力是值得的。当今时代,文学繁盛,但高原之上期待高峰出现;信息密集,但思想绝不能以心灵鸡汤替代。既做改革创新的呼吁者,又要脚踏实地做自己的事情;既要有与深邃思想匹配的宏大创作理想,又要珍惜甘做"楼下的一块石材,园中的一撮泥土"的接力者;既要有砥砺前行的勇气,又要深知"优胜者固然可敬,但那虽然落后而仍非跑至终点不止的竞技者,和见了这样竞技者而肃然不笑的看客,乃正是中国将来的脊梁。"这些都是鲁迅精神带给我们的启示和力量,是他甘愿做中国文化前行道路上的"人力车夫"的耐力体现。

在热切地期待并追踪着当代中国文学辉煌成就的同时,始终保持对经典作家的敬仰和学习,真诚所至,心向往之。

暗夜里的思想者

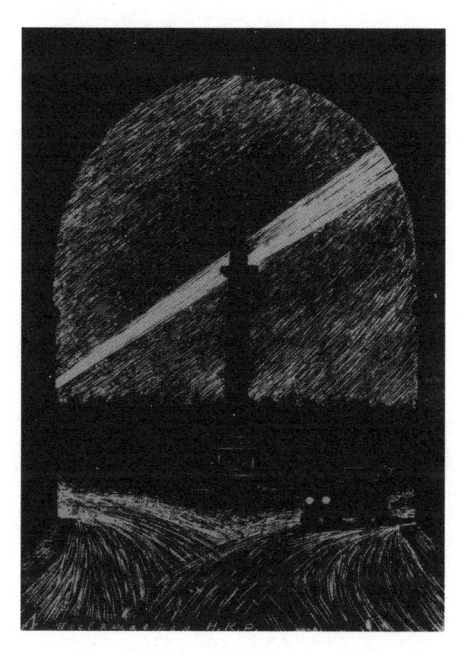

亚历克舍夫《城与年》插图

读鲁迅,常常会遥想他曾经的写作状态。那些透着感情和思想,充满力道的文字,是在一种怎样的环境和心境中写出的?从上世纪三十年代至今,很多谈鲁迅的人,都在描述自己想象中鲁迅看取人间世相的态度和眼光。而时常浮现在我眼前的鲁迅,是一位暗夜里的思想者,只有到了周遭宁静、人声悄息的时刻,他才会静下心来,把白天所见的一切欢颜、泪水、得意、苦相,青年的激昂、文人的嘴脸,强者的怒目、弱者的悲哀,尽收在心底,一一经自己的心绪过滤,化成他那有时一泻千里,也有时生涩难懂的文字,构成他独异于常人的文章。寻常的人,都是在歌颂和期盼黎明的曙光驱赶走夜的黑暗,而鲁迅,却在深夜里思索。夜幕让他的思想有了惊人的穿透力。揭开夜的"黑絮",让光天化日下的一切现出原形,是鲁迅独有的功力。

夜,不但是鲁迅思考和写作的习惯性时光,更是他作品里经常出现的意境。《野草》是鲁迅写"夜"和"梦"最集中的作品集,从中我们可以感受到鲁迅那双"看夜"的眼睛。《秋夜》的开头写道:"在我的后园,可以看见墙外有两株树,一株是枣树,还有一株也是枣树。"这一特异的描写经常引来疑惑式的解读。其实,也许正是鲁迅在暗夜的深处,将目光望向窗外,孤寂的心情下才能写出这样两行字。因为接下来，他的目光直接穿过两株枣树，望向了夜的天空："这上面的夜的天空，奇怪而高，我生平没有见过这样的奇怪而高的天空。他仿佛要离开人间而去，使人们仰面不再看见。然而现在却非常之蓝，闪闪地睒着几十个星星的眼，冷眼。他的口角上现出微笑，似乎自以为大有深意。而将繁霜洒在我的园里的野花草上。"夜的空阔、神秘和诡异的景象向我们展开。"落尽叶子，单剩干子"的枣树此刻再次回到鲁迅眼中，成了一种意味深长的意象。枣树的树干，"默默地铁似的直刺着奇怪而高的天空。使天空闪闪地鬼睒眼；直刺着天空中圆满的月亮，使月亮窘得发白。鬼睒眼的天空越加非常之蓝，不安了，仿佛想离去人间，避开枣树，只将月亮剩下。然而月亮也暗暗地躲到东边去了。而一无所有的干子，却仍然默默地铁似的直刺着奇怪而高的天空，一意要制他的死命，不管他各式各样地睒着许多蛊惑的眼睛。"开头似乎无意中进入眼中、用闲笔写在纸上的枣树，在夜幕中却成了刺向天空的利器，让人联想到鲁迅心目中的战士形象。

在鲁迅笔下，暗夜是空虚，也是充实；是绝望，也是希望；有虚假的上演，更有逼人的真实。《野草》的《希望》里这样描写"向黑暗里彷徨于无地"的心境:"我只得由我来肉薄这空虚中的暗夜了,纵使寻不到身外的青春,也总得自己来一掷我身中的迟暮。但暗夜又在那里呢?现在没有星,没有月光以至笑的渺茫和爱的翔舞;青年们很平安,而我的面前又竟至于并且没有真的暗夜。""绝望之为虚妄,正与希望相同!"而在《影的告别》中,他又这样说:"呜乎呜乎,倘若黄昏,黑夜自然会来沉没我,否则我要被白天消失,如果现是黎明。"正是在黑暗里,孤独的心才会放大,空虚的感觉同时成为唯一可以掌握的东西。"我愿意只是黑暗,或者会消失于你的白天;我愿意只是虚空,决不占你的心地。""我独自远行,不但没有你,并且再没有别的影在黑暗里。只有我被黑暗沉没,那世界全属于我自己。"在《颓败线的颤动》《好的故事》等篇什里,暗夜中的独行者、静思者,是鲁迅刻意要确立的人物。即使《过客》这样发生在黄昏时分的故事,也不忘在孤独的"过客"决意要上路时加一句"夜色跟在他后面",以强调情境之色调。

作为最早具有自觉而成熟的现代意识的小说家,鲁迅在小说创作中十分注重故事情境的强调和描写。黑夜,正是《呐喊》《彷徨》里最多见的一日中的时光。《狂人日记》的开头就写道:"今天晚上,很好的月光。"紧接着引出狂人的恐惧心理:"我不见他,已是三十多年;今天见了,精神分外爽快。才知道以前的三十多年,全是发昏;然而须十分小心。"第二节的开头第一句又是:"今天全没月光,我知道不妙。"白天的事在没有月光的夜里回味才感知更深:"早上小心出门,赵贵翁的眼色便怪:似乎怕我,似乎想害我。还有七八个人,交头接耳的议论我,又怕我看见。一路上的人,都是如此。其中最凶的一个人,张着嘴,对我笑了一笑;我便从头直冷到脚根,晓得他们布置,都已妥当了。"

《药》的氛围是这样营造的:"秋天的后半夜,月亮下去了,太阳还没有出,只剩下一片乌蓝的天;除了夜游的东西,什么都睡着。华老栓忽然坐起身,擦着火柴,点上遍身油腻的灯盏,茶馆的两间屋子里,便弥满了青白的光。"《明天》里的单四嫂子则始终是在压抑得让人难以透气的深夜里,孤寂地陪伴着死去的儿子。单四嫂子在空大的屋子里沉睡过去之后,黑暗而凄凉的情景为故事涂抹上了凝重的色彩:"这时的鲁镇,便完全落在寂静里。只有那暗夜为想变成明天,却仍在这寂静里奔波;另有几条狗,也躲在暗地里呜呜的叫。"《白光》里的陈士成在月色中走完他可悲的、灰色的人生。一切都落空了,"独有月亮,却缓缓的出现在寒夜的空中。""月亮对着陈士成注下寒冷的光波来。"

在鲁迅笔下,月亮通常是一个照彻寒冷和孤独,增强恐惧和悲哀的意象,那情景跟传统的阴晴圆缺没有关系。在《孤独者》中,月色和心境也有交融:"潮湿的路极其分明,仰看太空,浓云已经散去,挂着一轮圆月,散出冷静的光辉。"但人心却并没有同样的诗意,"我快步走着,仿佛要从一种沉重的东西中冲出,但是不能够。耳朵中有什么挣扎着,久之,久之,终于挣扎出来了,隐约像是长嗥,像一匹受伤的狼,当深夜在旷野中嗥叫,惨伤里夹杂着愤怒和悲哀。"夜晚有时是美好的,但这美好也会因人物悲剧的落幕而陡增黯然之色。《祝福》的结尾,鲁镇的人们在除夕夜里的"无限的幸福"和祥林嫂可悲的死正是鲜明的对比。

不过,我们并不能因此认为鲁迅对月夜有偏执的看法。有时,在记忆的深处,那些美好的时光也会和月夜有关。夜晚的月色在鲁迅小说里也有闪光的时候。《故乡》里的"我"听到说儿时的好友闰土,第一反应便是一幅夜空下的美景:"深蓝的天空中挂着一轮金黄的圆月。"月夜下那个身手不凡的少年形象在小说里出现过两次。还有如《社戏》,欢喜的情景也和月色相关。"月还没有落,仿佛看戏也并不很久似的,而一离赵庄,月光又显得格外的皎洁。"

鲁迅就是这样一个对夜有着特殊敏感的诗人和思想者。他有"看夜"的眼睛,也有"听夜"的耳朵。暗夜中,他听到那些人间的嘈杂,楼上的吵骂、楼下的呻吟、对门的打牌声、河中船上女人的哭泣声,它们综合成一幅世间景象,呈现出世事悲喜的互不相通以及人心的隔膜。他也听到自己内心深处的声音,并用尖锐的笔触书写出来。《秋夜》里写道:"我忽而听到夜半的笑声。""夜半,没有别的人,我即刻听出这声音就在我嘴里。"

暗夜里的思索和时势的黑暗正好形成一种映衬和对比。光明,在鲁迅那里总是一个远未达到和实现的理想目标。他努力冲破这暗夜,宁愿自己"肩住了黑暗的闸门,放他们到宽阔光明的地方去"。暗夜里的思想者鲁迅,渐渐地对夜有了特殊的感情。一九三三年,"晚年"鲁迅曾署名"游光"写下一篇动情的文字:《夜颂》。这篇精美的文章可以说是鲁迅关于暗夜的集大成之作和整体阐释。在这篇精短的抒情文章里,鲁迅作为一个"爱夜的人"表达了对夜最彻底的真实表述。首先,人在白天和黑夜是有区分的,"人的言行,在白天和在深夜,在日下和在灯前,常常显得两样。夜是造化所织的幽玄的天衣,普覆一切人,使他们温暖,安心,不知不觉的自己渐渐脱去人造的面具和衣裳,赤条条地裹在这无边际的黑絮似的大块里。"也正因此,在鲁迅那里,"爱夜的人要有听夜的耳朵和看夜的眼睛,自在暗中,看一切暗。"这"耳闻""目睹"的功力,就是要能看得出"夜的降临,抹杀了一切文人学士们当光天化日之下,写在耀眼的白纸上的超然,混然,恍然,勃然,粲然的文章,只剩下乞怜,讨好,撒谎,骗人,吹牛,捣鬼的夜气,形成一个灿烂的金色的光圈,像见于佛画上面似的,笼罩在学识不凡的头脑上。"与黑夜相对的白天,充满了热闹和喧嚣。"而高墙后面,大厦中间,深闺里,黑狱里,客室里,秘密机关里,却依然弥漫着惊人的真的大黑暗。"到最后,鲁迅如此表达他对白天和黑夜的区别:"现在的光天化日,熙来攘往,就是这黑暗的装饰,是人肉酱缸上的金盖,是鬼脸上的雪花膏。只有夜还算是诚实的。我爱夜,在夜间作《夜颂》。"在鲁迅生活的年代,白天的"大黑暗"和夜的"诚实",这样的颠倒正是一个思想者、批判者,一个革命的文学家的真切感受。

鲁迅的性格里有孤独、怀疑的质地,他的成长中有看穿"世人真面目"的真切,他的创作既有为时代呐喊的自觉,更有直面惨淡人生的大胆,他心底有爱,对亲人、对青年、对战士时常传递着温暖,但他更多显现的是对论敌的不宽恕,对虚伪、狡猾、正人君子式的作态的厌恶。他的文风让人觉得冷峻异常,但真正的读者又能从中感受到他那"冰之火"的热情。他在深夜思索,顾不得欣赏月亮和星星的诗意。他要用心灵的力量穿透"黑絮似的大块",这漫长的努力让他逐渐喜欢上了深沉、真实的暗夜,成了一个彻底的"爱夜的人"。任何鼓噪、声称、招牌,在他那里都首先被怀疑,其次才是理性地分析对待。这是鲁迅独有的魅力,是他至今深深吸引我们的重要原因。

(原载2008年8月7日《文学报》)

起然烟卷觉新凉

——鲁迅的吸烟史

绮罗幕后送飞光，柏栗丛边作道场。

望帝终教芳草变，迷阳聊饰大田荒。

何来酪果供千佛，难得莲花似六郎。

中夜鸡鸣风雨集，起然烟卷觉新凉。

对我这样的读者来说，鲁迅这首写于一九三四年九月的《秋夜偶成》，不靠注释是很难一读就懂的。不过，最后两句"中夜鸡鸣风雨集，起然烟卷觉新凉"却一望便知大意：一个风雨狂作、凉风吹拂的秋夜，鲁迅一定辗转反侧，难以入眠，于是他便点燃烟卷，起坐听风，只是那"新凉"二字里，不知只是表达秋风吹人时的感受，还是夹杂着思索时势时的心境。

鲁迅是嗜烟的，他终身离不开的两样东西，一是书，再者就是香烟了。一九二九年十月十六日致韦丛芜信中说："仰卧——抽烟——写文章，确是我每天事情中的三桩事。"许寿裳回忆，鲁迅每天早上醒来后的第一件事，就是躺在床上先点一支烟来抽，所以他的"床帐"早已由白变黄。鲁迅的不少照片都有吸烟的动作，很多画家、雕塑家也喜欢在鲁迅形象中加上一支香烟。吸烟这件小事情，很少有专门的研究家去关注。不过，鲁迅一生与香烟的交道，对认识鲁迅的性格和生活方式还是很有帮助的，不妨就从鲁迅文字和别人的回忆文章里看看,吸烟与鲁迅究竟有怎样的关系,吸烟对他有什么样的影响。

吸烟是鲁迅最大的嗜好

　　始终没有找到可靠的资料,不知道鲁迅是什么时候开始吸烟的,但他在留学日本时已经烟瘾很重了。有一次鲁迅坐火车从东京回仙台,上火车前用身上的零钱买了一包香烟。旅途中,他看一位老妇人无座,便将自己的座位让于她。旅途中鲁迅想买茶喝,待到叫来服务生,才发现自己身上仅剩的两个铜板已无力买茶了。老妇人为了感谢鲁迅,便在火车停靠时替他叫来站台上卖茶的,鲁迅只好称自己已经不渴了。许寿裳记述的这一趣事,足见鲁迅作为抽烟人对"粮草"不足的"恐慌"。吸烟是鲁迅至死都没有戒掉的嗜好,他试图那样做,但终于没有办法实现。一九二六年十二月三日,鲁迅在致许广平的信中说:"我回忆在北京因节制吸烟之故而令一个人碰钉子的事,心里很难受,觉得脾气实在坏得可以。但不知怎的,我于这一点不知何以自制力竟这么薄弱,总是戒不掉。但愿明年有人管束,得渐渐矫正,并且也甘心被管,不至于再闹脾气的了。"这封从厦门寄往广州的信中的表白,与其说是声明自己下决心要戒烟,不如说是向许广平表达爱意,希望早日与她相聚。当然,也让我们知道鲁迅确曾想戒烟而不得。

鲁迅的吸烟量是相当可观的,他在写给许广平和章廷谦的信中,都说自己每天吸烟大约三十到四十支。许广平还曾说过他一天的吸烟量达到五十支。烟不离手是友人们对鲁迅最突出的印象,见过鲁迅的人,用文字怀念鲁迅的人,大都会对他吸烟的情景作一点描述。我这里只是非常不完全的统计,就见到许多描述鲁迅抽烟的文字:

马珏《初次见鲁迅先生》:"他手里老拿着烟卷,好像脑筋里时时刻刻都在那儿想什么似的。"

荆有麟《送鲁迅先生》:"说到抽烟,我便提到鲁迅先生抽烟的可以。"

李叔珍《与鲁迅的一席话》:"'你几时回来的?'他擎着一支烟给我,说出这句话。"

钟敬文《记找鲁迅先生》:"(鲁迅先生)面部消瘦而苍黄,须颜粗黑,口上含着支掉了半段的香烟,态度从容舒缓……"

周建人《关于鲁迅的片断回忆》:"鲁迅遇了这种情形实在有些忍耐不住,吐出一口香烟的烟气,说道……"

白危《记鲁迅》:"他抽了两口香烟,默默地注视着展览的作品。"

阿累《一面》:"坐在南首的一个瘦瘦的五十上下的中国人,穿一件牙黄的长衫,嘴里咬着一支烟嘴。跟着那火光的一亮一亮,腾起一阵一阵烟雾。"

周粟《鲁迅印象记》:"他手里燃着烟卷正在和内山先生谈话。"

南风《我与鲁迅先生的认识和来往》:"他的香烟抽得很厉害,一直到完,就没有断过。"

白曙《回忆导师鲁迅二三事》:"鲁迅先生长长吸了一口烟,又从口里鼻里喷出去,然后盯着我们,微微笑了笑说……"

奥田杏花(日)《我们最后的谈话》:"鲁迅这样说着,又燃起了烟卷。""他的说话又与烟一起吐了出来。"

俞芳《我记忆中的鲁迅先生》:"鲁迅先生吸着香烟,静静地坐在桌旁,工作、学习、写文章。"

徐梵澄《花星旧影》:"先生吸着纸烟,讲到这里,停下了,缓缓说:'这就是所谓黑暗了!'"

……

许广平还在《鲁迅先生的香烟》中谈道:"凡是和鲁迅先

生见面比较多的人,大约第一印象就是他手里面总有枚烟拿着,每每和客人谈笑,必定烟雾弥漫,如果自己不是吸烟的,离开之后,被烟熏着过的衣衫,也还留有一些气味,这就是见过鲁迅先生之后的一个确实证据。"对鲁迅嗜烟的程度,许广平是这样描述的:"时刻不停,一支完了又一支,不大用得着洋火,那不到半寸的余烟就可以继续引火,所以每天只要看着地下的烟灰、烟尾的多少就可以窥测他一天在家的时候多呢,还是外出了。"女作家萧红和鲁迅交往甚深,她在《鲁迅先生记》里写到鲁迅吸烟:"第一次,走进鲁迅家里去,那是快进黄昏的时节,而且是个冬天,所以那楼下室稍有一点暗,同时鲁迅先生的纸烟当它离开嘴边而停在桌角的地方,那烟纹的卷痕一直升腾到他有一些白丝的头发梢那么高。而且再升腾就看不见了。"

可能是用量过大,也有生活习惯的原因,鲁迅吸烟并不讲究烟的好坏,按朱自清在《谈抽烟》里的说法,鲁迅应属于吸烟者中的"大方之家"。他通常买的是比较便宜的品牌。郁达夫说:"在北京的时候,他吸的,总是哈德门牌的拾支装包。"但许广平在回忆文章里却说,鲁迅在北京时吸的是一种叫"红锡包"的烟。"他嗜好抽烟,但对于烟的种类并不固定,完全以经济条件做基础。在北京,时常看到他用的是粉红色纸包的一种,名称好像是'红锡包',因为自己对于这方面并不记得清楚。"尽管许广平说得不确定,但从"粉红色纸包"的印象而言,鲁迅在北京时经常抽的应该是"红锡包"而非"哈德门"。许广平说鲁迅"在广州,吸的是起码一两角一包的十支装。那时人们生活真有趣,香烟里面比赛着赠画片,《三国》《水浒》《二十四孝》《百美图》等等应有尽有,有时鲁迅先生也爱浏览一下,寻出新样的集起来,但并不自己收藏,还是随手转赠给集画片的青年"。根据记述民国时香烟的资料推断,这正是"哈德门"牌香烟。鲁迅在上海时经常抽的则是一种比较便宜的叫"品海"牌的香烟。夏丏尊在《鲁迅翁杂忆》中回忆道:"周先生的吸卷烟,是那时已有名的。据我所知,他平日吸的都是廉价卷烟,这几年来,我在内山书店时常碰到他,见他所吸的总是'金牌''品海牌'一类的卷烟。他在杭州的时候,所吸的记得是'强盗牌',那时他晚上总睡得很迟,'强盗牌'香烟、条头糕,这两样是他每夜必须的粮。"

鲁迅的吸烟习惯与写作

鲁迅吸烟给人印象深刻的特点,是他吸烟"不吞到肚子里";不轻易从口袋里取出香烟盒;有"好烟"不独用而更愿意和朋友分享;很顾忌不吸烟者对烟雾的反应。许广平忏悔自己没有重视限制鲁迅吸烟,是因为鲁迅自己时常说:"我吸香烟是不管好丑都可以的,因为虽然吸得多,却是并不吞到肚子里。"郁达夫则很生动地描述过鲁迅吸烟时的动作,"当他在人前吸烟的时候,他总探手进他那件灰布棉衫里去摸出一支来吸,他似乎不喜欢将烟包先拿出来,然后再从烟包抽出一支,而再将烟包塞回袋里去。他这脾气,一直到了上海,仍没有改过。不晓得为了怕麻烦的原因呢,抑或为了怕人家看见他所吸的烟,是什么牌。"而鲁迅与人分享"好烟"的情景,许广平在《欣慰的纪念》一文中说过,"有一次有人送给他十来听'黑猫牌',照理说好好地留着自己用了,却是不然,他拿来分送朋友和兄弟。无怪有人说他自己吸廉价的烟,留着好的请客。其实是有什么拿出来一同享受,而不是同时分开两种待遇的。"

烟瘾极大的鲁迅并不是毫不顾及别人对"烟雾"的反应,李霁野在《忆鲁迅先生》中谈到自己在北京造访鲁迅时的一个细节:"鲁迅先生是不断吸烟的,所以这间小屋里早就充满了浓馥的烟了。看出我是怕烟的了,便笑着说,这不免太受委屈,随即就要去开窗子。"李霁野还记述一九二九年五月鲁迅由上海返北京,他和韦素园去访问时的情景,其中谈道:"在畅谈了几点钟之后,素园才想起几次让请先生吸烟,他都摇头说不吸了,是为避免使病室里有烟味,不是真的戒绝;再三说了对自己无碍,先生才走出病室,站得远远的急忙吸完了一支纸烟。"李霁野因此感慨道:"这是小事,是的,然而小事里正可以见体贴。"由此可见,鲁迅对自己吸烟的嗜好对别人的影响是很注意的。

人们常说文人好吸烟,或许是相信一种误识,认为吸烟有助于思考,所以对鲁迅吸烟这一嗜好,并没有人回避去谈。的确,鲁迅的文章里也时常会拿"烟"说事。一边吸烟一边思考一边写作,可能是鲁迅经常的状态。许广平在《鲁迅先生的日常生活》里说:"他更爱抽烟,每天总在五十支左右。工作越忙,越是手不停烟,这时候一半吸掉,一半是烧掉的。"鲁迅自己在《藤野先生》这篇文章中写道:"每当夜间疲倦,正想偷懒时,仰面在灯光中瞥见他黑瘦的面貌,似乎正要说出抑扬顿挫的话来,便使我忽又良心发现,而且增加勇气了,于是点上一支烟,再继续写些为'正人君子'之流所深恶痛疾的文字。"这就很写实地道出了先点烟而后写作的习惯。《野草》里,鲁迅塑造的思想者形象也常有香烟陪伴。"我打一个呵欠,点起一支纸烟,喷出烟来,对着灯默默地敬奠这些苍翠精致的英雄们。"(《秋夜》)"我疲劳着,捏着纸烟,在无名的思想中静静地合了眼睛,看见很长的梦。忽而惊觉,身外也还是环绕着昏黄;烟篆在不动的空气中上升,如几片小小夏云,徐徐幻出难以指名的形象。"(《一觉》)"鞭爆的繁响在四近,烟草的烟雾在身边;是昏沉的夜。"(《好的故事》)

鲁迅小说里,魏连殳、吕纬甫这些灰色的知识分子,也常常是烟不离手,或者说,鲁迅不时通过吸烟来强化环境氛围和人物处境。《孤独者》里这样描写魏连殳:"我只见他很快地吸完一支烟,烟蒂要烧着手指了,才抛在地面上。""'吸烟罢。'他伸手取第二支烟时,忽然说。我便也取了一支,吸着,讲些关于教书和书籍的,但也还觉得沉闷。"小说还描写他"一面唉声叹气,一面皱着眉头吸烟"的不堪景象,并且用"我到校两月,得不到一文薪水,只得连烟卷也节省起来"这样的"标准"来强化一个穷困潦倒者的窘境。

《在酒楼上》里,吕纬甫同样是一个嗜烟者,"他从衣袋里掏出一支烟卷来,点了火衔在嘴里,看着喷出的烟雾。""他一手擎着烟卷,一只手扶着酒杯,似笑非笑的向我说。""他又掏出一支烟卷来,衔在嘴里,点了火。""他也不像初到时候的谦虚了,只向我看了一眼,便吸烟,听凭我付了账。"

由于鲁迅自己有吸烟的嗜好，他在描写失落的知识分子时自然会想到用吸烟描述气氛、表达感情。并不能说吸烟这个情节是小说必需的妙笔，但至少增加了我们对"在酒楼上"的"孤独者"心境的认识和感知。

现实生活中，凡遇有不开心的时候，鲁迅也会在吸烟方面表现出特殊的一面。一九二五年，因女师大风潮，章士钊撤销了鲁迅在教育部的佥事职务，尚钺在《怀念鲁迅先生》中讲述了他其时访问鲁迅的情景：

"他也拿起一支烟，顺手燃着，把火柴递于我。

"我燃着烟，抽的时候觉得与他平常的烟味两样，再看时，这不是他平时所惯抽的烟，而是海军牌。'丢了官应该抽坏烟了，为什么还买这贵烟？'

"'正是因为丢了官，所以才买这贵烟，'他也看看手中的烟，笑着说：'官总是要丢的，丢了官多抽几支好烟，也是集中精力来战斗的好方法。'"

许广平在《鲁迅先生的日常生活》里谈到，厦门大学期间，鲁迅看到校方遵从投资学校的"资本家"而轻视教授，非常愤懑。他和同事们聚餐，"同时也豪饮起来，大约有些醉了，回到寝室，靠在躺椅上，抽着烟睡熟了，醒转来觉得热烘烘的，一看眼前一团火，身上腹部的棉袍被香烟头引着了，救熄之后,烧了七八寸直径的一大块。"同样的事件,川岛在《鲁迅先生生活琐记》里也谈到,而且这件棉袍还是由川岛拿回去请家里的女工缝补好的。讲这样的故事并不是想拔高鲁迅吸烟的内涵,但的确从中可以见出鲁迅身上活生生的"烟火气"。

鲁迅的病逝与吸烟

一九三六年十月十九日,鲁迅逝世于上海寓所。他的病因起于肺部,是当时还属于可怕的肺结核。许寿裳在《鲁迅先生年谱》里简述一九三六年鲁迅病情的发展,"一月肩及胁均大痛","三月二日骤患气喘",五月十日后"发热未愈","八月痰中见血",十月,"十八日未明前疾作,气喘不止,延至十九日上午五时二十五分逝世"。

依医学的常识讲,这样的病与吸烟肯定有关。事实也是如此。每凡鲁迅有病疾,大多有肺病症状,而这自然就和吸烟联系到一起。早有医生劝其戒烟,但都没有实现,许广平在《鲁迅先生的香烟》中写道:"虽然在北京,为了和段、章辈战斗,他生病了。医生忠告他,'如果吸烟,服药是没有效力的。'因此我曾经做过淘气的监督和侦查、禁制工作,后来病总算好起来了,却又亲自给他用劣等香烟来毒害他,这该是我自认无可饶恕的供状。"也是差不多同一时期,鲁迅自己也意识到这一问题,一九二五年九月三十日在致许钦文的信中,鲁迅说:"我其实无病,自这几天经医生检查了一天星斗,从血液以至小便等等。终于决定是喝酒太多,吸烟太多,睡觉太少之故。所以现已不喝酒而少吸烟,多睡觉,病也好起来了。"能做到不喝酒但只能少吸烟,这也是无奈的事情。一九二六年十二月三日,鲁迅在致许广平的信中说:"我现在身体是好的,能吃能睡,但今天我发现我的手指有点抖,这是吸烟太多了之故,近来我吸到每天三十支了,我从此要减少。"

事实上,鲁迅不但戒不掉吸烟这个顽症,而且他甚至固执地认为,自己的身体好坏跟吸烟没有直接关系,这似乎也是为自己不能下决心戒烟寻找一点口实。一九二八年六月六日在致章廷谦信中,鲁迅写道:"我酒是早不喝了,烟仍旧,每天三十至四十支。不过我知道我的病源并不在此,只要什么事都不管,玩他一年半载,就会好得多。但这如何做得到呢。现在琐事仍旧非常之多。"他是否真的认为自己的病跟吸烟无关我们不得而知,但至少他希望、幻想是这样,因为他实在是戒除不掉这习惯。直到一九三五年六月二十八日,在致胡风信中,鲁迅仍然表达了不打算戒烟的想法:

"消化不良,人总在瘦下去,医生要我不看书,不写字,不吸烟——三不主义,如何办得到呢?"

鲁迅做不到戒烟,直到逝世的前一天一九三六年十月十八日,他还在吸烟。当天内山完造接到许广平转送来的鲁迅字迹凌乱的信,说自己哮喘不止,不能于当日如约相见,并求他赶快打电话给须藤医生。内山打完电话后即到鲁迅家里,"那时候,先生坐在台子旁边的椅子上,右手拿着香烟。但,脸色非常坏,呼吸好像也很困难。"待他和许广平为鲁迅按摩背部以减缓阵痛后,"我们要他停止吸烟,他终于把吸剩的丢了。"(内山完造《忆鲁迅先生》)日本医生须藤五百三在《医学者所见的鲁迅先生》一文中说:"今年三月他的体重只有三十七公斤,所以常常述说关于饮食的意见,和谈论香烟的害处及不适之点,但他说唯有吸烟一事要减也减不了。香烟和自己无论如何是离不了的。到后来,结果减至每天吸十五支。"可见吸烟这个嗜好在鲁迅身上的顽固不去达到何种程度。

鲁迅死了,他活着的时候放不下读书写作,也离不开香烟陪伴。一九三六年,鲁迅在病痛日益加重、气喘咯血的情形下,仍然完成了大量工作。一月,与朋友协办出版《海燕》半月刊;二月,续译果戈理《死魂灵》第二部;四月,编《海上述林》下卷;六月,出版杂文集《花边文学》;七月,编辑出版《凯绥·珂勒惠支版画选集》;八月,为《中流》创刊号撰写文章,等等。他同时还要接见很多熟悉的、陌生的朋友的访问,关心青年作家、美术家们的创作和生活,回应来自方方面面的打压、恐吓和诬陷。他始终是个不能停下工作的"大忙人"。他病重中坚持连续四五天写作,回应徐懋庸,就是要忍痛宣告,他仍然能战斗,仍然不放弃。他闲不下来,只要生命尚有一丝力量,他也不能丢弃那支烟卷,就好像它真能为他打气充力。

鲁迅是个真真实实的人,从他对香烟这一件事情上看,他自有常人共有的脆弱甚至"自制力"的薄弱。唯其如此,我们更会理解鲁迅是一个生活于人间的战士而并非是超然于"人间烟火"之外的神明。许钦文《哭鲁迅先生》里记述说,鲁迅去世后的二十二日,许到北京鲁迅母亲家里,见有鲁迅画像的前面"供了一张书案,上有清茶烟卷文具",可见,"鲁老太太"深知鲁迅生前不可离开的几样东西。风烛残年的母亲,就用这样的方式为鲁迅,一个中国的"民族魂"送行,其情其景,令人喟叹。

香烟没有灵魂,却陪伴了鲁迅大半生。一支接一支地吸烟的鲁迅,几乎是捏着烟卷离开人世。烟卷无言,但如果那升腾的烟雾就是香烟的灵魂,那么看到鲁迅痛苦逝去的情景,无言的香烟是不是也可以借徐懋庸送给鲁迅的那副著名的挽联表达一下哀情:"敌乎?友乎?余惟自问。知我,罪我——公已无言。"

(原载《人民文学》2009年第1期)

故人云散尽　余亦等轻尘
——鲁迅如何"记念"故亡者

鲁迅使用过的笔架与煤油灯

标题上的两句诗,摘自鲁迅悼念年轻时结识的乡友范爱农的诗三章。这首诗写于一九一二年,其年鲁迅不过才三十一岁。他在北京听到范爱农穷困潦倒之际溺水身亡,悲伤之情可以想见。但以范爱农与鲁迅不算远但也并不算近的交情,尤其是以鲁迅事业刚刚开始和他刚过"而立"的年龄来判断,产生"故人云散尽"的悲凉,说出"余亦等轻尘"这样凄冷的话,仍然让人觉得有点意外。一个没落者的死亡在鲁迅心里激起如此大的波澜,这在一定程度上映照出鲁迅敏感的性情和内心深处早已植根的悲凉的底色。陀思妥耶夫斯基是鲁迅唯一称之为"伟大"的作家,他对陀氏最信服的一点,就是那种冰冷到极点、将一个人的悲哀彻底剖开来的笔法。"一读他二十四岁时所作的《穷人》,就已经吃惊于他那暮年似的孤寂。"(《陀思妥夫斯基的事》)三十一岁的鲁迅借悼念亡友而表达出的情绪,又何尝不是与陀思妥耶夫斯基情感上的某种暗接呢。

一九三三年二月七日深夜。整整两年前的这个暗夜,柔石等五烈士被杀害。鲁迅这一天的日记有一些特别,他一反平常只是客观记载书信收寄、友朋往来、银钱收支的做法,特别写道:"柔石于前年是夜遇害,作文以为记念。"这是一个阴雨灰暗、深不见底的寒冷的夜晚,人们早已进入了梦乡,自己的妻儿也已安然入睡,鲁迅却被两年前这个夜晚一个可怖的意象折磨着,无法平息内心的伤痛。时光的流淌,世事的纷乱,一定让大多数人已经将两年前遇害的几位死者忘却,而鲁迅,却仍然被这种残酷的记忆所折磨。他无法忘却,在阴冷的雨夜,回忆两年来不能忘却的痛苦记忆。往事清晰地呈现在眼前,"前年的今日,我避在客栈里,他们却是走向刑场了;去年的今日,我在炮声中逃在英租界,他们则早已埋在不知那里的地下了。"而"今年的今日"呢,"我才坐在旧寓里,人们都睡觉了,连我的女人和孩子。"在这寂静的时刻,"我又沉重的感到我失掉了很好的朋友,中国失掉了很好的青年,我在悲愤中沉静下去了,不料积习又从沉静中抬起头来,写下了以上那些字。""那些字",就是著名的《为了忘却的记念》。这样的文字,鲁迅宁愿不作,这样的记忆,他也宁愿没有。"夜正长,路也正长,我不如忘却,不说的好罢。"

声称要"忘却"的鲁迅,其实是抹不去心中记忆的人。他总是用"忘却"这个词来表达他对死者深切的怀念。纪念或者说记念,为什么是为了忘却?他不是要忘却死者,他是不愿想到那死者是热血的青年,而且是被无辜地杀害。"我早已想写一点文字,来记念几个青年的作家。这并非为了别的,只因为两年以来,悲愤总时时来袭击我的心,至今没有停止,我很想借此算是竦身一摇,将悲哀摆脱,给自己轻松一下,照直说,就是我倒要将他们忘却了。"同样提到"忘却"一词的,还有《记念刘和珍君》。"离三月十八日也已有两星期,忘却的救主快要降临了罢,我正有写一点东西的必要了。""为了忘却",其实是因为不能忘却,这不能忘却的悲哀,时常会来袭击一颗本已沉重的心。所以鲁迅才用这样一种极端的、背反的说法来表达自己的感受。沉痛的感情,复杂的思维,体现为一种奇崛的表达。

面对死亡,鲁迅总是想得更多。父亲死的那一年,鲁迅才不过是十五岁的少年,直到中年以后,他才想到用笔怀念父亲。但《父亲的病》这篇回忆性的文章,其实另有深意。这深意绝不仅仅是对庸医的批判,这固然是文章中涉及笔墨最多的话题,而我更读到了鲁迅在其中表达出的生死对话的不可能和没有意义。"精通礼节"的衍太太,要少年鲁迅向弥留之际的父亲呼喊,以挽留他的灵魂和气息。鲁迅特别写到父亲最后的回应:"什么呢?……不要嚷。……

不……"多少年后,鲁迅这样表达他对父亲的忏悔:"我现在还听到那时的自己的这声音,每听到时,就觉得这却是我对于父亲的最大的错处。"这"错处"是什么?鲁迅虽未明说,但我们可以感知,是那无用的呼喊"父亲"的声音,非但不能够挽留生命的逝去,反而干扰了死者平静离开人世时的安宁。那一声声呼喊在鲁迅笔下其实已不是一种亲情的急切表达,而是与庸医的诊法一脉相通的愚昧的威逼、迷信的诱惑。他更希望死亡的灵魂能按自己的方式安然远去。他写《阿长与〈山海经〉》,怀念已经死了三十年的阿长,死亡的悲哀已经淡去,然而鲁迅仍然有一个深切的愿望:"仁厚黑暗的地母呵,愿在你怀里永安她的魂灵!"

从一九一二年到一九三六年,鲁迅写过十多篇怀念亡人的诗文。如果要我找出其中最明显的共同特征,那就是鲁迅通常并不在"朋辈成新鬼"之际即刻去写悼文,他往往会在相隔一段时间之后,甚至是在别人已经将死者淡忘的时候,才发出一种幽远的回响。

范爱农,溺水死于一九一二年,相隔十四年之久的一九二六年十一月,鲁迅写下追忆文章《范爱农》。

韦素园,病逝于一九三二年八月,《忆韦素园君》写于一九三四年七月,相隔两年。

柔石、白莽、冯铿、胡也频、李伟森等"左联五烈士",遇害于一九三一年二月七日,《为了忘却的记念》写于整整两年后的一九三三年二月七日。

刘半农,病逝于一九三四年七月十四日,《忆刘半农君》写于同年的八月一日,相隔十八天。

章太炎,病逝于一九三六年六月十四日,《关于太炎先生二三事》写于同年十月九日,相隔三个多月。

刘和珍、杨德群,遇害于一九二六年三月十八日,《记念刘和珍君》写于同年四月一日,相隔两周。

《阿长与〈山海经〉》,那是怀念已经去世三十年的阿长妈;他以《父亲的病》为题,追忆了三十多年前父亲临死时的情景。

要知道鲁迅为什么并不在听到噩耗的第一时间就提笔悼念亡者,还得先说明,这并不是一种做文章的"修辞"方法。刘和珍、杨德群被害的当天,鲁迅本来在写随感录《无花的蔷薇之二》,这些短小的篇什里,前四节是他对论敌陈西滢及"现代评论派"的讽刺和批判,但到第五节开始,那是鲁迅听到执政府门前发生惨案之后,他已无心再写论战文章了,他认为其时"已不是写什么'无花的蔷薇'的时候了。

虽然写的多是刺,也还要些和平的心。现在,听说北京城中,已经施行了大杀戮了。当我写出上面这些无聊的文字的时候,正是许多青年受弹饮刃的时候。呜呼,人和人的魂灵,是不相通的"。在文章的末尾,鲁迅特别注明:"三月十八日,民国以来最黑暗的一天,写。"这是鲁迅文章中极少见的"有意味"的标注。一九三一年,柔石等人被害的消息传来,鲁迅也并非无动于衷,他很快就为《前哨》杂志的纪念专号写了《中国无产阶级革命文学和前驱的血》一文。不过,这些文字都是针对令人悲愤的事件发出的猛烈的批判之声,真正以怀念死者为话题的文章,却都在稍后甚至数年后写成。

鲁迅不在第一时间写悼念文章,源于他的一种根深蒂固的看法,"死者已经被人遗忘,人们只记得谁的挽联妙,谁的悼文好。"死亡变成了一次应景"作文"的比拼,这是鲁迅更深层次的悲哀,他是不愿意参与到其中的。所以他写的悼念文章,更像是一种追思,而且写作的原因,也时常要说明是被人要求和催逼之后的行为。《记念刘和珍君》里这样说明自己写作的原委:"中华民国十五年三月二十五日,就是国立北京女子师范大学为十八日在段祺瑞执政府前遇害的刘和珍杨德群两君开追悼会的那一天,我独在礼堂外徘徊,遇见程君,前来问我道,'先生可曾为刘和珍写了一点什么没有?'我说'没有'。她就正告我,'先生还是写一点罢;刘和珍生前就很爱看先生的文章。'"然而,事实的惨烈早已超出了写文章的冲动,"可是我实在无话可说。我只觉得所住的并非人间。"这就是鲁迅当时最真切的感受。他写《忆韦素园君》,文章开头就说明:"现在有几个朋友要纪念韦素园君,我也须说几句话。是的,我是有这义务的。我只好连身外的水也搅一下,看看泛起怎样的东西来。"他写《忆刘半农君》,开头第一句就声明"这是小峰出给我的一个题目"。"这题目并不出得过分。半农去世,我是应该哀悼的,因为他也是我的老朋友。"不难看出,或被人"正告",或为尽"义务",或完成"命题"文章,鲁迅写悼文,并没有一上来就渲染自己和死者之间的友情,如何悲痛,如何哀伤。淡淡的感情铺垫后面,其实另有深意。

鲁迅总是用"记念"这个词表达自己用笔怀念死者的心情,而不是人们通常使用的"纪念",其实是他复杂、隐忍、痛苦、悲愤、哀伤、深重的心境的简洁表露。"为了忘却的记念","记念刘和珍君",一字之差,却大有可以回味的余地。

很多人把《记念刘和珍君》想当然地、惯例式地误写成《纪念刘和珍君》,如果真切地体味到鲁迅的用心,这样的区别就不应以"文字"之由简单忽略。

鲁迅害怕悼文成为"应景"之作,他也不相信悼文对死者真有什么意义,然而记忆总是来折磨他,感情的碎片非但没有因时光的流逝而消散,反而聚拢为一股强大的潜流,冲击着自己的心灵。他回忆韦素园,上来就说:"我也还有记忆的,但是,零落得很。我自己觉得我的记忆好像被刀刮过了的鱼鳞,有些还留在身体上,有些是掉在水里了,将水一搅,有几片还会翻腾,闪烁,然而中间混着血丝,连我自己也怕得因此污了赏鉴家的眼目。"翻动这些难免悲伤的记忆,是鲁迅所不愿意的,却又令他难以排释。

记忆的不能抹去,说到底是感情的无法淡漠。

鲁迅毕竟是鲁迅,他并不因人已死就必得其言尽善。读鲁迅"记念"亡人的文章,我们常能感到他评人论事的客观,就好像真的还在和那死者对话,坦直地说出自己要说的话。然而你从中感受到的,是一种与死者面对面的坦诚交流,甚至是对死者人格的一种尊重,而不是生者的刻薄,特别是在对方已经无权回应的情形下,这种刻薄是令人生厌的。他怀念柔石,想起同他一起外出行走的情景,"倘不是万不得已,我是不大和他一同出去的,我实在看得他吃力,因而自己也吃力。"他对同为进步青年作家、最终一起被杀害的柔石的女友冯铿的第一印象是,"我疑心她有点罗曼谛克,急于事功。"而且认为"她的体质是弱的,也并不美丽"。他并不为死者讳。

《关于太炎先生二三事》的开头,鲁迅讲述有人因参加章太炎先生追悼会的人数不足百人而慨叹,并因此认为青年对本国学者"热诚"不够。鲁迅却直言自己并不认同这一看法,其中一个重要原因就是,章太炎先生曾经也是一个革命家,然而"后来却退居于宁静的学者,用自己所手造的和别人所帮造的墙,和时代隔绝了。纪念者自然有人,但也许将为大多数所忘却",而且坚持认为"先生的业绩,留在革命史上的,实在比在学术史上还要大"。他并不为尊者讳。

一九三三年,鲁迅为已经被害七年时间的李大钊写过《〈守常全集〉题记》,回忆了印象中的李大钊,他这样形容记忆中的李大钊:"他的模样是颇难形容的,有些儒雅,有些质朴,也有些凡俗。所以既像文士,也像官吏,又有些像商人。"即使是对李大钊的文章著述,他也并不一味说好,认为"他的理论,在现在看起来,当然未必精当的",但又坚信,

"虽然如此,他的遗文却将永住,因为这是先驱者的遗产,革命史上的丰碑。""未必精当"四字,是鲁迅对李大钊为文的突出印象,他必须要说出来。他甚至在文章中承认,对李大钊的死,自己"痛楚是也有些的,但比先前淡漠了。这是我历来的偏见:见同辈之死,总没有像见青年之死的悲伤"。只有鲁迅才会这样说,既不失真切的感情,又见出独特的风骨。

对于刘半农去世,鲁迅说自己"是应该哀悼的",并不隐藏淡漠之意,而且对自己和刘半农是"老朋友"这个定义,也坦言"这是十来年前的话了,现在呢,可难说得很"。他回忆了与刘半农的交往过程,叙述了为刘标点的《何典》作"题记"而使"半农颇不高兴了",坦白后来在上海与刘相遇,"我们几乎已经无话可谈了"。在文章的结尾,鲁迅更直率地说道:"我爱十年前的半农,而憎恶他的近几年。"这是一个诤友的直白,因为"这憎恶是朋友的憎恶,因为我希望他常是十年前的半农","我愿以愤火照出他的战绩,免使一群陷沙鬼将他先前的光荣和死尸一同拖入烂泥的深渊。"一种深邃的爱意洋溢在冷峻的、直率的笔端。

鲁迅怀念死者,并不只是一种哀伤感情的表达,一种友情的回忆。他常常会突出这些死者身上的"战士"品格,强化他们为了民族和国家,为了自己热爱的事业所做出的贡献和努力。刘和珍、柔石等赴死的青年自不必说,对自己的老师章太炎,他一样更看重他作为"革命家"的经历,对刘半农,他愿意和期望他始终是一名新文化运动的战士。

但鲁迅并不去刻意拔高死者的价值,并不为他们追认"烈士"之名。他同时十分认可他们身上难得的、质朴的人格品性。他谈柔石,特别强调他性格中那股"台州式的硬气",对柔石"迂"到令人可怜的气质,更是流露出一种欣赏。因为柔石身上有一种难得的品性,"只要是损己利人的,他就挑选上,自己背起来。"他回忆殷夫,为他那种心性的单纯和天真既怜爱又悲伤。他把刘半农的突出性格浓缩为一个字:浅。但鲁迅非但不因此看轻他,反而认为这是刘半农最可宝贵的性格特点。鲁迅曾经用一个精辟的比喻来形容刘半农的"浅":

"假如将韬略比作一间仓库罢,独秀先生的是外面竖一面大旗,大书道:'内皆武器,来者小心!'但那门却开着的,里面有几支枪,几把刀,一目了然,用不着提防。适之先生的是紧紧的关着门,门上粘一条小纸条道：'内无武器，请勿疑虑。'这自然可以是真的，但有些人——至少是我这样的人——有时总不免要侧着头想一想。半农却是令人不觉其有'武库'的一个人，所以我佩服陈胡，却亲近半农。"

这是只有鲁迅才会有的评人论事的笔法，透着目光的锐利和心性的坦诚。鲁迅最看重韦素园做事的认真劲儿，认为"他太认真；虽然似乎沉静，然而他激烈"。因此，虽然韦素园并不是什么了不起的英雄豪杰，鲁迅却在他身上寄予了最真挚的友情。他对韦素园的评价带着浓浓的感情，认为他"并非天才，也非豪杰，当然更不是高楼的尖顶，或名园的美花，然而他是楼下的一块石材，园中的一撮泥土，在中国第一要他多。他不入于观赏者的眼中，只有建筑者和栽植者，决不会将他置之度外"。

在紧紧抓住亡友们身上突出的、足可珍惜的性格的同时，鲁迅同样把这些"战士"式的亡者视为寻常人，对他们的死给家庭造成的灾难和给亲人带来的痛苦给予了特别的关切。他对刘和珍的印象是"微笑"与"和蔼"，对杨德群则是"沉勇而友爱"。范爱农死了，鲁迅仍然记得，"他死后一无所有,遗下一个幼女和他的夫人"。并且在十四年之后仍然挂念着,"现在不知他唯一的女儿景况如何？倘在上学,中学已该毕业了罢。"面对病痛中的韦素园,悲哀的缘由就包括"想到他的爱人,已由他同意之后,和别人订了婚",这是何等的凄凉。他想到柔石等青年在严冬里身陷监牢,便惦念"天气愈冷了,我不知道柔石在那里有被褥不？我们是有的"。尤其是想到柔石还有一位深爱他的双目失明的母亲,鲁迅更是难掩悲伤之情,"我知道这失明的母亲的眷眷的心,柔石的拳拳的心。"正是这种心灵上的相知,才使他为了纪念柔石,也为了能抚慰一位一直不知道爱子已经被杀害的双目失明的母亲,选择一幅珂勒惠支的木刻作品,发表在《北斗》创刊号上。这幅木刻名为《牺牲》,内容是"一个母亲悲哀地献出了她的儿子",鲁迅说,这是"只有我一个人心里知道"的一种对亡友的纪念。

这就是鲁迅的"记念",他传递着的哀伤、悲愤、友爱和温暖,他表达出的坦直、率真以及对死者的怀念,对生者的牵挂,怎能是一个"忘却"可以了得？直到一九三六年,鲁迅为已经就义五年的白莽(殷夫)诗集《孩儿塔》作序,就说"他的年青的相貌就又在我的眼前出现,像活着一样"。更确切地说,感受过鲁迅对亡者的那样一种深重、亲切、无私、博大的爱意,那"忘却"二字,又含着怎样的复杂、深厚的内涵!一种无奈之后的奢望?一种无力感的表达?可以说,在不同的读者那里,都会激起不同的心灵感应,这是用不着我们来刻意注解的。

一九二七年,鲁迅在广州目睹了纪念"黄花岗烈士"的场景,剧场里热闹非凡,连椅子都被踩破很多。第一次过"黄花节"的鲁迅,并没有感受到什么庄重的气氛,活人的行为其实早与死者无关。想到前一年在刘和珍、杨德群追悼会的会场外独自徘徊的情景,再看看今天"纪念烈士"的场面,鲁迅的内心平添了许多莫名的悲哀,这悲哀里包含着不解、失望,流露出无言的悲愤和急切的期望。

《黄花节的杂感》就记述了鲁迅的这种心境。我们仿佛能感受到鲁迅那锐利而冷峻的目光。他看到"群众"为了纪念烈士而聚集到一起,一次本应严肃的纪念变成了一场没有主题意义的"节日"。他说:"我在热闹场中,便深深地更感得革命家的伟大。"那实在是无奈中的反话,是含着隐痛的热讽。鲁迅接着说:"我想,恋爱成功的时候,一个爱人死掉了,只能给生存的那一个以悲哀。然而革命成功的时候,革命家死掉了,却能每年给生存的大家以热闹,甚而至于欢欣鼓舞。

惟独革命家,无论他生或死,都能给大家以幸福。同是爱,结果却有这样地不同,正无怪现在的青年,很有许多感到恋爱和革命的冲突的苦闷。"辛辣的笔锋中带着悲哀的情绪。"中国人的不敢正视各方面,用瞒和骗,造出奇妙的逃路来,而自以为正路。"如果人们借"忠臣""烈士"的名字而麻木了自己的意志,忘记了现实的战斗,那是足可悲哀的事情。他已经看够了这样一种情景:"亡国一次,即添加几个殉难的忠臣,后来每不想光复旧物,而只去赞美那几个忠臣。"(《论睁了眼看》)所以鲁迅才会犹豫,他不想让死者的回响只是变成文人笔下的"谈资"。鲁迅也因此对悼文一类的写作并不热衷。

革命者的血是否白流,这实在是生者应当记取的责任。《记念刘和珍君》的结尾,鲁迅在为赴死的青年献上敬意之后,仍然对这些生命的倒下究竟换来什么感到困惑。"三一八"惨案的当天,鲁迅坚持认为:"实弹打出来的却是青年的血。血不但不掩于墨写的谎语,不醉于墨写的挽歌;威力也压它不住,因为它已经骗不过,打不死了。"但《记念刘和珍君》却又对另一种可能表示出莫名的担忧和悲哀:"时间永是流驶,街市依旧太平,有限的几个生命,在中国是不算什么的,至多,不过供无恶意的闲人以饭后的谈资,或者给有恶意的闲人作'流言'的种子。至于此外的深的意义,我总

045

觉得很寥寥……"

事实上，究竟应当歌颂革命青年的勇敢赴死，还是强调生命的宝贵，鲁迅本人也是矛盾的。这是他迟迟不肯写悼文的深层原因。柔石等青年被害的消息传来，鲁迅当即就写下《中国无产阶级革命文学和前驱的血》，并坚信"我们现在以十分的哀悼和铭记，纪念我们的战死者，也就是要牢记中国无产阶级革命文学的历史的第一页，是同志的鲜血所记录，永远在显示敌人的卑劣的凶暴和启示我们的不断的斗争"。但两年后写下的"记念"文章中，却又表达了另外一种悲愤的感情："不是年青的为年老的写记念，而在这三十年中，却使我目睹许多青年的血，层层淤积起来，将我埋得不能呼吸。"残酷的现实让他无法从青年的鲜血和生命代价中乐观起来。

一方面，鲁迅始终认为，一两篇悼文于死者"毫不相干"，另一方面，他又特别看重那生命的付出究竟能带来怎样的"生"的希望。所以才有他总是以接受"正告"、为尽"义务"、完成"命题"的口吻进入对死者的"记念"。因为鲁迅既是深邃的思想者，又是肩担责任的战士，同时又是感情丰沛的诗人，他对亡者的怀念于是被涂抹上复杂多重的内涵。

但无论如何,鲁迅是一个清醒的思想者,他绝望,甚至于认为连绝望本身也是一种虚妄,然而他从未放弃过对希望的呐喊,哪怕这种呐喊只是为了别的更加有为的青年能够因此奋进。这是他"记念"并试图"忘却"亡者的真正的思想根源。

> 我们追悼了过去的人,还要发愿:要自己和别人,都纯洁聪明勇猛向上。要除去虚伪的脸谱。要除去世上害己害人的昏迷和强暴。
>
> 我们追悼了过去的人,还要发愿:要除去于人生毫无意义的苦痛。要除去制造并赏玩别人苦痛的昏迷和强暴。
>
> 我们还要发愿:要人类都受正当的幸福。
>
> (《我之节烈观》)

面对死亡,鲁迅并不急于去追认"烈士"之名,在评价"黄花节"时,鲁迅一再强调:"我并非说,大家都须天天去痛哭流涕,以凭吊先烈的'在天之灵',一年中有一天记起他们也就可以了。"他甚至也不反对人们在"黄花节"时热闹一番,但他更希望看到人们在热闹之后,能迅速行动起来,去做"自己该做的工作"。

鲁迅害怕死者被生者忘记,害怕青年的鲜血白流。他在热闹的场景中想到烈士的价值,在别人忘却的时候为亡友送上追思。但他并不把自己的这种思想道德化,并不把这种独特的思想和感情作为道德武器去挥舞,他是一个在绝望中怀着希望的人,是一个愿意把希望之光播撒、弘扬的文学家。就像《药》的结尾为革命者夏瑜的坟头安放花环一样,孤独的鲁迅常常在阴冷的暗夜传达温暖的信念。"但我知道,即使不是我,将来总会有记起他们,再说他们的时候的……"是的,这是鲁迅的信念,但它更是一种期望,期望人们和他一样,没有忘却青年的鲜血。

思想者鲁迅,从来没有停止过对死亡的思考。他的很多思想,奇特、锐利、深邃、沉重,常让人联想到几位存在主义哲学家的名字:尼采、叔本华、克尔恺郭尔、陀思妥耶夫斯基。他的很多关于生命和死亡的观念,都与这些哲学家的思想具有某种潜在的暗接和呼应。不过,鲁迅的独特在于,他同时更是一位现实的革命者,是一个目光时时紧盯民族存亡和国家命运的战士,这同样体现和贯穿在他对死亡的思考中。

人有没有灵魂,世间有没有鬼魂,鲁迅的回答总是一种模糊的质疑,一种诗性的猜测。或者说,为了能够和死者达成对话,他甚至愿意有所谓的"鬼魂"存在,疑惑如祥林嫂、忏悔如涓生,都有类似的表达。"我愿意真有所谓鬼魂,真有所谓地狱,那么,即使在孽风怒吼之中,我也将寻觅子君,当面说出我的悔恨和悲哀,祈求她的饶恕;否则,地狱的毒焰将围绕我,猛烈地烧尽我的悔恨和悲哀。"(《伤逝》)鲁迅知道,诗性的想象代替不了无可更改的事实。相信鬼魂的存在,是对生者的约束,让他知道死后还有忏悔、追问,生命即使消亡了却还有"生"的责任。如果这样的疑问变成一种幻想和迷信,则又会引出"瞒"和"骗"的恶劣本性,这是鲁迅极不愿意看到的情形。

鲁迅同样不相信一篇悼文能为死者招魂,如果悼文所起的是麻木生者心智的作用,那还不如干脆没有这样的文章。于是,我们从《无花的蔷薇之二》里读到这样的话:"以上都是空话。笔写的,有什么相干?"他相信:"死者倘不埋在活人的心中,那就真真死掉了。"(《空谈》)活人写下的悼文,最多是活人自己借助笔墨发泄一点心中的积郁。"我只能用这样的笔墨,写几句文章,算是从泥土中挖一个小孔,自己延口残喘,这是怎样的世界呢。"(《为了忘却的记念》)这是文字的无力处,也是活人的无奈。悼文其实"于死者毫不相干,但在生者,却大抵只能如此而已"(《记念刘和珍君》)。

为亡友写下"记念",仿佛是要移开积压在心头的一块沉重的石头。让我们暂时转移一下视线,看一下鲁迅在小说这一虚构世界里对待死亡的态度。

毫无疑问,死亡是鲁迅小说突出的主题。《呐喊》的前四篇《狂人日记》《孔乙己》《药》《明天》都涉及死亡主题,其他如《阿Q正传》《白光》里的主人公也都以死亡作为故事的收束。《彷徨》里的《祝福》《孤独者》《伤逝》也同样是以死亡为结局。《狂人日记》里的"狂人"未死,但他始终处于"吃人"的惊恐之中;《孔乙己》传达的是一种灰色人物生死无人过问的悲哀;《药》则提供了两种不同的死,华小栓用夏瑜的血救自己衰弱的生命是"愚弱的国民"和"革命者"的双重悲哀,但结尾的"花环"又照出了两种死亡完全不同的意义和价值。《明天》表达的是生者与死者在深沉的黑夜仍然相依相守的孤寂;阿Q临死前对"革命"的幻想和"画圆"的努力,祥林嫂对"鬼魂"和地狱的疑惑与想象,则是鲁迅对"庸众"命运的揭示。《白光》里的陈士成,《孤独者》中的魏连殳,这些已被时代抛弃的多余人,凄凉的结局透着彻骨的寒冷。诗意勃发的《伤逝》则闪耀着更多人性的光泽,涓生对子君的忏悔,实际上更多探讨的是生存的痛苦和希望。死亡,以它最沉重的一击,对人在世界上的生存、温饱、发展作出最后的回响。

《野草》里同样充斥着死亡意象,充分体现了鲁迅对死亡的想象何等独特与尖锐。仅以《死后》为例,由"我梦见自己死在道路上"开始,鲁迅以一个"死者"的口吻狠狠地讽刺、嘲弄了生者的丑态,让人读来发笑、发冷、发窘。鲁迅从来不回避死亡这一话题,他的杂文《死所》里对死亡的淡定态度,《女吊》里的复仇主题,《死》里的牵挂与了无牵挂,都是鲁迅死亡意识的真实写照。对于自己死后的结局,鲁迅的态度是:"赶快收敛,埋掉,拉倒。"他不愿意给活人带来影响。这影响要分两面说,友人的和仇人的,关于自己的死给亲人带来的影响,鲁迅的希望是:"忘记我,管自己生活。——倘不,那就真是胡涂虫。"而对"仇敌"呢?则是要自己的死"连仇敌也不使知道,不肯赠给他们一点惠而不费的欢欣"。也因此,他无条件地要求自己死后"不要做任何关于纪念的事情"。这是鲁迅的决绝,即使他意识到死亡不可避免地就要到来的时候,也决不放低姿态,包括对那些怨敌,他的态度仍然保持着固有的韧性的战斗精神,那就是:

"让他们怨恨去,我也一个都不宽恕。"

这就是鲁迅,他的生命意志,他的赴死精神,同样让人感动。他坦陈内心的孤独和绝望,对社会和青年则又刻意写出希望之光。他活着时是诗人、战士、思想者,死后被认作是现代中国的"民族魂"。他的一生经历了太多的正常与不正常的死亡。少年时代就经历了唯一的妹妹端姑的夭折,四弟的早亡,父亲的病逝;青年时代赴日留学时又经历了最爱他的祖父的故亡。而此后的三十年,鲁迅又被"层层淤积起来"的"青年的血"压迫得"不能呼吸",常常要以"年老的"身份去为"年青的"生命"写记念"。他悲叹年轻的韦素园"宏才远志,厄于短年"(《韦素园墓记》)。面对杨铨(杏佛)的突然被害,他发出"岂有豪情似旧时,花开花落两由之"的无奈与哀伤(《悼杨铨》)。看到单纯、天真、认真、刻苦的优秀青年柔石被残暴的力量杀害,他发出"忍看朋辈成新鬼,怒向刀丛觅小诗"的愤懑之声。如果说,一九一二年写下的"故人云散尽,余亦等轻尘",更多的是表达一个诗人的内心敏感,那么,此后发生的一系列生死离别,则为这个本来依凭不足的诗句,加上了一个个沉重的注释,成为贯穿鲁迅一生的生死观。

面对死亡就像面对爱,是文学家笔下最常见的"母题"。鲁迅一生中写下的悼念、怀念、回忆亡者的诗文,鲁迅小说及《野草》《朝花夕拾》和杂文当中随处可见的死亡意象,对我们认识鲁迅的心境、生命观和面对死亡时的悲情、遐思、观念、意志,具有特殊的价值。坦率地说,这是一扇我本人无力推开的大门,是一道很难进入的幽暗的殿堂。但即使从那可以窥见的缝隙中,仍然能感受到一种复杂、深沉、热烈、凝重气息的强烈冲击。

(原载《十月》2009年第4期)

何处可以安然居住

——鲁迅和他生活的城市

倘说中国是一幅画出的不类人间的图,则各省的图样实无不同,差异的只在所用的颜色。黄河以北的几省,是黄色和灰色画的,江浙是淡墨和淡绿,厦门是淡红和灰色,广州是深绿和深红。

——鲁迅《在钟楼上》

鲁迅是一个对世俗生活并没有多高要求的人,他衣着朴素,冬天也经常只穿一件单裤,而一件打了补丁的棉袍又可以从厦门穿到上海。他对饮食的要求比穿着要高些,但也似乎以可口为主要标准,他的精力和心思主要在读书、工作和写作。但从另一个角度讲,鲁迅其实是一位对生活要求很苛刻的人。比如他一生不断迁徙,在多座城市居住,他对这些城市的观察非常敏感,有很多评判与常人的看法相类似,也有一些是只属于他自己的意见。鲁迅其实是个并不能完全安分的人,终其一生都是一个漂泊者,他在不断地寻觅,结果却未能找到自己理想的居住地,考察鲁迅的城市居住史,结论却是一个疑问:何处可以安然居住?

鲁迅是浙江绍兴人,他在那里度过了童年和少年时代,有百草园的快乐,更有"家道中落"的困顿,然后就"走异路,逃异地,去寻求别样的人们"。他到了南京,在那里住了四年时间,上了两所学校。接着又去了日本,在东京和仙台求学。一九〇九年,鲁迅回国,原因是他自己曾经表述,并被定格为鲁迅第一次具有崇高感的选择,那就是弃医从文以拯救国人的灵魂。鲁迅回国后却并没有立刻投入文艺创作,他曾在杭州、绍兴任教,但这显然是属于平淡中的过渡,并不是他想要的生活。一九一二年,经好友许寿裳介绍,南京中华民国临时政府教育总长蔡元培任命鲁迅为教育部部员。但还不到三个月,就随教育部迁往北京。在北京,他一住就是十五年,他的城市迁居史应当也是从这时开始的。此后,他在厦门、广州、上海漂移,对这些城市留下了很多令人玩味的评说。

现在,就让我们按鲁迅迁居的时间顺序分述之。

"黄色和灰色"的北京

鲁迅居住北京时间:一九一二年五月至一九二六年八月。

住地:宣武区南半截胡同绍兴会馆、八道湾、砖塔胡同六十一号、宫门口西三条。

到北京居住其实并非鲁迅的自主选择,他是因"公务"

进京的。一九一二年四月底,鲁迅同许寿裳一起从家乡绍兴出发,经上海坐船到天津,再改乘火车进入北京。五月五日刚到北京时,鲁迅对这里的印象并不好,黄沙、灰尘,让他觉得这并不是什么好地方。"途中弥见黄土,间有草木,无可观览。"鲁迅到北京后也没有对北京的风物有多少感触,他第二天入住宣武区南半截胡同的绍兴会馆(也称"山会邑馆"),当夜刚刚卧床,就遇到三四十只之多的臭虫袭扰,只好"卧桌上以避之"。到教育部上班的第一天,就感慨"枯坐终日,极无聊赖"。

鲁迅对北京虽称不上向往,但他对北京的关注却很早就有。一九一〇年,在致好友许寿裳信时就曾问过:"北京风物何如?暇希见告。"到一九一一年,他又在致许寿裳信中,就自己"求职"的去向与许探讨,认为"京华人才多于鲫鱼,自不可入,仆颇欲在它处得一地位,虽远无害,有机会时,尚希代为图之"。也就是说,他不欲来京,主要是考虑那里的人才太多,还不如到别的地方谋个职位。可命运就是如此,北京成了鲁迅除绍兴之外居住时间最长的城市,更是他成就人生的城市。

对鲁迅来说,北京最大的问题不是语言,不是饮食,甚至也不是北方的气候,而是空气中的灰尘。一九二九年五月,他由上海赴北京探亲,谈到北京天气时说:"我于空气中的灰尘,已不习惯,大约就如鱼之在浑水里一般,此外并无什么不舒服。"①

一九三四年八月二十二日,在致美国学者伊罗生信时,还不忘在信末顺便问候罗的夫人道:"姚女士好,北平的带灰土的空气,呼吸得来吗?"

对来自江南的鲁迅来说,"北平久不下雨,比之南方的梅雨天,真有'霄壤之别'。"但他仍然认为,"北平倘不荒芜下去似乎还适于居住。"②

鲁迅是个很矛盾的人,他接受不了空气中的灰尘,不喜欢北方的荒芜,并不意味着他就是个留恋江南水乡的人,北方的风景也许更能引起他内心的感应。我们知道,《野草》里有篇题为《雪》的文章,其中对"朔方的雪",那种扬扬洒洒的状态给予了热情的描述。即使后期居住上海后,他也向友人章廷谦表达过:"但北方风景,是伟大的,倘不至于日见其荒凉,实较适于居住。"他还曾在信中就章的工作去向问题说过:"杭州和北京比起来,以气候与人情而论,是京好。但那边的学界,不知如何。"③人情先且不说,他竟然把北京的气候看得比杭州还好,这是出人意料的。或许是他更喜欢北方的四季分明,特别是冬天?

综合而言,在鲁迅居住过的城市里,他对北京的好感还是最强的,这首先因为他是一个爱书至上的读书人,对北京的优势感受尤深,而他离开北京并不再回去,实在是因为他对北京文坛、学界的不满和疑虑所致。一九三四年十二月十八日,在致杨霁云信中,鲁迅谈道:"中国乡村和小城市,现在恐无可去之处,我还是喜欢北京,单是那一个图书馆,就可以给我许多便利。"一九三五年一月九日,在致郑振铎信中又说:"先生如离开北平,亦大可惜,因北平究为文化旧都,继古开今之事,尚大有可为者在也。"直到去世前的几个月,鲁迅在致颜黎民信中仍然认为:"我很赞成你们再在北平聚两年;我也住过十七年,很喜欢北平。现在走开了十年了,也想去看看,不过办不到,原因,我想,你们是明白的。"

鲁迅认为别人应该"明白"的原因,就是他心目中难以排释,十分厌倦,又颇为无奈的北京"学界"。"我颇欲北归,但一想到彼地'学者',辄又却步。"④一九三二年十一月鲁迅回京探望母亲,他在写给许广平的信中谈到暂住北京的感受时说:"旧友对我,都甚好,殊不似上海之专以利害为目的,故倘我们移居这里,比上海是可以较为有趣的。但看这几天的情形,则我一北来,学生必又要迫我去教书,终或招人忌恨,其结果将与先前之非离北京不可。所以,这就又费踌躇了。但若于春末来玩几天,则无害。"想要北归而又迟疑的态度一望可知。由于当年在北京时和那么多"文人学者"论战过,以至于他对整个北京的学者都有那样一种"成见":"北平之所谓学者,所下的是抄撮功夫居多,而架子却当然高大,因为他们误解架子乃学者之必要条件也。"⑤"北平诸公,真令人齿冷,或则媚上,或则取容,回忆五四时,殊有隔世之感。"⑥

鲁迅想要返回北京的想法可以说从他离开时就没有断过,但始终不能做出选择,实在是害怕无法过一种自己想要的读书写作的安静生活,害怕再搅到是非之中。一九二九年,鲁迅在上海居住已有两年了,他在致李霁野信中仍然谈道:"上海到处都是商人,住得真不舒服,但北京也是畏途,现在似乎是非很多,我能否以著书生活,恐怕也是一个疑问,北返否只能将来再看了。"所以才有次年探亲回京,面对燕京大学等校的任教邀请,鲁迅不但婉拒,而且为了不让人生疑他要久住,尽早回上海去了。他对许广平说:"D. H.,我想,这些好地方,还是请他们绅士们去占有罢,咱们还是漂流几时的好。""漂流"者,是鲁迅的基本心态。

"淡红和灰色"的厦门

鲁迅居住厦门时间:一九二六年九月至一九二七年一月。

住地:厦门大学生物楼等处。

鲁迅是带着逃离的心情离开北京的,他选择到厦门,是好友林语堂邀他前去教书。那时的厦门当然不似今天的"特区"般发达,鲁迅是冲着厦门大学去的。对这座陌生的城市,鲁迅并没有充分的认识。滨海城市厦门,自然风光无疑是好的,鲁迅刚到,就写信给许广平说"此地背山面海,风景佳绝"。可惜鲁迅是个对自然景观不甚敏感的人:"我对于自然美,自恨并无敏感,所以即使恭逢良辰美景,也不甚感动。"(《厦门通信·致许广平》)他致信好友许寿裳,虽然肯定了厦门的风景,别的就不满了:"此地风景极佳,但食物极劣,语言一字不懂,学生止四百人,寄宿舍中有京调及胡琴声,令人聆之气闷。"在这样的心境下,鲁迅很难对厦门有多大好感。即使是厦门无可质疑的美景,他也一样无从消受。"此地初见虽然像有趣,而其实却很单调,永是这样的山,这样的海。便是天气,也永是这样暖和;树和花草,也永是这样开着,绿着。"⑦不变的美景居然是另一种单调。

鲁迅虽出生江南,但"闽南"却仍然是个陌生的地方,他刚到厦门时,被当地人视为"北人",很觉得不爽。"这里的人似乎很有点欺生,因为是闽南了,所以称我们为北人,我被称为北人,这回是第一次。"⑧

鲁迅对厦门无法适应的主要是两点,一是语言上的障碍,再者是饮食上难以习惯。到厦门两个月后,仍然"话也一句不懂,连买东西都难。又无刺戟,所以我现在思想颇活动,想走到别处去"⑨。"饭菜可真有点难吃,厦门人似乎不大能做菜也。饭中有沙,其色白,视之莫辨,必吃而后知之。"⑩居住厦门的孤独感是那样强烈,以至于对厦门的印象也有点偏颇:"我想厦门的气候,水土,似乎于居民都不宜,我所见本地人,胖子很少,十之九都黄瘦,女性也很少有丰满活泼的;加以街道污秽,空地上都是坟,所以人寿保险的价格,居厦门者比别处贵。"⑪

不过,刚刚离开灰尘遍地的北京,鲁迅对厦门的环境也另有看法:"这里不下雨,不过天天有风,而风中很少灰尘,所以并不讨厌。"⑫他并不认为北京和厦门就是天上地下的差别,同是混战纷乱的中国,何方能是一片净土?"北京如大沟,厦门则小沟也,大沟污浊,小沟独干净乎哉?"⑬

鲁迅对厦门的印象中,明显带有心绪不宁的原因,因为他是带着刚刚战斗过的疲惫和对许广平的思念之情来到这里。不过,厦门的日常生活里,也有些让他感到欣慰的因素。鲁迅到厦门的第二个月,刚好赶上"双十节",热闹的景象让他第一次有了节日的感觉。"北京的人,似乎厌恶双十似的,沉沉如死,此地这才像双十节。""此地人民的思想,我看其实是'国民党的',并不老旧。"⑭还有就是,他从厦门普通人身上看到一种在"首善之区"难得一见的刚烈之气,他对此也很认同。鲁迅刚到厦门,觉得"听差"很不好,但渐渐习惯了,就另有看法:"大约看惯了北京的听差的唯唯从命的,即易觉得南方人的倔强,其实是南方的阶级观念,没有北方之深,所以便是听差,也常有平等言动,现在我和他们的感情已经好起来了,觉得并不可恶。"⑮

总之,鲁迅没有久居厦门的打算,无论从个人感觉还是要同许广平会合,他都必须另寻它途。刚到一个多月,他就表示:"至于我下半年那里去,那是不成问题的。上海,北京,我都不去,倘无别处可去,就仍在这里混半年。"⑯但究竟到哪里去,他自己也并无定论:"厦门当然难以久留,此外也无处可去,实在有些焦躁。"⑰

他最终还是决定离开厦门,应邀去广州:"此地的学校没有趣味,甚感无聊。昨日终于辞职,一周内将去广州。"

"我看厦门就像个死岛,对隐士倒是合适的。""一到广州,即先去中山大学讲课。不过,是否呆得长,尚不可知。"⑬

"深绿和深红"的广州

鲁迅居住广州时间:一九二七年一月至一九二七年九月。

居住地:中山大学大钟楼、广州白云路白云楼二十六号二楼。

一九二七年一月,鲁迅离开厦门,坐船前往广州。那时他仍处在逃离人事险恶的心情中。船在平静的海上行进,鲁迅深有意味地向友人李小峰倾诉道:"船正在走,也不知道是在什么海上。""小小的颠簸自然是有的,不过这在海上就算不得颠簸;陆上的风涛要比这险恶得多。"(《海上通信》)险恶或在人心,令人思之害怕。

广州是许广平的家乡,许已早于鲁迅抵达广州,所以鲁迅离厦入穗的心情应该是好的。而且他到了广州,来到中山大学之后,学校的气氛也比他在厦门大学时要好很多。他不但在中山大学任教,而且还担任了文学系主任兼教务主任的职务,工作上很有一番干头。他的心情可想而知要愉悦很多。然而,这种愉悦的心情并没有保持多久。与他同在厦门大学任教的顾颉刚也要来中山大学任教了。这让鲁迅产生回到厦大甚至还不如厦大的担心。于是他在三月底就搬出中山大学,住到白云路去了。

不过,走出校门的鲁迅,要融入广州市民生活依然很难。"而最大的障碍则是言语"。"直到我离开广州的时候止,我所知道的言语,除一二三四……等数目外,只有一句凡有'外江佬'几乎无不因为特别而记住的 Hanbaran(统统)和一句凡有学习异地言语者几乎无不最容易学得而记住的骂人话 Tiu—na—ma 而已。"这无论如何强化了鲁迅身为异乡人的感觉。"我何尝不想了解广州,批评广州呢,无奈慨自被供在大钟楼上以来,工友以我为教授,学生以我为先生,广州人以我为'外江佬',孑孓特立,无从考查。"(《在钟楼上》)

鲁迅对广州的评价不是很多,他笑谈自己在广州的"收获"时说道:"广州的花果,我所最爱吃的是'杨桃'。""我常常宣传杨桃的功德,吃的人大抵赞同,这是我这一年中最卓著的成绩。"直到一九三四年,鲁迅在《〈如此广州〉读后感》中,仍然对广州有过评价,他在报上读到一篇文章,作者称在广州见到有"店家做起玄坛和李逵的大像来,眼睛里嵌上电灯,以镇压对面的老虎招牌",文章对此是讥讽的,但鲁迅认为,既然要讲迷信,广州人这种大张旗鼓的劲头倒比其他地方遮遮掩掩的"小家子相"要"有魄力"——在鲁迅看来,与其在迷信中麻醉自己,不如在迷信中彰显更显认真。所以他说:"广州人的迷信,是不足为法的,但那认真,是可以取法,值得佩服的。"

尽管是异乡,但鲁迅身居广州仍然能体验到身处中国的"归属感"。"我觉得广州究竟是中国的一部分,虽然奇异的花果,特别的语言,可以淆乱游子的耳目,但实际是和我所走过的别处都差不多的。倘说中国是一幅画出的不类人间的图,则各省的图样实无不同,差异只在所用的颜色。黄河以北的几省,是黄色和灰色画的,江浙是淡墨和淡绿,厦门是淡红和灰色,广州是深绿和深红。"(以上均引自《在钟楼上》)然而真正让鲁迅从内心深处感受到自己仍然在中国的,是他在中山大学目睹学生被抓被杀的恐怖景象。其时,广州的国民党当局执行蒋政权的"清党"指示,搜捕共产党和革命人士,杀害人数达两百多人。鲁迅不但体验了营救学生无果的悲愤,也目睹了同样是青年,却划分出勇于革命和"投书告密""助官捕人"两大阵营的悲哀。"我是在二七年被血吓得目瞪口呆,离开广东的。"(《三闲集·序言》)

尽管鲁迅是怀着对幸福生活的期待来到广州,而且他在这里过着平静的生活,但他离开广州的心情,则要比离开北京和厦门还要糟糕。"我抱着梦幻而来,一遇实际,便被从梦境放逐了,不过剩下些索漠。"(《在钟楼上》)他不得不在半年之后,再次启程,另寻安居之地了。

"淡墨和淡绿"的上海

鲁迅居住上海时间:一九二七年十月之后。

住地:共和旅馆、景云里二十三号、景云里十八号、景云里十七号、北四川路拉摩斯公寓、大陆新村(现上海鲁迅故居)。

"这两年来,我在北京被'正人君子'杀退,逃到海边;之后,又被'学者'之流杀退,逃到另外一个海边;之后,又被'学者'之流杀退,逃到一间西晒的楼上……"(《革"首领"》)这是鲁迅于一九二七年十月刚到上海时写下的感慨之言,透着一个漂泊者的无奈和疲惫。鲁迅怀着愤懑和失望离开广州前往上海,令他欣慰的是身边多了许广平。鲁迅到上海之初,只是怀着"过客"心态,先住下来歇息一下,再决定去向。没想到,一到上海,鲁迅便被友人们的热情包围。特别是暂居之所离茅盾等作家相近，常有聚谈机会，而且他很快就投入到创作、编辑和文艺活动当中。这让他感到一种找回自我的感觉。上海就这样无意中成了鲁迅最后的栖息地，一个让他再一次被推到文化前沿的地方。

鲁迅对上海不会陌生，语言和饮食更不是问题，所以他很少谈到生活上的不适应。他对上海及上海人的观察，从一开始就可以深入到细节中挖掘，描写不但准确到位，且常常让人觉得入木三分。早在一九二六年八月，鲁迅自北京经上海赴厦门，在去往上海的火车上，就看到了只有在上海及周边才能见到的景象。"才看见弱不胜衣的少爷，绸衫尖头鞋，口嗑南瓜子，手里是一张《消闲录》之类的小报，而且永远看不完。这一类人似乎江浙特别多……"(《上海通信》)

鲁迅不但在语言上无障碍，而且还很可以从上海话里找出杂文的素材，如《吃白相饭》一篇，就很生动地描写了只有在上海才见到的一类男人的生存法则。而《上海的少女》一文，又可以见出鲁迅对上海市民特征的真切把握。这样的看点，直到今天看也可谓生动逼真。甚至包括"上海的居民，原就喜欢吃零食"(《零食》)这样的结论，也透着鲁迅言说上海的自信。

不过，如果认为鲁迅来到上海就有了回家的感觉，那就错了。一九二七年十二月十九日致旧友邵文熔信中,鲁迅坦言:"弟从去年出京,由闽而粤,由粤而沪,由沪更无处可往,尚拟暂住。"他留居上海,很大程度上是不知道下一个居住地在哪里,所以只好暂居沪上。按理说,他在这里既有许广平的陪伴,又有那么多熟悉的、不熟悉的友人的关照,应该踏实很多了。但敏感的鲁迅却还是常有别样的感叹。"心也静不下,上海的情形,比北京复杂得多,攻击法也不同,须一一对付,真是糟极了。"[19]他在上海又看到了另一些不能释然的景象。"北京是明清的帝都,上海乃各国之租界,帝都多官,租界多商,所以文人之在京者近官,没海者近商……要而言之:不过'京派'是官的帮闲,'海派'则是商的帮忙而已。"(《"京派"与"海派"》)借用今天的话来讲,上海的"人文环境"同样不能让鲁迅满意和放心。而且时间越久,这样的感受就越深。"上海也冷起来了,天常阴雨。文坛上是乌烟瘴气,与'天气'相类。"[20]和北京一样,身处文化中心上海,他特别注重大的"人文环境"对自己的影响。"上海文坛消息家,好造谣言,倘使一一注意,正中其计,我是向来不睬的。"[21]

如前所述,鲁迅内心里其实更倾向于接受北方的环境和生活上的感觉。他曾对萧军、萧红讲过:"我最讨厌江南才

071

子,扭扭捏捏,没有人气,不像人样,现在虽然大抵改穿洋服了,内容也并不两样。其实上海本地人倒并不坏的,只是各处坏种,多跑到上海来作恶,所以上海便成为下流之地了。"这种类型化的印象,同他两年前途经上海时的看法相类似。

然而,离开上海还能去哪里,鲁迅自己也不知道,所以他这个"暂居者"只能继续在这里生活下去。"上海的空气真坏,不宜于卫生,但此外也无可住之处,山巅海滨,是极好的,而非富翁无力住,所以虽然要缩短寿命,也还只得在这里混一下了。"[22]我们知道,他曾经有过北上回到北京的念头,但终于不可能成行,两相比较,上海也未必就不可居。在北京探亲期间,他曾向身在上海的许广平流露道:"为安闲计,住北平是不坏的,但因为和南方太不同了,所以几乎有'世外桃源'之感。我来此虽已十天,却毫不感到什么刺戟,略不小心,确有'落伍'之惧的。上海虽烦扰,但也别有生气。"[23]

到了一九三六年,鲁迅的身体状况越来越差。当时有很多人劝他移居更安逸的地方包括到国外如日本、苏联等地去休养,但鲁迅谢绝了这些好意。直到生命的最后几天,他仍然为何处可以安居而捉摸不定。虽然他认为"上海不但天气不佳,文气也不像样",但是,"我至今没有离开上海,非为别的,只因为病状时好时坏,不能离开医生。现在还是常常发热,不知道何时可以见好,或者不救。北方我很爱住,但冬天气候干燥寒冷,于肺不宜,所以不能去。此外,也想不出相宜的地方,出国有种种困难,国内呢,处处荆天棘地。"㉓写完这封信的三十四天以后,鲁迅即逝世于上海的寓所。

上海,成了鲁迅最后的居住地。他在这里又一次成了中国文化界纷纭争说的人物,成了众人仰慕的精神向导,也成了恐吓与诬陷的对象。他在这里曾经安居乐业,并喜添海婴,尽享天伦之乐;但也有为求人身安全四处逃匿、身心俱疲的悲苦。他在病痛中逝世,引来中国现代史上最为壮观的送别场面,赢得了"民族魂"的百年盛名。他的死激起了全体中国人的民族热情,产生了前所未有的巨大回响,完成了一次令人敬畏的永生。他不必再为居于何处焦虑了,上海这个生命的句号足以让他永恒。试想,如果鲁迅这样的文化伟人不曾在上海居住,或者,如果上海不曾与鲁迅这个名字密切相联,那会是一种怎样的情形呢?毫无疑问,于鲁迅,于上海,都是一种难以言说的遗憾。

其实,鲁迅一生并没有太过丰富的游历经验。中国之外,他只去过日本。他认为"东京也无非是这样",说明他对东京等日本城市并无留恋。中国之内,除了绍兴、南京、北京、厦门、广州、上海,他去过的地方也很容易历数。他曾经从北京到西安讲学,也曾经从广州到香港讲演,在教育部任职时去天津短暂出差。他对这些地方很少以笔墨详谈。西安给他留下的印象并不太佳,吃不惯也听不大懂方言。回到北京,被人问到对"长安"的印象,他模糊地回答道:"没有什么怎样。"而殖民地香港则被鲁迅视为"畏途",人身安全和民族尊严时受威胁。杭州虽近似于故乡,但由于鲁迅深爱的祖父在那里长年监禁,他对杭州天然没什么好感。早年鲁迅就一论再论"雷峰塔之倒掉",晚年鲁迅唯一的一次旅行就是受友人催促和安排,携许广平、周海婴游览杭州,但并没有留下什么"游记"。

鲁迅终其一生都在寻觅,却终于没有找到一个让他的心灵放松、精神安稳的居住之所,唯其如此,这种身体与精神的双重漂泊,才成就了他这样一位永远的"求索者",一个永远停不下脚步的"过客"式的战士形象。

何处可以安然居住?在鲁迅那里,这个永远没有答案的追问,始终以一种在现实中求得生存与安稳的形式存在,同时又激发起一种哲学的、诗意的想象、感叹和记录。

(原载《上海文学》2009年第9期)

附注：

本文引文中标注序号者，均自人民文学出版社二〇〇五年版《鲁迅全集》之《书信》部分。具体为：

① 1929年5月21日致许广平

② 1929年5月17日致许广平

③ 1930年5月24日致章廷谦

④ 1931年3月6日致李秉中

⑤ 1934年2月11日致姚克

⑥ 1934年5月10日致台静农

⑦ 1926年10月致韦丛芜等

⑧ 1926年9月20日致许广平

⑨ 1926年11月7日致韦素园

⑩ 1926年10月3日致章廷谦

⑪ 1926年12月12日致许广平

⑫ 1926年10月15日致许广平

⑬ 1926年10月23日致章廷谦

⑭ 1926年10月10日致许广平

⑮ 1926年9月14日致许广平

⑯ 1926年10月29日致许广平

⑰ 1926年11月9日致许广平

⑱ 1926 年 12 月 31 日致辛岛骁

⑲ 1928 年 2 月 24 日致台静农

⑳ 1933 年 11 月 5 日致姚克

㉑ 1934 年 11 月 1 日致窦隐夫

㉒ 1934 年 5 月 24 日致王志之

㉓ 1929 年 5 月 23 日致许广平

㉔ 1936 年 9 月 15 日致王冶秋

一段情谊引发的歧义纷呈

——鲁迅与藤野严九郎

仙台医专校门

数十年来，中学语文课本里有一篇长久留存的课文：《藤野先生》。也是因为这个原因，在当代中国，鲁迅与藤野的情谊几乎是尽人皆知的佳话。藤野这个明显是日本人的名字并没有影响到人们对这篇文章的主题确定，而且也没有将主题从最典范的师生情引向"国际友人"之类的方位去，它就是一篇师生情谊的经典范文。是因为鲁迅才使文章长久不变其价值的吗？

引发我重新对《藤野先生》产生好奇和探究的原因，是几年前读到鲁迅文章里的主角藤野严九郎唯一的一篇谈鲁迅的文章《谨忆周树人君》。这篇文章里，藤野知道自己的学生周树人后来成了鲁迅，成了中国的文豪，颇感意外。然而让藤野更意外的，是鲁迅把自己视为终生最敬仰的老师；让读者意外的，是藤野对此持谦让、不敢当的态度。而且这种不敢当并非是出于谦虚，而是他认为事实的确也不至于如此。这也就成了有趣的文本对照，鲁迅表达的深情与敬仰，在当事人那里却并没有得到对位呼应。藤野写此文时鲁迅已经去世，藤野也是听说这一消息后才应记者要求谈鲁迅的，两个人不但失去了再见面或通信的机会，更不能对其中涉及的事实进行核对了。鲁迅写作《藤野先生》是一九二六年十月十二日，那时他惜别藤野先生已经二十一年，奇怪的是，这二十一年里，鲁迅似乎未曾有打听藤野先生下落的动机与行动。我一开始只是想就两个人对同一段经历、同一种情谊的描述竟有如此不同进行分析，然而由此展开的，却是一个非常广阔、复杂的世界。

鲁迅的"最使我感激"和藤野的种种"不记得"

鲁迅的《藤野先生》收在散文集《朝花夕拾》里，在中国，它毫无疑问是一篇散文，是纪实性与文学性相结合的文章，我们对其中的虚与实从未深究过。与事实相符就是生活之实，与事实不符就是艺术之虚。但在日本，这篇文章的文体本身就存在另说。藤野本人就曾经在记者访谈时说过："周君在小说里或是对他的朋友，都把我称为恩师，如果我能早些读到他的这些作品就好了。"（半泽正二郎《追忆藤野先生》）鲁迅研究专家黄乔生也认为："日本不少学者视此文为小说，不像中国学者，多数把它当作回忆性的文章——虽然其中含有虚构的成分。"（《"鲁迅与仙台"研究述略》）我们知道，没有证据证明鲁迅在我们熟知的任何一篇小说中提到过藤野。

是小说还是散文，这本是个文体的形式问题，但其中涉及到的，是现实中的藤野与鲁迅文章中的藤野究竟是不是同一个人？我们能不能把其中的故事都当成实有发生？在回答这个问题之前，我想先谈一点自己对鲁迅《藤野先生》的感受。这就是，鲁迅的文章冠以"藤野先生"，但其中有很大篇幅并不在谈藤野。全文的感情铺垫其实在另一方面。作为一名从弱国来的留学生，"我"对自己周围大量的"清国留学生"的样貌、境遇的描述，文章由此进入，也由此过渡。一个"中国人"的国家感情在异国被放大，离开东京的原因，进入仙台医专的目的，直至"弃医从文"的动因，其实才是文章的潜藏主题。在这一背景、底色、基调的基础和前提下，藤野先生出场了。鲁迅在此将两种完全不同的感情相向而行地融合在了一起。他对一位老师的感情因此被放大，被铭记，藤野为鲁迅所做的一切具体事情，讲课、批改笔记，等等，意义也都被格外放大。这样的敏感，其实在郭沫若、郁达夫等留日青年的小说和文章里都有过表达，只不过他们是更直接的呐喊，而鲁迅是沉淀了二十年之后又借以特殊的小小的角度切入，使其成为难以泯灭、刻骨铭心的记忆。

在这篇三千多字的文章里，藤野在六百多字后才出场。我这里想先按下不表作为"文学人物"的藤野出场后的言行，先看看藤野的《谨忆周树人君》里有怎样的说辞。正像藤野本人所承认的，"外边的事尤其对于文学我更是门外汉。"所以文学上没有什么可以深究的,但需要指出的是,藤野令人意外地对鲁迅的深情进行了几近于"格式化"的处理,通篇强调的就是一个意思:"不记得"和"忘记了"。开篇第一句就是主调:"往事,记忆是不清楚了。"在师生二人的"互文性"中,藤野的文章简直就是对鲁迅文章的无意识"解构"。不妨在对照中看看。

一、鲁迅:"过了一星期,大约是星期六,他使助手来叫我了。"

藤野:"于是我讲完课后就留下来,看看周君的笔记,把周君漏记、记错的地方添改过来。"

两人关于看笔记、改笔记的地点描述是有差别的。根据中日学者论证结果,此处应是藤野记忆有误。因为鲁迅在其研究室见其研究头骨,藤野后来也发表了相关论文。

二、鲁迅:"可惜我那时太不用功,有时也很任性。"

藤野:"记得他上课时非常努力。"

而这里应该是藤野准确了。因为鲁迅的成绩是令日本本国学生都嫉妒的。

三、鲁迅:"将走的前几天,他叫我到他家里去,交给我一张照相,后面写着两个字道:'惜别',还说希望将我的也送他。"

藤野："可是我已经记不清是在什么时候、以什么样的形式把这张照片赠送给周君的了。""周君是怎样得到我这张照片的呢？说不定是妻子赠送给他的。"

照片为证，只能说藤野先生的确无力回忆了。

两人的文章里有些是互相可以印证的情节。如，日本学生对鲁迅这样的"清国留学生"的偏见和歧视，由于藤野对鲁迅学业的关心和指导，特别是鲁迅作为外国学生在成绩上取得一百四十二名学生中的第六十八名，由此还发生过所谓的"试题泄漏事件"。藤野回忆，那时"社会上还有日本人把中国人骂为'梳辫子和尚'，说中国人坏话的风气，所以在仙台医学专门学校也有这么一伙人以白眼看待周君，把他当成异己"。这也正为鲁迅在仙台时期的心理和感情做了证明。

藤野帮助鲁迅改正课堂笔记里的错谬，这是两个人回忆里最基本的共同点。我们知道，鲁迅视藤野为"在我所认为我师的之中，他是最使我感激，给我鼓励的一个"。但这感激之文里，有两处值得特别关注，一是鲁迅将"下臂的血管"（日本学者考证是臀部）画错了位置，鲁迅接受了藤野的批评，"但是我还不服气，口头答应着，心里却想道：'图还是我画的不错；至于实在的情形，我心里自然记得的。'"二是鲁迅决意要离开仙台时,藤野"脸色仿佛有些悲哀",鲁迅因此应急道:"'我想去学生物学,先生教给我的学问,也还有用的。'其实我并没有决意要学生物学,因为看得他有些凄然,便说了一个慰安他的谎话。"在如此庄重的师生情谊中,这样的"不服气"和"不诚实"却成了文章不可剥离的亮点。它们提升了文章的真实性,同时也丰富了文章的内容。

在告别藤野、离开仙台后,鲁迅走上了别一种道路,两个人从此互无音讯,仿佛也并没有惦记。鲁迅对此的解释是:"我离开仙台之后,就多年没有照过相,又因为状况也无聊,说起来无非使他失望,便连信也怕敢写了。经过的年月一多,话更无从说起,所以虽然有时想写信,却又难以下笔,这样的一直到现在,竟没有寄过一封信和一张照片。从他那一面看起来,是一去之后,杳无消息了。"而藤野呢,则是对声称要去攻读"生物学"的"周君"也失去了关注的机会与兴致。

然而,在鲁迅已经成为中国最重要的文学家后,在他北京的阜成门内西三条二十一号的寓所里,藤野先生赠予他的那张照片却一直挂在书房的东墙上,照片的背面是常人看不到的"惜别 藤野谨呈周君"字样。分别后的二十一年里,鲁迅可谓识人无数,然而藤野这样一位曾经的普通老师,早已放弃解剖学的鲁迅却将他的照片置于最重要的位置。正如他自己所说:"每当夜间疲倦,正想偷懒时,仰面在灯光中瞥见他黑瘦的面貌,似乎正要说出抑扬顿挫的话来,便使我忽又良心发现,而且增加勇气了,于是点上一支烟,再继续写些为'正人君子'之流所深恶痛疾的文字。"一张照片被赋予了如此非凡的意义,这是令人意外的,加上藤野本人对鲁迅的模糊记忆,这种"意外"的意义和分量,就成为某种巨大的反差。这其间的跨度之大,跨度之间所张开的巨大空间里,是鲁迅作为一名"清国留学生",和许多中国留学生共同具有的悲愤、忧郁、哀伤、挫折和无法抑止的中国青年独有的激情、热情和勇气。对此,一心只想教给学生解剖学知识的藤野严九郎是无法理解的。藤野先生的严谨认真和滴水之恩,在鲁迅那里被视作一团火。两个人其实没有过心与心的交流,没有过关于中国与日本,个人与国家,科学学问与家国情怀之间的探讨。从藤野后来的文章及访谈里可以看到,藤野对鲁迅仍然限于我们所认知的师生情谊上面。他为鲁迅成为一国之文豪颇为震惊,一九三六年,他在乡下的家中接待新闻记者的采访,看到鲁迅葬礼的照片,他"恭恭敬敬地把照片高举过头,先施一礼,再捧到胸前仔细观看。当得知鲁迅生前一直在打听他的消息时,深情地说:'若能在鲁迅生前给他去信,会使他多么高兴呀!真遗憾!'"在这样的对照中,我们可以深切地感受到两个彼此失去音讯的人,又在以何种特殊的方式和情绪表达着对对方的怀念与敬重。

对照阅读鲁迅的《藤野先生》和藤野的《谨忆周树人君》,看似后者有消解前者感情,解构前者意义的"危险",但事实上如果我们能够正视"清国留学生"在日本容易产生的单向度感情,能够理解隔绝二十一年再来回忆的跨度与距离感,我们就应当把两篇文章看成是对同一种交往故事的补充、互补和丰富,就可以从中看到我们单独阅读其中任何一篇而不可能得到的内涵。

鲁迅与藤野,完全是两种不同类型的人,藤野对鲁迅的关心,一方面是因为鲁迅是仙台医专当时唯一的"清国留学生",另一方面是因为他自己对中国文化的崇敬,也就是说,其实在藤野的心目中,也没有把"周君"只看作是众多学生中的一个,而是一个国家的符号化、象征性存在,他对鲁迅的关心,也体现出他对中国文化的敬仰,在此意义上,他与鲁迅一样,都将这一段情谊放大了。藤野心目中的中国是"文化强国",鲁迅等中国青年则为自己祖国的积贫积弱而痛心疾首。藤野"不记得"很多事情,但他仍然记得自己从青年时起就"很尊敬中国的先贤,同时也感到要爱惜来自这个国家的人们。这大概就是我让周君感到特别亲切、特别感激的缘故吧"。即使对于医学学业而言,鲁迅在文中说道:"他的对于我的热心的希望,不倦的教诲,小而言之,是为中国,就是希望中国有新的医学;大而言之,是为学术,就是希望新的医学传到中国去。"而这句话,据日本学者考证,有鲁迅的同班同学铃木逸太指出,其实是藤野先生本人对鲁迅表达过的意思。(资料见大村泉文章《"小而言之是为中国……大而言之是为学术……"是藤野先生的话》)也许正是这句话,切中了鲁迅学医的目的,也是两个人少有的精神呼应。只可惜他们没有就此进行师生探讨,鲁迅的铭记使之完全融入到个人的理解当中。

藤野是鲁迅的恩师,两人的性格也是极不相同的。其实藤野不过比鲁迅大七岁,两人又有些相似的地方,藤野是不足十岁就丧父,鲁迅在经历家道中落、父亲病亡后走上求学的道路。他们个人人生抱负有很大不同,但在一些微妙的地方,却又有惺惺相惜之同感。比如,鲁迅在怀念故友的文章里,除了表达缅怀,还要表达对其身后留下的家人的惦念。鲁迅追念范爱农,仍然记得"他死后一无所有,遗下一个幼女和他的夫人","现在不知他唯一的女儿景况如何?

倘在上学,中学已该毕业了罢。"(《范爱农》)想到韦素园,就"想到他的爱人,已由他同意之后,和别人订了婚"。(《忆韦素园君》)何等的凄凉!他想到柔石就联想到他的母亲:"我知道这失明的母亲的眷眷的心,柔石的拳拳的心。"(《为了忘却的记念》)而藤野先生也在怀念鲁迅时有过这样的挂念:"不知周君的家人现在如何生活?周君有没有孩子?深切吊唁把我这些微不足道的亲切当作莫大恩情加以感激的周君之灵,同时祈祷周君家人健康安泰。"令人唏嘘的话语里却有着和鲁迅一样的温暖。

鲁迅与仙台及其人生抉择

鲁迅在日本留学生活的时间,是从一九○二年四月到一九○九年夏天。在这七年多时间里,他先是在东京弘文学院学习日语,整整两年后的一九○四年四月毕业,于九月到达仙台医学专门学校。他之所以选择医学,直接的原因是通过父亲的生病到病故,确认中医是不可信的;深层的目的是学习西医以救治更多的不幸者。所以,尽管医学是具细的学科,鲁迅的选择却充满了理想主义色彩。"弃医从文"是鲁迅一生重要的转折点。不过,鲁迅学医并不完全是主观决定。据日本"仙台鲁迅记录调查会"渡边襄《鲁迅与仙台》一文指证,鲁迅当年作为"南洋公费留学生",本来应该学的是东京帝国大学工学系采矿冶金专业,他是听从了弘文学院教师的建议改学医学,同时也得到了"清国公使"的推荐,得以免试入学。至少是老师的建议、鲁迅的理想、免试的条件三者应合后产生的结果。

一九〇四年九月,鲁迅来到仙台,这个位于日本东北部的小城当时不过十万人口。中国留学生在这里是空白,长期以来,鲁迅也被视为第一个到仙台留学的中国学生而被加重其特殊性。从现在的资料看,其实同鲁迅一起到仙台留学的还有一位中国学生,这是一位学工科的叫施霖的青年,据说他同鲁迅同时到仙台,也差不多同时离开,原因是学业并不好,除了体育,"文化课"均不及格。鲁迅在《藤野先生》里描述过初到仙台的感受:"仙台是一个市镇,并不大;冬天冷得利害;还没有中国的学生。"鲁迅当然用不着强调自己的唯一,但正像黄乔生先生指出的,正不必因此给予鲁迅"先驱者的名义","唯一并非鲁迅的光荣。"(《"鲁迅与仙台"研究述略》)

鲁迅到仙台入学后,遇到的第一件大事即所谓"试题泄漏事件"。鲁迅的学习得到了藤野严九郎先生的关照,不断地为鲁迅修改、校正笔记即是常事。然而这却引起了日本本国学生的不满,特别是那些从高年级留级下来的学生。当鲁迅的成绩排在一百四十二名学生的中游,得以升级学习的时候,鲁迅在文章中描写的受到日本学生嘲讽的事情发生了。此事件重要的一点,正如在上面讲到的,鲁迅内心早已不是单独个体,而是中国人的"代表",他把这一事件看成日本人对中国人的歧视。"中国是弱国,所以中国人当然是低能儿,分数在六十分以上,便不是自己的能力了:也无怪他们疑惑。"而藤野也是一样,"他认为同学中存在蔑视中国人的现象"。(渡边襄《鲁迅与仙台》)事实上,在鲁迅的各科成绩中,唯一不及格的科目,恰恰是藤野先生所教的解剖学,为五十九点三分,谣言可以说不攻自破。这一小小事件在鲁迅的文章里被强调,也被研究鲁迅与仙台的日本学者所关注,我以为其中最重要的是,印证了鲁迅从内心认为自己所代表的不是一个学生个体,而是一个叫中国的弱国。所有的感情以及感情的过度表达,与外国人产生的认知错位,其实都可以从这一点上得到解释。

重要的还是要解释鲁迅为什么要"弃医从文"。当鲁迅来到日本求学、来到仙台学医的时候,他的内心理想一定是为了中国由弱变强。他在学医前(一九〇三年)已经写成并发表了科学论文《中国地质略论》。其中就警告国人,外国列强企图分割和瓜分中国。强调这一点不是为了拔高鲁迅,而是应当看到,那一代中国留学生去国时内心所蕴含的,不可能只是个人学业和前途,必须是与中国的命运相关。鲁迅到仙台学医,小而言之是救治像他父亲那样的不幸者,大而言之,他之所求者,都是为了学习一种科学精神,并不在乎是通过采矿冶金还是西医学术。

怀着并非只是获得"技术"而是得到"科学"精神目的而来的鲁迅,注定很难对医学里的具体知识给予专注。这也就不难分析,为什么鲁迅在怀念恩师的文章里,却提到了将静脉位置画错、以改学生物学之名离开仙台的情节。鲁迅算不得称职的学生,藤野也不可能完全理解鲁迅的内心。对于藤野精细的承担"语文老师"的笔记修改,鲁迅并不上心。正像有学者指出的:"藤野先生的教学水平不高,未能把日本的近代学术精神传授给鲁迅。"(黄乔生《"鲁迅与仙台"研究述略》提及的日本学者泉彪之助观点)两个人在对对方的认知上是有差距的。藤野要教给鲁迅医学之"术",鲁迅希望得到疗救国家的科学精神。"周树人对所学的内容是繁琐的死记硬背感到非常为难。这个现实,与他来仙台以前希望的想象相距甚远。"(岛途健一《鲁迅与仙台——相遇之契机和结局》)然而这又不能阻止鲁迅在二十一年后仍然把藤野先生视作自己的恩师。于是,《藤野先生》在一定程度上是个分裂的文本。对此,日本医学教授百百幸雄注意到:"对藤野先生这种过分的批改,鲁迅内心的反感在《藤野先生》中也有描述。"但同时他也认为:"意识到恩师之伟大,需要漫长的岁月和自己丰富的人生经验。"也就是说,青年鲁迅不会满足于一点医学上的知识和日文的是否精准。然而,当时光延续超过二十年后,文学家鲁迅已经过滤了青年时的情结,而专注于怀念恩师的教导了。《藤野先生》于是也是一篇感情发生变化和错位后的复杂文章。

鲁迅到仙台后,正值日俄战争进行之时,日本的战况是朝向胜利的,所以鲁迅目睹了即使在仙台这样的小城镇里,民众是如何不断上街参加"祝捷大会"。这样的景象深深地刺激着来自弱国的青年鲁迅,他每每想到的是中国,在即使连辫子的有无都是致命问题的中国人看来,日本的强大是个强烈的对比。

于是才有接下来的"幻灯片事件"。在课堂上学医,在内心里为中国着想的鲁迅,精神世界是不稳定的。导致他弃医的原因是在课堂上看到了一组幻灯片,展现的是日俄战争中为俄国人当密探的中国人,被日本人俘虏并当众枪毙。

最让鲁迅震惊的还不是同胞的死,而是现场有更多的同胞在观看,麻木的神情和事不关己的看客模样,加上观看现场日本同学的高呼"万岁",刺痛了鲁迅的心。我们不能说他当下就决定"弃医",更不能说他即刻就决定"从文",但导火索的作用是无疑的。

关于"幻灯片事件",其实还有很多可以追究的细节,日本学者很擅长于此。比如,幻灯片究竟在哪里放的?细菌学课余时放的幻灯片里,究竟有没有"俄探"被杀的画面?当时仙台的电影院里有没有放过类似的纪录片,鲁迅是不是从那里看到的?鲁迅是不是从报纸上看到了同类图片,但这些图片为什么没有中国人在围观?那些中国"俄探"是被枪杀还是被"斩首"的?但所有这些疑问,都不可能颠覆一个主题:鲁迅看到了这样令人痛心疾首的场面而决定放弃医学。这些疑问倒是促成了一个主题的确立:鲁迅本来就不是纯粹抱着学医的态度来到医专的,鲁迅的骨子里早已埋有文艺的情结,决心只差一个导火索。在这个重大的主题面前,究竟鲁迅到底看到的是什么和在哪里看到的,可以探究但并不重要。

说鲁迅是一个思想家、革命家、文学家,应当从青年鲁迅身上寻找到火种和基因。不但是在仙台，其实在东京学习语言时，鲁迅就有这样的冲动。周作人在《鲁迅的故家》一书之《日常生活》中就说过，鲁迅在东京虽然学的是语言，"实在他不是在那里当学生，却是准备他一生的文学工作。"从鲁迅的《呐喊·自序》中的表述，我们可以完全确定仙台所经历的"幻灯片事件"对鲁迅人生抉择的巨大影响。"因为从那一回以后，我便觉得医学并非一件紧要事，凡是愚弱的国民，即使体格如何健全，如何茁壮，也只能做毫无意义的示众的材料和看客，病死多少是不必以为不幸的。所以我们的第一要著，是在改变他们的精神，而善于改变精神的是，我那时以为当然要推文艺，于是想提倡文艺运动了。"

无论如何，以改学生物学的名义"慰安"自己的老师藤野严九郎之后，鲁迅离开了绍兴一样的小城仙台，再次回到大都市东京。然而，他从事文艺了么？还不能完全这么说。及至到鲁迅一九一八年发表《狂人日记》，这其间的跨度是十二年。这十二年前的当年，鲁迅并没有在离开仙台后大展宏图，反而是回到家乡，接受母亲的安排，同朱安举行了婚礼。即刻又回到东京，带上了自己的二弟周作人。一切都不像他离开仙台时那样意气风发，反而是无奈地背负上了更沉重的"因袭的重担"。这期间,他参与创办《新生》杂志,设想也并不"纯文学",而且失败了。他的确也写了一些文章,这些文章都是文言的,都是难懂的,而且并不都是关于文艺的。《人之历史》(1907年2月)、《摩罗诗力说》(1908年2月)、《科学史教篇》(1908年6月)、《文化偏至论》(1908年8月)、《破恶声论》(1908年12月),从篇名即可见出,所论涉及科学、文化、诗学诸领域。但不管论什么,漫长的篇幅和难懂的文字背后,是热切的诗人激情和一颗年轻的中国心。鲁迅要从事文艺,这是他心底里的感情、从小积淀下的素养、青年时的理想种种因素的聚合过程。所以,离开仙台其实只是为从事文艺留下了没有退路的蕴含,还不是一个文学家才华毕现的开端。这十二年间,鲁迅回国后从事的也是和范爱农差不多的教书生涯,并不多么有趣。直到一九一二年,他庆幸得到乡友、挚友许寿裳的举荐,受到蔡元培的认可,从而成为民国政府教育部的一名普通的"小公务员"。在他并不短暂的"公务员"生活的前半段,其实也是过着庸常的生活,在黑屋子里抄古碑还是个人兴致,平庸节奏才是日常。不过,火山的爆发是可以想到的,就待《新青年》创办、"五四"的风起云涌了。

历史的足音与时代的回响

回到仙台。鲁迅与藤野往来是那样简短而又平凡,藤野的自述才是本来的面目。因为鲁迅后来的成就,这段交往变成了一段佳话,成为一种奇缘。如果没有《藤野先生》,就可能不会有后来的一大堆追述和研究,也就不可能成就师生情缘的佳话。中日学者都在强调,不要把现实中的藤野当作文学作品中的藤野,藤野严九郎"希望人们把作为文学形象的'藤野先生'和他本人加以区别"(黄乔生论述),正是我们分析这段交往必须要把握的分寸。但无论如何,鲁迅与仙台、与藤野,因为这篇散文而成为一个重大事件。在鲁迅之后,日本作家太宰治写过一部叫《惜别》的长篇小说,小说叙述的正是鲁迅来仙台的经历和与藤野的交往。这部小说的写作背景是应邀通过小说宣传大东亚的"独立和睦","在日本和支那的和平方面发挥百发子弹以上的效果。"(《惜别的意图》,董炳月译,《鲁迅研究月刊》2004年第12期)在太宰治的小说里,鲁迅的事迹基本上是根据鲁迅的散文《藤野先生》进行扩大改写,小说本身并未见得多么了不起,其中的观点还不被竹内好等日本学者认可,但它的确发挥了一个作用,即扩大了鲁迅与仙台的关系,强化了藤野与鲁迅交往的重要性。加之一九五七年日本人霜川远志创作了三幕八场戏剧《藤野先生》，这一交往更是成为中日交流史上的奇迹。

我相信没有人会想到，一九〇四年一个普通中国青年的到来，会在一百年后的今天仍然发挥着持续的影响。随着鲁迅的逝世和藤野的重现与发声，"鲁迅与仙台"成为一个多主题变奏并不断相互交错产生回响，反复衍生出关于"初期鲁迅"、百年仙台风貌、从仙台医专到东北大学、从鲁迅到苏步青等中国留学生、中日交往现代源流，等等诸多互相纠缠、可文学亦可非文学的话题。正像孙郁先生所说的："关于医学，关于战争，关于人类之爱，关于民族主义，等等，这些像一面镜子照着我们两国的曲折的历史，美好的与苦楚的，明亮的与阴晦的，就那么纠缠在一起。"(《鲁迅与仙台·序》)毫无疑问，这超出了鲁迅的想象，更让藤野严九郎不明就里。但"仙台"和"藤野"对鲁迅的重要性是鲁迅自己认定的。当日本岩波文库准备翻译出版鲁迅作品选集时，对作品编选，鲁迅对友人增田涉重点交代的是："一切都重托你，但只有《藤野先生》这一篇，希望能收进去。"(转引自丸山升《鲁迅与那个时代》)这一要求简直成了一则"寻人启事"，最终导致藤野严九郎的重现。设想一下，如果没有这次看似轻淡的交代，即使鲁迅写了《藤野先生》,也不会发生后续的那么多回响。

也许我们不应当无限度放大"鲁迅与仙台"的影响力,正像日本学者关本英太郎所说的,很长时间里,"即使长期居住在仙台的人,知道鲁迅的人也不多。"(《为了传授——教育的威力无可比拟》)但在今天,即使仙台已经成为人口超过一百万的都市,鲁迅的名字已经深深印入它的历史当中。

当年的仙台医专是现日本东北大学医学部的前身,在这座曾经位列亚洲第一的大学校史上,鲁迅是个伟大的名字。据二〇〇四年时任东北大学校长吉本高志的文章,在该校长达一百年的"年表"中,"采用了具有代表性的四张照片,第一张照片就是一九〇四年的鲁迅先生。其余三张分别是一九一三年日本帝国大学的第一个女学生、一九二二年的爱因斯坦先生和玻尔先生(丹麦物理学家,1922年诺贝尔物理学奖获得者。)"上百年里,这里出现过苏步青等杰出的中国留学生,许多中国青年正是受到鲁迅的感召,选择来到仙台留学。鲁迅当年上课的"阶梯教室"依然可见,鲁迅的座位据说有固定标识。当地的日本居民对鲁迅怀着深深的敬意,菅野俊作教授夫妇创办的"思原寮",就是专为中国留学生提供的宿舍。菅野因此被中国留学生称作"第二个藤野先生"。二〇〇四年,为了纪念鲁迅留学仙台一百周年,东北大学举办了隆重的纪念仪式,并为优秀的中国交流学者颁发"鲁迅纪念奖"(据校长吉本高志文章)。

一九六〇年十二月,仙台博物馆院内竖起了"鲁迅之碑"。

一九六四年四月,为了纪念与藤野与鲁迅结下的友谊,藤野的家乡福井县竖立了"藤野严九郎碑"。

一九八〇年五月,又在他的出生地芦原町竖立了"藤野严九郎先生表彰碑"。

一九八三年,绍兴市与芦原町缔结为友好城市。

一九九九年,绍兴市向仙台市捐赠鲁迅雕像,并竖立于博物馆院内。

凡此种种,已将藤野这个日本教师同鲁迅的名字紧紧联系在一起。鲁迅与藤野惜别后,再无音讯往来。其实,藤野之后的人生并无辉煌可言:一九一五年,仙台医专改为东北大学医科大学部,藤野先生因为学历资格不够而自动申请退辞。那一年,鲁迅正在北京教育部任职。一九一八年,藤野在丧偶次年后再婚,并在乡下设立医院为乡民服务。同年,鲁迅发表了小说《狂人日记》,真正开始了他的文学家生涯。一九二九年,藤野在出生地开设诊所逾十年,热情为贫苦人看病,深得乡民敬重和信赖。那一年,五十岁的鲁迅与许广平生活在上海,其子周海婴于九月出生。一九四五年,经历了长子病故的藤野,于八月十一日因脑溢血病逝,享年七十二岁。那时,"民族魂"鲁迅和他的作品一起,在中国和世界上产生深远影响。据说,藤野在世时(应该是因为鲁迅而出名之后)即有报纸误报他去世的消息,藤野的回答是"死了的话倒也轻松了","也不是什么了不得的人。"(半泽正二郎《追忆藤野先生》)旷达与悲凉尽显其中。而鲁迅在表达对死亡的态度时说道:"赶快收敛,埋掉,拉倒。""不要做任何关于纪念的事情。""忘记我,管自己生活。——倘不,那就真是胡涂虫。"不知道为什么,我觉得二人之间有一种难以言说的精神相通。想到他们共同关心死去朋友留下的家人的境遇,仿佛他们之间的交往在互不表达中有着连他们自己都不曾意识、未曾表达过的相通相融。也正在这个意义上说,刻板平凡如藤野,深邃热情如鲁迅,在冥冥之中的相通是如此可信,尽管藤野已经淡忘几近于淡漠,但鲁迅挂在书房墙壁上的照片,却依然是一团火,激励人前行,让一个人可以勇敢面对一切困难、敌视、诽谤,并写下穿越历史的战斗檄文。

(原载《上海文学》2016年第1期)

附记：

　　本文写了这么多的文字，其实应该说是一篇书评。因为所有的想法，原先都是朦胧而浅显的。但自从我终于寻觅到一本书以后，这个复杂的世界才一点一滴清晰起来。这本书就是日本东北大学在二〇〇四年为纪念"鲁迅留学日本东北大学一百周年"时，专门编辑出版的《鲁迅与仙台》。本书由中国大百科全书出版社于二〇〇五年出版，解泽春翻译。这本纪念性文集，让我读得热血沸腾，读出浮想联翩，直至读到要试图用文字进行笨拙梳理的想法。遥想一百一十年前的鲁迅，在"清国留学生"身份和"中国人"使命之间，带着怎样的单纯和怎样的复杂，带着多少热情和同样多的忧郁，那位"我就是叫藤野严九郎的"是那样平淡地出场，他们之间的交往也并没有多少可圈可点的闪光处，不多的交往中还有小小的别扭和善意的说谎，最大的亮点"惜别"照片后面，还有当事一方完全忘却的茫然。然而，在还原这段交往历史的过程中，中日两国学者付出了极大的努力，不仅仅是中日鲁迅研究专家们，还包括日本东北大学研究经济、物理的学者，中国的非文学也非医学的交流学者，都用他们的记述和精细深刻的研究，为我们认识这段历史提供了丰富的资料和广博的知识。书中还有很多精彩纷呈的论述与记述细节,恕我不能一一详举。本文所涉引文,除个别条目外,几乎全部来自这部中文版的《鲁迅与仙台》。我相信,本书不但对了解和研究鲁迅与仙台、与藤野的关系有直接帮助,对于认识青年鲁迅,研究鲁迅与日本、鲁迅思想的形成和变化,都具有不可多得的启示价值。在此向本书所有中日作者、译者及出版者致以崇高敬意。

把酒论当世　先生小酒人

——鲁迅与酒

内山完造赠鲁迅的酒杯

这已经是大约四五年前的事了，我写完了一篇关于鲁迅与吸烟的文章，就一直想着写一篇关于鲁迅与喝酒的。迟迟没有动笔绝不单单是因为琐事缠身，更因为害怕引起朋友们的误会，以为我专要为了自己写文章的"独辟蹊径"而刻意选取"低端"题材。虽未写却仍然留心，愈发觉得这其实是"研究"上的一个"空白"。终于忍不住想把资料整理并用文字梳理一下。

鲁迅与酒，其实也是一个流溢着清香、充满着复杂与微妙的世界。

"说我怎样爱喝酒，也是'文学家'造的谣"

鲁迅是嗜烟的，直到生命的最后一天前，明知肺病威胁着生命，即使呼叫医生前来，他的手里也离不开一支烟卷。问题是，鲁迅嗜酒吗？我已不止一次读到"鲁迅专家"的文字，认为鲁迅是嗜酒并且经常要喝醉的。但我以为，这其实是大家都以为这属于生活里的细枝末节，所以常常"烟""酒"一起连带而过，并不认真对待的结论。

鲁迅并不自认好酒，而且多次反复强调过这一点。一九二五年，他就公开在文章中讲道："我向来是不喝酒的，数年之前,带些自暴自弃的气味地喝起酒来了,当时倒也觉得有点舒服。先是小喝,继而大喝,可是酒量愈增,食量就减下去了,我知道酒精已经害了肠胃。现在有时戒除,有时也还喝,正如还要翻翻中国书一样。但是和青年谈起饮食来,我总说:你不要喝酒。听的人虽然知道我曾经纵酒,而都明白我的意思。"(《这是这么一个意思》)一九二六年十月十五日,身居厦门的鲁迅向许广平坦承:"酒是自己不想喝,我在北京,太高兴和太愤懑时就喝酒,这里虽仍不免有小刺戟,然而不至于'太',所以可以无须喝了,况且我本来没有瘾。"直到多年后的一九三四年,他在给萧军、萧红的信中也说道:"我其实是不喝酒的;在疲劳和愤慨的时候,有时喝一点,现在是绝对不喝了,不过会客的时候,是例外。说我怎样爱喝酒,也是'文学家'造的谣。"[1]早在一九二九年六月一日,鲁迅就表达过:"在上海,创造社中人一面宣传我怎样有钱,喝酒,一面又用《东京通信》诬栽我有杀戮青年的主张,这简直是要谋害我的生命,住不得了。"既厌烦又无奈。

很显然,鲁迅对喝酒始终持有辩解的态度。这种辩解,一是本来确实并不嗜酒,却引来不少人特别是一些同道的"文人学者"借以夸张、讽刺的说辞;二是因为周围的亲友多有劝其少饮者,尤其是许广平,而鲁迅对此通常是以"听劝"且表明自己本来不怎么喝。

烟和酒本来就是一个人基本生存需要之外的"奢侈品"。不过两者象征、暗示的指向却是大不相同。我们常见的鲁迅烟不离手的形象似乎是其思考、思索的象征,而抱着一个酒坛子的鲁迅,这是鲁迅自己绝不能够接受的。一九二八年五月,创造社出身的文学家叶灵凤曾在上海《戈壁》杂志第一卷第二期上发表过一幅题材为"鲁迅与酒"的漫画,以为讽刺。据《鲁迅全集》注释,这是"一幅模仿西欧立体派的讽刺鲁迅的漫画,并附有说明:'鲁迅先生,阴阳脸的老人,挂着他已往的战绩,躲在酒缸的后面,挥着他'艺术的武器',在抵御着纷然而来的外侮。'"鲁迅曾在当年八月十日的杂文《革命咖啡店》里回应道:"叶灵凤革命艺术家曾经画过我的像,说是躲在酒坛的后面。这事的然否我不谈。现在我所要声明的,只是这乐园中我没有去,也不想去,并非躲在咖啡杯后面在骗人。"在同一日的《文坛的掌故》一文中,鲁迅又说:"要有革命者的名声,却不肯吃一点革命者往往难免的辛苦,于是不但笑啼俱伪,并且左右不同,连叶灵凤所抄袭来的'阴阳脸',也还不足以淋漓尽致地为他们自己写照,我以为这是很可惜,也觉得颇寂寞的。"可见这样的

"掌故"鲁迅是很难用雅事、逸闻轻易对待的。

现在就得来谈谈鲁迅究竟有多能喝酒了。综合鲁迅自况及各色亲友的回忆，我们可以确定，鲁迅是喝酒的，而且不止喝绍兴酒，白酒、红酒、啤酒、洋酒，都喝过。但说鲁迅嗜酒如嗜烟，那的确是错谬与误会之说。

许广平是最了解鲁迅生活的人了，她多年后回忆道："人们对于他的饮酒，因为绍兴人，有些论敌甚至画出很大的酒坛旁边就是他。其实他并不至于像刘伶一样，如果有职务要做，他第一个守时刻，绝不多饮的。他的尊人很爱吃酒，吃后时常会发酒脾气，这个印象给他很深刻，所以饮到差不多的时候，他自己就紧缩起来，无论如何劝进是无效的。但是在不高兴的时候，也会放任多饮些。"（《鲁迅先生的日常生活》）

同样是创造社的郁达夫却是鲁迅的好友，而且还常有机会与鲁迅一起饮酒，所以了解得也格外详细："他对于烟酒等刺激品，一向是不十分讲究的；对于酒，也是同烟一样。他的量虽则并不大，但却老爱喝一点。在北平的时候，我曾和他在东安市场的一家小羊肉铺里喝过白干；到了上海之后，所喝的，大抵是黄酒了。但五加皮、白玫瑰，他也喝，啤酒、白兰地，他也喝，不过总喝得不多。"萧红在名篇《回忆鲁迅先生》中说："鲁迅先生喜欢吃一点酒,但是不多吃,吃半小碗或一碗。"许寿裳在回忆文章中也说,鲁迅不敢多喝酒。

看来,总喝但不是很多,是鲁迅喝酒的基本情形。

鲁迅日记里所记酒事从一九一二年进入北京即见。鲁迅到京后住在绍兴会馆,五月五日晚入住,七日即"夜饮于广和居"。三十一日"夕谷清招饮于广和居"。这一年,鲁迅除了常被"招饮"于会馆附近的广和居等饭店,还时常在许寿裳等乡友家里聚会饮酒。鲁迅到底每次喝了多少酒不可知,却可通过"少许"甚至"不赴"等自述知道,他其实并不那么嗜酒。鲁迅的醉酒经历也可以从他自己和别人的文字中找出印迹。据萧振鸣《鲁迅与他的北京》一书中统计,鲁迅日记里仅广和居就有六十四条宴饮记录,其中不乏"甚醉""颇醉""小醉"等表述,但醉酒占"招饮"中的比例很小。鲁迅饮酒,基本上都是与朋友在一起,独自喝酒的时候很少。唯见一九二五年二月六日的日记里"夜失眠,尽酒一瓶",应是一次独饮经历。

鲁迅过量饮酒甚至醉酒的原因,大多与心情有关,基本上被描述为因时人时事引发心情不好所致。许广平在《欣慰的纪念》谈到,因为在"官场"上和"文人"间的遭遇,"真使先生痛愤成疾了。不眠不食之外,长时期在纵酒。"

这从一个侧面证实北京时期的鲁迅的确是常常借酒来消解心中苦闷的。鲁迅在厦门大学的一次醉酒经历可能是最著名的。许广平说:"看到办教育的当局对资本家捧场,甚至说出钱办教育的人好像是父亲,教职员就像儿子的怪论,真使他气愤难平,当场给予打击。同时也豪饮起来,大约有些醉了,回到寝室,靠在躺椅上,抽着烟睡熟了,醒转来觉得热烘烘的,一看眼前一团火,身上腹部的棉袍被香烟头引着了,救熄之后,烧了七八寸直径的一大块。后来我晓得了,就作为一个根据,不放心他一个人独自跑到别的地方。"(《鲁迅先生的日常生活》)同样的事,川岛也有类似记录,确证其真。

其实,鲁迅喝酒是否因为"重大事件"才过量,就像鲁迅经常醉酒一样,都有"过度阐释"之嫌。而每有不悦或者心中郁结,即更容易借酒去浇心中块垒,这应该是确实的。一九一二年七月二十二日,那一天北京大雨,鲁迅没有去上班,当晚却与朋友喝酒去了。"大雨,遂不赴部。晚饮于陈公猛家,为蔡子民饯别也,此外为蔡谷青、俞英崖、王叔眉、季市及余。肴膳皆素。"那一晚酒后,鲁迅回到公馆,想起了十二天前在家乡溺水而死的朋友范爱农,这个爱喝酒且每喝必醉的落泊者、落伍者、落寞者,他提笔写下诗数首以为纪念,这是鲁迅并不多见的诗情喷发。及至一九二六年十一月十八日写成的散文《范爱农》里,鲁迅仍然记得这一晚酒后的感受:"夜间独坐在会馆里,十分悲凉,又疑心这消息并不确,但无端又觉得这是极其可靠的,虽然并无证据。一点法子都没有,只做了四首诗,后来曾在一种日报上发表,现在是将要忘记完了。只记得一首里的六句,起首四句是:'把酒论当世,先生小酒人。大圜犹酩酊,微醉合沉沦。'中间忘掉两句,末了是'旧朋云散尽,余亦等轻尘。'"那样的时代、雨夜、心情、消息,鲁迅尽管与众多好友同饮,心中默念的却一定是已经不知是自杀还是溺水的"酒友"范爱农。按理说,喝酒未必都需要理由,但鲁迅的醉酒显然都是有原因可寻的。

作为虚拟说辞与诗意化的酒

通观鲁迅与酒之关系会发现,在特定情形下,酒在鲁迅那里是一种虚拟的说辞,一种"醉翁之意不在酒"的言辞借用。这一点特别体现在鲁迅与许广平的书信交往中。初期交往,许广平经常以劝鲁迅少饮酒、不醉酒婉转表达对鲁迅的关心。鲁迅则以谈酒为名,传递自己愿意"听劝"的态度。

与嗜烟不可能放弃相比,鲁迅谈酒更显随意,态度也是忽而表示不喝,忽而又我行我素。《两地书》的"酒"字含义颇值得玩味。一九二五年五月二十七日,许广平致信鲁迅即说:"如其计及之,则治本之法,我以为当照医生所说:一、戒多饮酒;二、请少吸烟。"六月一日又言:"废物利用又何尝不是'消磨生命'之术,但也许比'纵酒'稍胜一筹罢。"鲁迅的回信中立刻回应道:"其实我并不很喝酒,饮酒之害,我是知道的。现在也还是不喝的时候多,只要没有人劝喝。"但其实,鲁迅并非全是因为"劝喝"才喝酒。许广平对此是心知肚明的,所以她才又说:"'劝喝'酒的人是随时都有的,下酒物也随处皆是的。只求在我,外缘可以置之不闻不问罢。"[②]"酒"字因此在两人的书信往来中成了一个故意不去实指、不去捅破的虚拟之辞、游戏之说。许广平说:"今夕'微醉'(?),草草握笔,做了一篇短文,即景命题,名曰《酒瘾》。"[③]而鲁迅又回应说:"人到无聊,便比什么都可怕,因为这是从自己发生的,不大有药可救。喝酒是好的,但也很不好。"[④]既"好"又"很不好",这样的矛盾之说,其实不过是两人找到了一个可以用来保持传递关心、关注以及积极回应的姿态,双方宁愿就此虚拟地讨论下去。鲁迅有时也来"质问"许广平:"前信反对喝酒,何以这回自己'微醉'(?)了?"⑤

因为要"听劝",鲁迅在喝酒上尽量克制。他在一九二六年六月十七日给李秉中的信中说:"酒也想喝的,可是不能。"这里的"不能",多半就是尊重许广平劝说的暗示。当然,虽是虚拟的语言游戏,刻意设置的话题"辩论",鲁迅也会忍不住谈一下自己对喝酒这件有伤身体一事理性的、真实的看法。比如,在六月二十九日的信中就突然发表"酒论"道:"第一,酒精中毒是能有的,但我并不中毒。即使中毒,也是自己的行为,与别人无干。且夫不佞年届半百,位居讲师,难道还会连喝酒多少的主见也没有,至于被小娃儿所激么!? 这是决不会的。第二,我并不受有何种'戒条'。我的母亲也并不禁止我喝酒。我到现在为止,真的醉止有一回半,决不会如此平和。"鲁迅甚至搬出自己的母亲表达愤慨,反对别人干涉自己喝酒的权利,这话当然不是说给许广平的,而是对耳边不时听到的背后嘀咕表示厌烦。

一九二六年八月,鲁迅因"政治"和"文化"的原因,不得不离开北京,南下到厦门大学教书。同时离京回粤的许广平又开始与鲁迅书信往来。这时候,两人的关系已经确定,谈话不再绕那么多弯子了。不过,"喝酒"仍然是常常要探讨的问题,这时候则更多了切实的关心和真实的承诺。

"我已不喝酒了,饭是每餐一大碗。"⑥

"祝快乐,不敢劝戒酒,但祈自爱节饮。"⑦

"是日,不断的忆起去年今日,我远远的提着四盒月饼,跑来喝酒,此情此景,如在目前,有什么法子呢!"⑧

"我身体是好的,不喝酒,胃口亦佳,心绪比先前较安帖。"⑨

"这几天全是赴会和饯行,说话和喝酒,大概这样的还有两三天。这种无聊的应酬,真是和生命有仇,即如这封信,就是夜里三点钟写的,因为赴席后回来是十点钟,睡了一觉起来,已是三点了。"⑩

"他今天还要办酒给我饯行,你想这酒是多么难喝下去。"⑪

不管用什么人和事作背景交代与铺垫,鲁迅传递的都是不再过量饮酒的信息和承诺。"我是好的,很能睡,饭量和在上海时一样,酒喝得极少,不过一杯葡萄酒而已。家里有一瓶别人送的汾酒,连瓶也没有开。"这瓶酒应该是在北京时高长虹送鲁迅的,一九二五年九月二十六日的鲁迅日记里有记:"夜长虹来,并赠《闪光》五本,汾酒一瓶,还其酒。"

鲁迅对酒的理解,他对酒的描写,抛开自己喝与不喝,是充满诗意色彩的。他时常会流露出对酒在增加诗意甚至意志力时作用的肯定。"中山生日的情形,我以为和他本身是无关的,只是给大家看热闹;要是我,实在是'身后名,不如即时一杯酒',恐怕连盛大的提灯会也激不起来的了。"⑫这种"即时一杯酒"的洒脱表达在鲁迅算是少有的。"日日斟出一杯微甘的苦酒,不太少,不太多,以能微醉为度,递给人间,使饮者可以哭,可以歌,也如醒,也如醉,若有知,若无知,也欲死,也欲生。"(《淡淡的血痕中》)这是鲁迅自己饮酒感受的诗意化。"我沉静下去了。寂静浓到如酒,令人微醺。"(《怎么写》)"微醺"或"微醉","也如醒,也如醉",正是鲁迅对喝酒的最佳感受。"我靠了石栏远眺,听得自己的心音,四远还仿佛有无量悲哀,苦恼,零落,死灭,都杂入这寂静中,使它变成药酒,加色,加味,加香。"(《怎么写》)酒的色香味和心境的五味杂陈混合为一体。一九二六年八月,离开北京、离开许广平独自南下的鲁迅,心情应该并不能算好。路途中的文字却少有哀怨,反而时有自寻快乐之时,比如他就在途中喝了一回高粱酒。虽是偶遇,却是快事。"喝了二两高粱酒,也比北京的好。这当然只是'我以为';但也并非毫无理由:就因为它有一点生的高粱气味,喝后合上眼,就如身在雨后的田野里一般。"(《上海通信》)这是鲁迅少有的品酒、赞酒语句。读来清新感人。

鲁迅为自己喝酒辩护,但并不把酒妖魔化也是事实。除了偶尔的"高粱气味"的感受和遐想,鲁迅还会从文化的角度去理解和解释酒。

由于对中国国民性的深切关注,即使俗物如酒者,在鲁迅笔下也一样具有考察国民性的价值。"中国的自己能酿酒,比自己来种鸦片早,但我们现在只听说许多人躺着吞云吐雾,却很少见有人像外国水兵似的满街发酒疯。唐宋的踢球,久已失传,一般的娱乐是躲在家里彻夜叉'麻雀'。从这两点看起来,我们在从露天下渐渐的躲进家里去,是无疑的。"(《家庭为中国之基本》)

也就是说,中国人在自家的屋檐下寻求平和、安稳、妥帖、麻醉,比起外国水兵的"满街发酒疯",与其说是对酒文化消失的遗憾,不如说是他对国民性格弱化、阳刚之气渐失的悲哀。极而言之,"家是我们的生处,也是我们的死所。"由此也可见出鲁迅心目中的酒,不是酿造的技术,不是奢侈的炫耀,不是纸醉金迷,不是利益交易,甚至也不是"小富即酒"的满足,而是一种人生中的诗意,一点心间的美感,一种情绪发泄的催化剂,一种精神力量的强推与发挥。

在鲁迅心目中,中国人的在家温一壶烧酒,来几碟冷热兼有的菜飘飘欲仙,比之外国士兵的烂醉街头,正是自我麻醉与刚烈之气的差异暗示。这正如鲁迅在《〈如此广州〉读后》里讲迷信时所论的那样,广州有"店家做起玄坛和李逵的大像来,眼睛里嵌上电灯,以镇压对面的老虎招牌",当然是一种迷信。但在鲁迅看来,都是迷信,江浙人用的是求平安、暗诅咒等"精神胜利法",广州人的公开叫板"迷信得认真,有魄力",所以鲁迅认为:"广州人的迷信,是不足为法的,但那认真,是可以取法,值得佩服的。"鲁迅绝不会主张人们喝醉后上街闹事,他看到的是国民性的软弱和自我麻醉的可悲。

鲁迅文章中的"酒"

鲁迅的生活里,嗜烟远胜过好酒。鲁迅的文章里,却是谈酒多于说烟。《呐喊》《彷徨》《故事新编》《野草》《朝花夕拾》以及他各个时期的杂文,他的演讲、书信、日记里,"酒"都是一个常见的意象和描述对象。

鲁迅最著名的演讲文章《魏晋风度及文章与药及酒之关系》，是一篇谈论文人性情与酒、文章与酒的绝妙之论。其中所论却绝非只是酒与文章，它涉及了一个特定时期的政治影响、文化思潮、美学趣味及文学趋向，它论述的是这种文人性情背后的自由与束缚，激情与无奈。他最后的结论，其实仍然是"且夫天下之人，其实真发酒疯者，有几何哉，十之八九是装出来的"。进而认为天下也没有纯粹的田园诗人、山林文学，文学说到底与时代有着密切联系。

在鲁迅小说中，酒是一种穿缀物，可以为人物故事提供新的走向；酒是一种催化剂，可以让庸常人物的灰色人生突然产生戏剧性的、夸张的转变。鲁迅的小说里，因酒而影响一生命运的人物当是孔乙己。孔乙己的故事都发生在"咸亨酒店"里。只要孔乙己"喝过半碗酒"，他的面色与表情就会发生种种变化，"涨红的脸色渐渐复了原"，"显出不屑置辩的神气"，"颓唐不安模样，脸上笼上了一层灰色"，等等，而有了点酒意的孔乙己，也会给现场带来变化，"众人也都哄笑起来：店内外充满了快活的空气。"酒钱的有无是影响孔乙己命运的重要故事核。可以说，这是一篇关于酒的故事。

《阿Q正传》里的阿Q算不上也不配称之为"酒鬼"，但小说中却近十次写到与酒有关的情节。每当写到酒,必是阿Q精神胜利法用得最足、性格最张扬的时刻,"酒壮尻人胆",阿Q典型不过。"那是赵太爷的儿子进了秀才的时候,锣声镗镗的报到村里来,阿Q正喝了两碗黄酒,便手舞足蹈地说,这于他也很光采,因为他和赵太爷原来是本家,细细地排起来他还比秀才长三辈呢。其时几个旁听人倒也肃然的有些起敬了。"喝了酒便敢吹牛。"阿Q近来用度窘,大约略略有些不平;加以午间喝了两碗空肚酒,愈加醉得快,一面想一面走,便又飘飘然起来。不知怎么一来,忽而似乎革命党便是自己,未庄人却都是他的俘虏了。"喝了酒就感觉身处并非人间。

鲁迅笔下的小知识分子,都是借酒浇愁的主儿。前有孔乙己,后有《孤独者》里的魏连殳、《在酒楼上》里的吕纬甫。鲁迅特别擅长于描写他们酒后的表情,看出他们酒后的心情。比如魏连殳,"一瓶烧酒,两包花生米,两个熏鱼头。"一场表现一个人命运无常的对话因此展开,"其时是在我的寓里的酒后,他似乎微露悲哀模样。""我即刻很后悔我的话。但他却似乎并不介意,只竭力地喝酒,其间又竭力地吸烟。""他照例只是一意喝烧酒,并且依然发些关于社会和历史的议论。不知怎地我此时看见空空的书架,也记起汲古阁初印本的《史记索隐》,忽而感到一种淡漠的孤寂和悲哀。"

又比如吕纬甫,"我"与他喝了一场大酒,应该是至少有五斤黄酒,并因此读到了一颗落寞的心,看到了一个失败的人生。"我忽而看见他眼圈微红了,但立即知道是有了酒意。他总不很吃菜,单是把酒不停地喝,早喝了一斤多,神情和举动都活泼起来,渐近于先前所见的吕纬甫了。"

在鲁迅小说里,酒是刺激一个人敢说话、敢冒险、突然爆发的情节因素,除了孔乙己、魏连殳、吕纬甫因酒而袒露内心,除了阿Q因酒而乖张变形之外,许多涉及酒的情节,也都是起着类似的点化情绪、"尿人壮胆"的作用。《阿Q正传》里,阿Q的"对头"剪了辫子:"他的母亲大哭了十几场,他的老婆跳了三回井。后来,他的母亲到处说,'这辫子是被坏人灌醉了酒剪去了。本来可以做大官,现在只好等留长再说了。'"《端午节》里的方玄绰:"他喝了两杯,青白色的脸上泛了红,吃完饭,又颇有些高兴了,他点上一支大号哈德门香烟,从桌上抓起一本《尝试集》来,躺在床上就要看。"《风波》的开头:"河里驶过文人的酒船,文豪见了,大发诗兴,说,'无思无虑,这真是田家乐呵!'"其中的人物"七斤嫂记得,两年前七斤喝醉了酒,曾经骂过赵七爷是'贱胎',所以这时便立刻直觉到七斤的危险,心坎里突突地发起跳来"。《离婚》里的爱姑,既然已经接受了命运,屈服了意志,也就断然不敢再喝慰老爷的新年喜酒,赶紧"恭恭敬敬地退出去"。学过医、喝过酒的小说家鲁迅,是如此精确地掌握着各色人物酒后的"风采"与可能的危险。

在散文《范爱农》里,鲁迅记述了早年与这位"酒友"一起喝酒的经历:"他又告诉我现在爱喝酒,于是我们便喝酒。从此他每一进城,必定来访我,非常相熟了。我们醉后常谈些愚不可及的疯话,连母亲偶然听到了也发笑。"这也印证了鲁迅所说的"我的母亲也不反对我喝酒"。

至此,我们可以说,出生在"大多数男人兼会做酒"的绍兴,"他的父亲心境也不快。他常饮酒,有时亦发脾气"的家庭里(周建人《略讲关于鲁迅的事情》语),长期的一个人独自漂泊的经历,常与各类乡友、文友、同事聚会的爱好,每遇不悦、愤怒即奋笔疾书,曾被论敌或朋友描述为"醉眼朦胧"的鲁迅,其一生与酒有着不解之缘。他曾遥想千年之前魏晋文人的酒后风度,也曾与眼前的许广平借"酒"字传情;他曾因病而弃酒,又因性情而举杯;他曾透过酒事看到孔乙己的失败,也曾因共饮而穿透魏连殳、吕纬甫的内心;他深知阿Q的那点精神胜利,不过是一杯酒后的忘乎所以,也看出七斤嫂为七斤酒后疯话而产生的致命担忧；慰老爷、鲁四老爷家的酒或是"做稳了奴隶"的得意，爱姑、祥林嫂不敢也无法接近酒桌的遭遇，不过是"做奴隶而不得"的悲哀；他曾经为数不多地"颇醉"，更喜欢临界状态下的"微醺"；他喝过各种酒，而独赞喝过后如"身在雨后的田野里一般"的无名高粱酒；他即使饮酒也得声明是母亲也不限制的权利，他并不嗜酒却还得为"酒坛子"辩护；他可怜范爱农式的酒友，提笔写下《哀范君三章》。在他的心目中，在他的文章里，举凡命运失败者、人生落寞者、时代落伍者，大都在愤世嫉俗的同时，有着借酒消愁而且通常是借别人的酒消愁的悲伤经历。

就此而言，谈谈鲁迅与酒，并非是小题大做的刻意为文，实在是一扇值得推开的窗户，可以看到一个复杂、微妙的世界。就让我借创造社阵营里的作家，鲁迅的乡友、文友郁达夫赠鲁迅的诗为这篇文章作结吧，我以为这首诗写尽了鲁迅的性情与酒、鲁迅的文章与酒的既紧张又不可剥离的玄妙关系。"醉眼朦胧上酒楼，彷徨呐喊两悠悠。群盲竭尽蚍蜉力，不废江河万古流。"

（原载《人民文学》2016年第3期）

附注：

本文引文标注序号者，均自人民文学出版社二〇〇五年版《鲁迅全集》之《书信》部分。具体为：

① 1934年12月6日致萧军、萧红
② 1925年6月5日致许广平
③ 1925年6月12日致许广平
④ 1925年6月13日致许广平
⑤ 1925年6月13日致许广平
⑥ 1926年9月14日致许广平
⑦ 1926年9月18日致鲁迅
⑧ 1926年9月23日致鲁迅
⑨ 1926年10月28日致许广平
⑩ 1927年1月6日致许广平
⑪ 1927年1月6日致许广平
⑫ 1926年11月18日致许广平

一次"闪访"引发的舆论风暴
——鲁迅与萧伯纳

鲁迅、萧伯纳、蔡元培合影

不独是人心,世间发生的很多事情一样剪不断、理还乱,评说的人越多,纷乱程度甚至反而越高。萧伯纳一九三三年二月十七日来访中国这件事,我从准备到梳理已经历了好几年,到现在还没有把握说整理清楚了当时的情形,包括事情的流程、在场的人员到底是怎样的,等等。这件事已经过去八十多年了,议论和说法都难得清晰,要说当时能见到萧伯纳的人,毫无疑问都是上海滩顶尖的文化名人了,怎么连这件事情的本来面目也说不清楚呢?

也许有人认为,一次来访,而且不过是个作家而已,值得这么"推敲"吗?的确,这一百年来,仅就诺贝尔文学奖获得者,从罗素(来访时尚未得奖)到泰戈尔、萧伯纳,从勒·克莱齐奥到帕慕克,来中国访问的人数实在不算少。然而,没有一次访问能像萧伯纳一样,引发出如此强烈、长久的反响。如果说泰戈尔的访问是现代中国的一次文坛佳话,那么,萧伯纳的到访就是一次猝不及防的风暴。他登陆上海不过就大半天时间,去了两三个地方,与十几个或略多一点的人进行了交谈,甩下若干句幽默俏皮的话,然后就旋风般离开了。可是,就是这八个多小时,被中国的文人们谈论了八十年;就是那么几句话,被争论了半个多世纪;就是那么一段有多名记者追踪、包围,用笔、用照相机记录的过程,却成了一个无法复原的被撕裂的故事。

所有这些故事的发生及其后果,都与一位那天本是半道赶去的人有关:鲁迅。

由于梳理故事"流程"之难,在写此篇文章的时候,我甚至想到,旧上海的消失带来一个很大的遗憾,即我们无法沿着萧伯纳走过的路径重走一遍,去想象当年的那段故事了。资料,只有文字资料中的破碎、纠缠、矛盾,可以帮助我们尽可能磕磕绊绊地重述这件文坛往事。

先来看几个与故事有关的"情节"闪回。

二十世纪六十年代初,邵洵美在上海监狱里与文学史教授贾植芳关在一起,有一次他对贾说:"贾兄,你比我年轻,你还可能出去,我不行了,等不到出去了。""他郑重交代我,将来出来的话,有机会要为他写篇文章,帮他澄清两件事。第一,一九三三年英国作家萧伯纳来上海,是以中国笔会的名义邀请的。邵洵美是世界笔会中国分会的秘书,萧伯纳不吃荤,吃素,他就在南京路上的'功德林'摆了一桌素菜,花了四十六块银圆,是邵洵美自己出的钱。因为世界笔会只是个名义,并没有经费。但是后来,大小报纸报道,说萧伯纳来上海,吃饭的有蔡元培、宋庆龄、鲁迅、林语堂……就是没有写他。他说:'你得帮我补写声明一下。'还有一个事,就是鲁迅先生听信谣言,说我有钱,我的文章都不是我写的,像清朝花钱买官一样"捐班",是我雇人写的。我的文章虽然写得不好,但不是叫人代写的,是我自己写的。'他的嘱托,我记住了。"(贾植芳《我的狱友邵洵美》)

——可是,出钱订餐这件事除了贾植芳先生的"捎话",仍然没有一个确实的定论。

戏剧家洪深受一家团体(中国戏剧及电影文化团体)、一家报社(《时事新报》)委托前往迎接并采访萧伯纳,不想这样一位文艺大家,二月十六日下午跑到码头上,"向昌兴轮船公司打听了四次,小火轮几时开出;四次所得到的答复,都不相同。""昌兴公司的主持人说,今天至少拒绝了二百个新闻记者,因为萧老先生怕麻烦,所以一切闲杂人等,船长命令不许登舟。我想蛮干一下,我说,'我上了小火轮,你未必能把我推下水去。'外国人说,'我至少可以把你推上岸去。'"(洪深《迎萧灰鼻记》)

——谁能见到萧伯纳,气氛从一开始就很紧张。

萧伯纳行程里还有访问北京,与上海的热烈"造势"相比,北京的情形却显两样。身在北京的胡适就有过俏皮的声明:"胡适之于萧氏抵平之前夕发表一文,其言曰,余以为对于特客如萧伯纳者之最高尚的欢迎,无过于任其独来独

往,听渠晤其所欲晤者,见其所欲见者云。"(1933年2月20日路透社电讯)

——分歧在每一个层面和细节上都会产生!

"萧在上海不到一整天,而故事竟有这么多"

这个标题是鲁迅事后的感慨(《〈萧伯纳在上海〉序》)。萧伯纳是爱尔兰人,生于一八五六年七月二十六日,一九二五年获诺贝尔文学奖。他的身世和鲁迅有一点相像,父亲是贵族,母亲是乡绅世家,但幼年时父母离异(从此"家道中落"),父亲嗜酒(鲁迅父亲也一样)是主因之一,他随母亲来到伦敦生活(少年鲁迅去南京求学),失去受上等教育的机会而过着清苦的生活。他的创作道路也十分坎坷,但他最终以对黑暗现实的批判、对上流社会的讽刺,同时对英国戏剧艺术的革新而被世人称道(鲁迅创作的意义甚至更具划时代色彩)。很长时间里他自己的生活面临诸多困难,却把诺奖奖金八千英镑捐给了瑞典的穷苦作家们(鲁迅从经济上扶持了众多文学和美术青年)。他活了九十四岁,不知道是晚年时看透了人世,还是历来就持有自己的人生观,其生死观也和鲁迅有相近之处,他的墓志铭上只有一句话:"我早就知道无论我活多久,这种事情迟早会发生的。"这和鲁迅的遗言之一"赶快收敛,埋掉,拉倒"在心境上有如中英文对译。

一九三三年,七十七岁的萧伯纳携夫人乘"英国皇后"号邮轮周游世界。二月十二日到达香港,在那里就发表了一大通针对中国政治和社会形势的言论,其中的一些句子已经开始在上海传播。鲁迅为萧到上海所作的第一篇文章,就写于他到上海前两天的二月十五日,发表于他到上海的那一天,即十七日的《申报·自由谈》上,文中所举萧氏言论,正是其在香港时对当地青年所讲。萧要来上海了,这消息在那一刻比文章中的观点更重要。

十七日凌晨,萧伯纳所乘坐的邮轮到达上海,据说是因为船吃水太深,所以停泊在了吴淞口。萧伯纳此行虽是"家庭豪华游",但所经之处受邀上岸从事活动也是正常不过的事,至少在印度、香港都有过。萧伯纳"离开香港时曾致电宋庆龄。宋以萧伯纳年老,且初次来华,特偕两位朋友乘小轮至吴淞登轮往访"(《宋庆龄选集》[上卷]第93页)。萧与宋同是世界民权保障同盟名誉副主席,宋庆龄正是以此身份登上"英国皇后"号的。与她同登邮轮的"两位朋友",是宋的秘书及杨杏佛。

故事其实在此之前就已经很热烈地开始了。从十六日下午起,操持各种语言的记者早已在岸上迎候萧伯纳了。假如文字也是镜头,就聚焦一下人潮中的洪深吧。这位中国现代剧作大家,也在迎候着来自英国的更著名的剧作家同行,还兼着为一家报纸做记者。然而,他当晚写了一篇文章,标题却很尴尬:《迎萧灰鼻记》。这位中国的剧作名家,至少在十七日凌晨两点就开始在码头上等候机会,他远远地看到宋庆龄、杨杏佛等来了,便再三向杨请求捎他上船,然而终不得。这简直让人联想到铁杆球迷守候在球场门口渴望一张球票的情形。他除了"散步观潮",什么也没见到,只能以"据说"为小标题记述这次"灰鼻行"的结束。其他种种记者,恐怕就更没有机会了。

我综合了各种能读到的文章,最大限度地将萧伯纳那一天的"沪上行"描述一下,这里的最大限度,就是凡有文章提到他去过哪些地方,做了些什么,说了些什么,尽量罗列出来,然后再来看看这一路上究竟产生了多少歧义和不确定。

"英国皇后"号"晨六时抵吴淞口。晨五时,宋庆龄偕杨杏佛等乘海关小轮前往吴淞口欢迎,并上'英国皇后'号访萧伯纳,相见甚欢。后应萧伯纳的邀请,宋庆龄与其在餐厅共进早餐"(《宋庆龄年谱》第489页)。宋邀请萧登岸访沪,萧先是推辞的。据爱泼斯坦在《宋庆龄——二十世纪的伟大女性》一书中记述,萧伯纳对宋庆龄说:"除了你们,我在上海什么人也不想见,什么东西也不想看。现在已见到你们了,我为什么还要上岸去呢?"但宋庆龄强调了既是环游世界,到上海而不下船能算来过吗?萧因为很满意回答,便同意了。而萧的夫人因身体不适没有随行。

小火轮来到了位于杨树浦的码头,萧、宋、杨等上岸,那一堆还在等候的记者应该没有得到采访和拍照的机会吧,至今我们没看到名人登岸的照片。萧、宋、杨等"先赴外白渡桥理查饭店与同时来沪各游历团团员相见,稍作寒暄"(《宋庆龄年谱》第489页)。(那么,萧的夫人要很孤单地在船上待一天了。)接着又驱车到了亚尔培路(今陕西南路)三三一号,在那里拜访中央研究院院长蔡元培。那一定又是一通有趣的寒暄。接着又是坐汽车,这回是莫里哀路二十九号(今香山路七号)宋庆龄的居所举行欢迎宴会。离开蔡元培办公地的同时,另一辆车也已同时出发,去接鲁迅先生直赴宋宅。大家坐定已是正午十二点,大约一个小时后的一点钟,鲁迅赶到了,看见大家正在吃素餐。桌上应该已经坐了七个人,他们是:萧伯纳、蔡元培、杨杏佛、林语堂、伊罗生、史沫特莱以及主人宋庆龄。鲁迅加入后,八人共聚。宴会可谓足够高大上,上海滩的文化名流和诺奖获得者,在孙中山先生的故居里小范围聚会,这场景恐难再出现第二次。

宴会期间,宾主们肯定谈论了很多话题。但宋庆龄本人曾回忆:"当时林语堂和他(萧伯纳)滔滔不绝地谈话,致使鲁迅等没有机会同萧伯纳谈话。"也就是说,有之后用英文创作长篇小说《京华烟云》、编辑《当代汉英词典》的林语堂在,其他人与萧直接对话的机会就大大减少了。鲁迅写了那么多关于萧的文字,但提到席间谈话内容的也就一句:"在吃饭时候的萧,我毫不觉得他是讽刺家。谈话也平平常常。例如说:朋友最好,可以久远的往还,父母和兄弟都不是自己自由选择的,所以非离开不可之类。"(《看萧和"看萧的人们"记》)

宴会在下午二时结束。在宋宅的门口,还有照相环节。萧、宋、蔡、林、鲁及伊罗生和史沫特莱的"七人合影",鲁迅与萧、蔡的"三人合影"。接下来,至少有蔡元培、杨杏佛、鲁迅三人陪同驱车(有说是宋子文的车)到福开森路(今武康路)世界学院参加国际笔会中国分会的欢迎会(车子总是满员)。行前,宋宅外仍然有一大堆等候已久的记者,大家一齐围上来,要采访,要记录,要拍照。这时候,我们又看到整个通宵"灰鼻""迎萧"、一无所获的剧作家兼临时记者洪深了。他没有机会参加室内的宴会,这时却当起了翻译,由他告诉大家,四点钟再回到宋宅,萧先生答应接见记者,可有六名代表来参加"新闻发布会"。

等候在世界学院"大洋房"(鲁迅语)的,据鲁迅观察有五十多人,其中就有梅兰芳、叶恭绰、张歆海、谢寿康、邵洵美等沪上名流。鲁迅是这样描述迎候者们的:"走到楼上,早有为文艺的文艺家,民族主义文学家,交际明星,伶界大王等等,大约五十个人在那里了。"(《看萧和"看萧的人们"记》)而张若谷的记载是:"有戴眼镜穿马褂的蔡元培,团圆面孔静若好女子般的梅兰芳,髭髯像刺猬的鲁迅,还有叶恭绰、杨杏佛,林语堂,张歆海,谢寿康,邵洵美以及其他与政治文艺都有关系的名媛与要人。"(张若谷《五十分钟和伯纳萧在一起》)

萧伯纳入场后,和大家热情握手,可以想象场面何等热烈。萧伯纳的演讲时间很短,鲁迅说是"演说了几句"。鲁迅记录了"诸君也是文士,所以这玩意儿是全都知道的。至于扮演者,则因为是实行的,所以比起自己似的只是写写的人来,还要更明白。此外还有什么可说的呢。总之,今天就如看看动物园里的动物一样,现在已经看见了,这就可以了罢。云云"(《看萧和"看萧的人们"记》)。

发生在现场的还有两个重要环节。一是萧伯纳同梅兰芳进行了简短交流。萧指认梅是自己的同行(其实洪深更是),张若谷记说,梅兰芳"自然极客气地说了许多景仰和不胜荣幸一类的答词"。张若谷继续记述说,萧还问了梅兰芳,"我有一件事,不很明白。我是一个写剧本的人,知道舞台上做戏的时候,观众是需要静听的,为什么中国的剧场反喜欢把大锣大鼓大打大擂起来,难道中国的观众是喜欢在热闹中听戏吗?梅兰芳很和婉地回答道,中国戏也有静的,譬如昆剧,从头到底是不用锣鼓的。"也有人说,站在旁边充当翻译的叶恭绰还补充道,梅兰芳先生的戏也有静的,如有声音也是音乐。同时萧伯纳还满怀惊讶地赞叹了梅兰芳的"驻颜术"。

第二件事是向萧伯纳赠送礼物。张若谷在他那篇俏皮的、"民国"味道十足的文章《五十分钟和伯纳萧在一起》里描述说"笔会的同人,派希腊式鼻子的邵洵美做代表,捧了一只大的玻璃框子",那里面放置着十几个五颜六色的京剧脸谱,"萧老头儿装出很有兴味的样子",指着其中一个长白胡须的脸谱问道:"这是不是中国的老爷?"回答他的正是张若谷本人:"不是老爷,是舞台上的中国老头。"(据说这是张有意讽刺萧的。)如此一来二去,一群人围着"争看那个小玩意儿"。张若谷特别注意到了现场的鲁迅:"鲁迅一个人,似乎听不懂英国话,很无聊地坐在一旁默默不语,一忽儿他安步踱出到外面另一间里去了。"的确,那样的场合下,依鲁迅的性格定不会找个翻译去酷评脸谱之类。一屋子人在喧闹,独有一个人坐在幽暗的角落里冷冷地看着,也许这个人就是有故事或最可能记述故事的人了。

这似乎是个礼貌的见面会,萧伯纳这部"大英百科全书"得让更多人翻看一下。几位同来的人又陪着萧伯纳乘原车回到宋庆龄的住宅。一大群记者,或守候或追随着挤在门外。洪深仿佛很主事地又提及了六位记者可以入场的"指标",但备受拥戴的萧伯纳突然改变了主意,同意所有记者进来。记者见面会在宋宅外的草地上举行。记者会时间并不长,大约从三点开始,四十五分钟后结束。上海当时有多种语言的报纸,萧伯纳对同一问题的回答,或是语言原因,或因其他更深缘故,反映到各家报纸上竟然大相径庭。这是后话。

见面会后,奔波了大半天的萧伯纳在宋宅稍事停留,又乘车离开。这里要先加一个"镜头",张若谷似乎很关注鲁迅的动态,他纵是提前离开("三时二十五分许"),却也不忘临出门前看一眼鲁迅。"我看见戴眼镜穿马褂的蔡元培,和刺猬须发的中国老作家鲁迅,他们二人正静穆地站在草地一旁,仰头望着天空看云,我行色匆匆,也来不及问他们对于萧老头儿有什么意见了。"时年五十二岁的"老作家"鲁迅,因此又成了一道特殊的风景线。

离开宋宅后的萧伯纳算是完成了上海的"文学之旅",按照《宋庆龄年谱》等记述,宋直接用车将萧送回到吴淞口船上。但也有论者认为萧其实还去了一个地方,那就是"一·二八"淞沪抗战遗址。率部驻守闸北的翁照垣将军,虽不在上海,但已事先写好一封给萧伯纳的信,发表在二月十八日的《申报》上。萧伯纳是否去观看了遗址是一方面,另一方面,此信佐证了萧伯纳的上海行,其实并非临时商讨的结果,而是事先已由"邀请方"做了周密的计划。

有一点可以确信,傍晚时分,萧伯纳已重新回到"英国皇后"号上。《宋庆龄年谱》没有提及曾经参观遗址,只记载了宋庆龄"至八时许始返寓所"。邮轮当晚十一点启程,一路北上,萧伯纳夫妇从秦皇岛上岸,乘火车进入北京访问,继续他的环球旅行。

萧伯纳所说与鲁迅所见

萧伯纳来上海,说了什么,怎么说的,简直是一部解构式文本。中文报纸说法不一,从日文、俄文、英文、法文等报纸翻译过来的对同一问题的回答,竟然也多有互相抵触的答案。萧伯纳离开上海一个月后的三月份,上海野草书屋就出版了鲁迅与瞿秋白编辑而成的《萧伯纳在上海》一书,编者署名"乐雯"。这本书并非是萧伯纳上海行的全程实录,而是他这一次访问的各方反应。萧伯纳究竟说了什么?

一九三三年三月一日出版的《论语》第十二期,刊登了署名"镜涵"(史沫特莱的笔名)写的《萧伯纳过沪谈话记》,据作者称:"本文手稿曾经孙中山夫人审阅,所载孙夫人谈话部分,皆经孙夫人手订无讹。"《宋庆龄选集》收录了宋庆龄与萧伯纳的对话,爱泼斯坦在《宋庆龄——二十世纪的伟大女性》一书中,也对此做了记录,可以视为是二人对谈的可信版本。萧宋二人的对话先后发生在船上以及宋的家中,他们的对话鲁迅基本上不在现场。我们选摘两人对话的一些片段于此:

萧:请明确告诉我,为对付日本的侵略采取了什么办法?

宋:几乎没有……南京政府把最精良的军队和武器用来对付中国红军而不是日本人。

…………

萧：到底国民党是什么？南京政府又是什么？

宋：国民党……执政党……同南京政府是一回事。

…………

萧：……请告诉我，孙夫人，关于国民党和这个政府，你的立场是什么呢？

宋：当革命统一战线（一九二七年）在汉口解体时，我就同国民党脱离关系到国外去了，从此我就同国民党不相干了，因为它屠杀人民，背叛革命……

萧：你真是个天不怕地不怕的人。当然，你说的话他们是会害怕的……请告诉我，南京政府有没有想收回你的"孙夫人"的称号。

宋（笑）：现在还没有，不过他们会要这样做的。

因为当时各国记者们未被允许上船或进屋，这些对话相对完整，歧义也最少。萧伯纳在午餐期间、在世界学院、在记者见面会上的谈话都是支离破碎并被任意理解发布的。在世界学院，除了与梅兰芳的对话以及询问邵洵美送上来的礼品外，据张若谷记述，还有就是：

不知道是哪一位先生，叶恭绰呢还是林语堂，问道：

"先生为什么理由,不吃肉?"

"我不喜欢吃,便不吃,没有理由,也没有什么主义。"

这一对话或许没什么意义,但根据现场人们"反而哈哈大笑起来"的反应,可以见出萧伯纳在当时中国文人们眼里的神圣性。

在记者见面会上,萧伯纳极尽其幽默的天赋和本领,或俏皮或尖刻地回答了所有问题。张若谷描述说,记者们"老是那样地提出了许多很严肃的问题,要他发表关于远东、中国、东北、社会……各种的意见。他也老是用着他习惯对付新闻记者的方法,像调侃又像讽刺说了一大篇谈话(详见今日各报所刊伯纳萧谈话)"。不能说张若谷偷懒,没有为我们记下准确的笔录,实在是连他也说不清楚到底讲了什么,意指何处。萧的答问肯定是非常有效果的,旁证之一还是张若谷的记述:"宋庆龄女士脸上表现满足的神情,站在草地石阶前,闭紧着将要笑出来的嘴唇,很有兴味地倾听萧老头儿巧妙的议论。"

在两个对话现场默默观察的人还有一位,这就是鲁迅。我们说过,鲁迅是大约中午一点钟到达宋宅的。鲁迅见到了什么？一九三三年二月十七日的《鲁迅日记》记载："午后汽车赍蔡先生信来，即乘车赴宋庆龄夫人宅午餐，同席为萧伯纳、斯沫特列女士、杨杏佛、林语堂、蔡先生、孙夫人等七人，饭毕，照相二枚。同萧、蔡、林、沫、杨往笔社，约二十分钟后复回孙宅。绍介木村毅君于萧。傍晚归。"有些事，真如同魔咒一样，歧义不独是两类人、两个人的不同，即如鲁迅，十七日的日记里说看见宋宅里就餐者为"七人"，可是到了二月二十三日写成的《看萧和"看萧的人们"记》里，又说看见萧"和别的五个人在吃饭"。

鲁迅知道自己要去参加这场活动是萧伯纳到上海的前一天。"十六日的午后，内山完造君将改造社的电报给我看，说是去见一见萧怎么样。我就决定说，有这样地要我去见一见，那就见一见罢。"改造社是日文报纸，内山给他这个信息，其实是这家报纸想通过鲁迅获得采访萧的机会，其记者木村毅就是在鲁迅关照下进入现场的。但毕竟，这只是信息提供而非正式邀请。"那就见一见罢"的无所谓一直到第二天并未见得能实行。"这样地过了好半天，好像到底不会看见似的。"正式邀请鲁迅的是蔡元培，虽然接鲁迅的车子早已出发，但鲁迅"到了午后，得到蔡先生的信，说萧现就在孙夫人的家里吃午饭，教我赶紧去"。

"跑到孙夫人的家里去"以后,鲁迅就开始了他的个人叙述。先是就餐的基本格局:"一走进客厅隔壁的一间小小的屋子里,萧就坐在圆桌的上首,和别的五个人在吃饭。"接着是对坐在"上首"位的萧伯纳的印象:"因为早就在什么地方见过照相,听说是世界的名人的,所以便电光一般觉得是文豪,而其实是什么标记也没有。但是,雪白的须发,健康的血色,和气的面貌,我想,倘若作为肖像画的模范,倒是很出色的。"前几句猛一看鲁迅要对来自大英的所谓顶着诺贝尔文学奖光环的洋人给什么"差评",结果笔锋一转,认为"倒是很出色的"。而这"出色",实是因为鲁迅早已先入为主地对萧抱着好感,因为两天前已经完成了《萧伯纳颂》的文章。

接下来是对午宴"盛况"的简述:"午餐像是吃了一半了。是素菜,又简单。白俄的新闻上,曾经猜有无数的侍者,但只有一个厨子在搬菜。"这里已经印证了一件事,的确吃的是素餐,纠正一个歧义,只有"一个侍者"而非"无数"。鲁迅聚焦的当然还是萧伯纳,首先是吃相:"萧吃得并不多,但也许开始的时候,已经很吃了一通了也难说。到中途,他用起筷子来了,很不顺手,总是夹不住。然而令人佩服的是他竟逐渐巧妙,终于紧紧的夹住了一块什么东西,于是得意的遍看着大家的脸,可是谁也没有看见这成功。"妙趣的描述,可见现场的人们如何专注,竟然无暇欣赏萧伯纳如何使用中国筷子。鲁迅尽量克制对萧的夸赞:"在吃饭时候的萧,我毫不觉得他是讽刺家。谈话也平平常常。"

用过午餐后,萧伯纳与在场的主人们"照了三张相"。鲁迅说,"并排一站,我就觉得自己的矮小了。虽然心里想,假如再年青三十年,我得来做伸长身体的体操……"到了世界学院以后,鲁迅记述了梅兰芳与萧的对话,还提到了"由有着美男子之誉的邵洵美君拿上去的,是泥土做的戏子的脸谱的小模型,收在一个盒子里"的赠礼环节。再接下来是回到宋宅后的记者提问环节,鲁迅的描述我们会在下面一节再谈。总之是"试验是大约四点半钟完结的。萧好像已经很疲倦,我就和木村君都回到内山书店里去了"。鲁迅离开了,闹哄哄的现场也平静了下去。

"一面大镜子":鲁迅为什么要"颂萧"

我们知道,鲁迅对弱小国家的文学充满介绍的热情,而对来自大英帝国的主流作家并不表示多大兴味。他对莎士比亚也多是在讽刺中国的文人学士时才与"黄油面包"相配而提及,对于萧伯纳的格外好感的确有点令人诧异。从鲁迅自己的表述中我们看到,从现场的表现上他还是有一点刻意的谨慎和淡然的,何况现场又有很多英语极好的人,如林语堂、杨杏佛等。鲁迅与萧伯纳交流了吗?鲁迅自己说:"我对于萧,什么都没有问;萧对于我,也什么都没有问。"很多人据此认为,鲁迅其实和萧伯纳根本就没有说过一句话。但鲁迅在致台静农的信中又说:"萧在上海时,我同吃了半餐饭,彼此讲了一句话,并照了一张相。"鲁迅自我矛盾吗?其实,鲁迅强调的是自己并没有主动向萧问什么,也就是说,尽管心存好感,却并没有去主动搭讪。这与他"有这样地要我去见一见,那就见一见罢"的心理是相符的。而后面所说的"彼此讲了一句话",则与好奇的"问"无关,这句话是:

萧:他们称你为中国的高尔基,但是你比高尔基更漂亮!

鲁:我更老时,将来还会更漂亮的。

鲁迅在致台静农信中特别提到,萧在餐桌上"谈天不少,别人皆不知道,登在第十二期《论语》上","我到时,他们已吃了一半饭,故未闻,但我的一句话也登在那上面。"可见他对萧和自己讲了一句话是确认的。除此之外,鲁迅与萧伯纳似乎并没有说更多的话。

如果没有蔡元培,单凭内山完造的一条信息,纵有改造社的请托,鲁迅是不会像洪深那样去主动"迎萧"的,他当然也没有当场表明自己已经写了一篇《萧伯纳颂》。他称萧伯纳为"文豪",为"伟大",那是另有原因。

鲁迅在《〈萧伯纳在上海〉序》里,并不是强调萧伯纳到访的文学意义,而是他的社会批判力量,特别是针对中国。他把萧伯纳视为一面镜子,照出了中国文人、记者的真面目。虚伪,是鲁迅一生所批判的,而萧伯纳的到来,恰恰是反映这些虚伪的一面大镜子。

鲁迅特别强调,萧是"一个平面镜。说萧是凹凸镜,我也不以为确凿"。在鲁迅眼里,萧伯纳的到来,简直是一块试金石,人的本来面目,"要是在大庭广众之前自己脱去了,或是被人撕去了,这就叫作不像人样子。"而不同的人,出于虚伪的目的,会对萧伯纳的同样一句话做刻意的自我歪曲,各自的"希望""耳朵""批评","也不同起来了"。

萧伯纳来访让鲁迅看到了这一切,正是在这个意义上,鲁迅认为"萧的伟大可又在这地方"。他不但认为萧伯纳是一面大镜子,照出一切眼前的虚伪,而且是平面镜,照出的不是变形而是本来面目,而且是"一面大镜子的大镜子,从去照或不愿去照里,都装模作样的显出了藏着的原形"。他如此看重萧的来访,并且不惜用"伟大"来"颂萧",是与这样的先入为主的看法、事实上的印证完全吻合的。

鲁迅还把萧伯纳比喻为《大英百科全书》,大家都抢着来翻检,找不到答案或答案与自己的预设不符,就又摇头失望。在《谁的矛盾》一文里,鲁迅彻底对此做了批判:"萧并不在周游世界,是在历览世界上新闻记者们的嘴脸,应世界上新闻记者们的口试,——然而落了第。"这里所说的是"世界",更多指的是上海,是中国。那真是一连串精妙的比喻,索性搬来赏读一下。

> 他不愿意受欢迎,见新闻记者,却偏要欢迎他,访问他,访问之后,却又都多少讲些俏皮话。
>
> 他躲来躲去,却偏要寻来寻去,寻到之后,大做一通文章,却偏要说他自己善于登广告。
>
> 他不高兴说话,偏要同他去说话,他不多谈,偏要拉他来多谈,谈得多了,报上又不敢照样登载了,却又怪他多说话。
>
> 他说的是真话,偏要说他是在说笑话,对他哈哈的笑,还要怪他自己倒不笑。

他说的是直话,偏要说他是讽刺,对他哈哈的笑,还要怪他自以为聪明。

他本不是讽刺家,偏要说他是讽刺家,而又看不起讽刺家,而又用了无聊的讽刺想来讽刺他一下。

他本不是百科全书,偏要当他百科全书,问长问短,问天问地,听了回答,又鸣不平,好像自己原来比他还明白。

他本是来玩玩的,偏要逼他讲道理,讲了几句,听的又不高兴了,说他是来"宣传赤化"了。

有的看不起他,因为他不是一个马克思主义文学者,然而倘是马克思主义文学者,看不起他的人可就不要看他了。

有的看不起他,因为他不去做工人,然而倘若做工人,就不会到上海,看不起他的人可就看不见他了。

有的又看不起他,因为他不是实行的革命者,然而倘是实行者,就会和牛兰一同关在牢监里,看不起他的人可就不愿提他了。

他有钱,他偏讲社会主义,他偏不去做工,他偏来游历,他偏到上海,他偏讲革命,他偏谈苏联,他偏不给人们舒服……

于是乎可恶。

身子长也可恶,年纪大也可恶,须发白也可恶,不爱欢迎也可恶,逃避访问也可恶,连和夫人的感情好也可恶。

然而他走了,这一位被人们公认为"矛盾"的萧。

然而我想,还是熬一下子,姑且将这样的萧,当作现在的世界的文豪罢,唠唠叨叨,鬼鬼祟祟,是打不倒文豪的。而且为给大家可以唠叨起见,也还是有他在着的好。

因为矛盾的萧没落时,或萧的矛盾解决时,也便是社会的矛盾解决的时候,那可不是玩意儿也。

萧伯纳在英国是个"异数",不受"绅士"们欢迎,鲁迅却偏要称他为"伟大"。在《看萧和"看萧的人们"记》里,鲁迅坦言:"我是喜欢萧的。这并不是因为看了他的作品或传记,佩服得喜欢起来,仅仅是在什么地方见过一点警句,从什么人听说他往往撕掉绅士们的假面,这就喜欢了他了。还有一层,是因为中国常有模仿西洋绅士的人物的,而他们却大抵不喜欢萧。被我自己所讨厌的人们所讨厌的人,我有时会觉得他就是好人物。"态度极其任性。

早在一九二七年《读书杂谈》里,鲁迅就说过,"萧是爱尔兰人,立论也不免有些偏激的。"而偏激的态度,也许在某一点上正与鲁迅相吻合。比如,鲁迅对林语堂主办的《论语》所持"幽默"观评价并不高,但他说:"然而,《萧的专号》是好的。"鲁迅是最早介绍易卜生的中国作家,但他更同意列维它夫的评价,"易卜生是伟大的疑问号(?),而萧是伟大的感叹号(!)。""易卜生虽然使他们登场,虽然也揭发一点隐蔽,但并不加上结论,却从容的说道:'想一想罢,这到底是些什么呢?'绅士淑女们的尊严,确也有一些动摇了,但究竟还留着摇摇摆摆的退走,回家去想的余裕,也就保存了面子。"而"萧可不这样了,他使他们登场,撕掉了假面具,阔衣装,终于拉住耳朵,指给大家道,'看哪,这是蛆虫!'连磋商的工夫,掩饰的法子也不给人有一点。"(《"论语一年"》)

鲁迅力挺萧伯纳,正是由此取其一点而不及其余的故意"偏激"。他在致魏猛克的信中说过,自己因为看到萧伯纳在香港大学的演讲而支持他,他认为谁在这种时候反对萧伯纳,谁就是在支持"奴隶教育"。其实,鲁迅并非不知道萧伯纳的创作成就究竟有多高,他也没有专门去评价萧的艺术成就,在《关于翻译》(下)里,他却坚持认为人无完人,对萧伯纳的作品也应坚持"剜烂苹果"的方法,把坏的去掉,把好的留下来。而"烂苹果"的另一层含义,是指它们是穷苦人可以享用的食粮,虽不及绅士贵族们享用的高级,却颇有价值。

鲁迅把萧伯纳在宋宅里的答记者问称作"试验",因为不但记者的主观好恶让人生厌,即使是"在同一的时候,同一的地方,听着同一的话,写了出来的记事,却是各不相同的"。他还举了一个例子,"关于中国的政府罢,英字新闻的萧,说的是中国人应该挑选自己们所佩服的人,作为统治者;日本字新闻的萧,说的是中国政府有好几个;汉字新闻的萧,说的是凡是好政府,总不会得人民的欢心的。"

这就是鲁迅的"颂萧"观。他不是去见一个诺奖获得者,求对话,求签名,骨子里,他是去见证眼前的萧伯纳跟他想象中的一样,至少没让他失望。萧伯纳的确没有让他失望,从面相到谈吐都没有,连同与梅兰芳的对话也是"问尖答愚",这就足矣。新闻记者的围堵和接下来所见的报道,更让他确认萧是照出虚伪世界的"一面大镜子"。

考证不完的争议

萧伯纳在上海的种种言行,在其后的报道和记述中出现了太多不一致，留下太多争论。比如在宋宅吃饭的究竟是几个人，连鲁迅的说法也有"六个"和"七个"的区别，"侍者""只有一个"也属于纠错。还有午餐后的照相，鲁迅参加了"七人合影"，也有与萧伯纳、蔡元培的合影。"七人合影"的站立者都是午餐时的就座者，唯缺杨杏佛，可以想见杨是拍摄者（其子杨小佛也如此推断）。这张照片因为有林语堂在其中，若干年后拿出去陈列时居然被剪成了"五人合影"，少了林语堂和伊罗生，甚至还有"四人合影"（又少了蔡元培）。为此，唐弢先生专门写过文章予以纠正。现在，我们从不同的鲁迅画册中，还可以看到人数不等的同一张合影。周海婴先生所编《鲁迅家庭大相簿》中，可以看到被修剪过的两张照片。鲁迅与萧、蔡的"三人合影"其实也有两张，站位相同，区别是萧伯纳的脸分别向左和右侧着。张若谷说记者会因为萧伯纳的大度，所以放进了所有记者，但鲁迅说是允许差不多一半记者进入。连记者见面会的开始时间也不一样，有说三点钟的，也有说四点钟的，似乎大家的手表有一个小时的时差。

争议更大的是那一桌菜的埋单人。开头所述，邵洵美坚持说是自己出钱到"功德林"订了一桌素菜，但因没有人提及所以变成一桩冤案。综合多种说法判断，以宋庆龄因公因私的条件,以邵本人并未参加午餐而只是在世界学院赠送了礼品,邵洵美坚称的那四十六元钱,或许是花在了购置礼品而非订餐上(可参阅薛林荣《邵洵美遗愿:为招待萧伯纳正名,纠正捐班说法》观点)。也许是他记忆有误,或愤愤于人们对他的漠视,但这实在也赖不着鲁迅这个半道赶去的客人,至少鲁迅是不可能未收请柬却去订餐的。

因为没有确实的记载,所以这桌饭钱的来历就成了不可考评的"悬案"。当代学者朱大可在《殖民地鲁迅和仇恨政治学的崛起》一文中还说过"作为自由撰稿人的鲁迅的收入,这时已经超过他作为京师公务员的两倍","从设宴款待作家泰戈尔、萧伯纳、记者史沫特莱和斯诺夫人的情景,我们可以约略窥见主宰殖民地的文化领袖的风范。"这虽不过虚拟戏说,却可见出歧义之多。几人吃饭,几人照相,放进来多少记者,如果这些细节还可以考订或不必全部考订的话,萧伯纳究竟说了些什么也是一团乱麻。鲁迅与瞿秋白合编的《萧伯纳在上海》一书里,整理了"萧伯纳的真话"专辑,算是萧在香港、上海、北平的主要"名言"和观点,既是"真话",相对可信。歧义颇多的另一原因,是萧的来访在当时和其后引发了许多人的评说,每个人的评说都带有鲜明的先入为主的态度。仅就名人里,宋庆龄、鲁迅、林语堂、郁达夫、废名、许杰、邹韬奋是"颂萧"派,洪深、张若谷等可谓"中间派",胡适、张资平、傅东华、傅斯年以及梁实秋等则属于"呸萧"派。这么多人谈一个英国的戏剧家,而且根本就没有讨论文学和戏剧,是萧对中国、中国的抗战、中国的青年、中国的未来前景的评说引发了无休止的争论。逐渐地,"萧伯纳"成了一个虚拟的符号,一个不属于萧伯纳本人的"萧伯纳"。举个细节吧,当时的报纸上关于他的称呼,我大概列数了一下,不少于二十个,这也可说是创了纪录。我相信萧本人回到英国后不会再关心和回应这一切,但不知不觉中,诚如鲁迅所说,萧其实成了"一面大镜子"。

纷纷扰扰中,萧伯纳总算离开上海了。他在北京行程的报道比上海的少之又少,这当然与胡适事先的"不接待"论有关。但不管怎么样,他还是以游客的身份参观了多处胜迹,并狠狠地感叹了一番中国文化的博大。然而,他关于长城的论断却颇有"鲁迅风"。萧在行前是决定要看长城的,待来到香港,却又质疑道:"长城对于中国有什么用处呢?"我想,鲁迅读到此处,一定有一点会心吧,或许会想起自己多年前的那篇杂文《长城》里的观点。萧伯纳和鲁迅的相惜相近,在当时已有议论和比较,张资平、傅东华的嘲讽文章里曾经谈及,连郁达夫也都说过这样的玩笑话:"在我们中国,幸喜还有一位鲁迅先生——可以和萧伯纳对对。片语杀人,人家都在骂他是绍兴师爷的故技,但萧伯纳总不至于是萧山人罢?"(郁达夫《萧伯纳与高尔斯华绥》)

　　文章已经足够长,说实话,我见到的相关材料、各种文集的记载很庞杂,读到的相关文章各取所需,信息也并不统一。我知道,我这里的表述仍然不可能达到整合、定说、确评的程度。然每见到外国作家来访,轻轻来,悄悄去,我总会想起"萧伯纳在上海"这个词。作为一次"试验"性的"闪访",作为一个舆论风暴事件,萧伯纳在上海的八小时,可以说是中国文坛上不可能再次出现的众声喧哗的佳话。虽然什么都不会改变,但风生水起中让人看见了许多平日里看不到的景象。我愿意借废名的文章《关于萧伯纳》的结尾做这篇文章的收束来感慨一下:

　　可惜萧伯纳先生和他的夫人来上海的时候,正是冬寒乍退的初春,如果是在万木落叶的秋天,我倒可以用一句唐诗来欢迎他们了:无边落木萧萧下,不尽长江滚滚来!

(原载《人民文学》2016年第9期)

或可以"斥人"或"值得师法"

——鲁迅笔下的鸟兽昆虫

鲁迅的猫头鹰线描图

鲁迅也真是个奇迹,那么多高大的身后名也没有让他失去普通读者感觉上的亲切,那么高大的名号后面又有那么多人间烟火气支撑着。作为文学家,他的思想不独体现在有限的小说里,同时还散布在他的杂文和书信里。从任何一个方位和角度进入鲁迅的作品和人生世界,都会看到,原来他都有过那么充分的表达。高深如孤独,世俗如烟酒,在他笔下,都是值得玩味的世界。今次,我们不妨考察一下鸟兽昆虫在鲁迅世界里有着怎样的情形。

鲁迅自己说过:"古今君子,每以禽兽斥人,殊不知便是昆虫,值得师法的地方也多着哪。"(《夏三虫》)而以禽兽"斥人"和"师法"昆虫的文字,在鲁迅文章里实是满眼都是。可以说,在中国现代作家里,鲁迅是写到鸟兽昆虫最多的作家,是将动物的"拟人化"推到极致的文学家,鲁迅还是一个显然对各种生物,特别是俗世间常见的飞禽走兽颇有识别力甚至有"专业研究"能力的人。每以动物比喻某一类人,将特定动物的"标识性"特性写到极致,比附为某种人的性格、品性和处事方式,是鲁迅杂文里的常用手法;借助某种动物强化自我精神状态,是鲁迅《野草》里多处使用的修辞手段;借助动物的形态和声音强化某种氛围,营造某种情境,为小说故事"定调",是鲁迅好几篇小说收束时的特殊选择。观察一下鲁迅笔下的鸟兽昆虫如何飞走,赋予其何种秉性,绝不只是艺术形式问题,或许可以从中看到一个人与人的"类型化"世界吧。

狗最可恨,以狼自喻

鲁迅笔下有太多飞禽走兽昆虫小蝇。每遇心烦之人,总将其比喻为某种动物,每遇郁结难解,又会自喻某种动物。仅只鲁迅文章里提到的动物种类之多,恐怕是专写"动物小说"和寓言故事的作家也难在数量上与之相比,一些特殊"重点"的动物又被多次写及,简直就是鲁迅小说、杂文及其《野草》随时都会出现、信手即可拈来的意象。

我大略搜罗了一下,在鲁迅文章中出现的动物,频次较高的有:狼、狗、虎、猫、牛、马、猪、羊、乌鸦、蜜蜂、苍蝇、蚊子。文章中专门就动物本身特性进行过描写的有:蟋蟀、蝙蝠、蚂蚁、猴子、螃蟹、蜘蛛。在描写中提及到的有:黄莺、鸱鸮、跳蚤、鸡、鸭、鹅、老鼠、兔子、黄头鸟、画眉鸟、鹌鹑、獾、小油鸡、蝴蝶。按照类别泛指而非特定的有:野雀、野鹿、鹰鹯、狮虎、鹰隼、虫豸、蛆虫、鱼,等等。鲁迅自己可能也不确定其准确名称或指向其品性给定的名字:毒蛇、恶鸟、美女蛇、小飞虫、青虫、小青虫，等等。

鲁迅曾经就自己的某种状态自喻为某种动物。在他心目中，自己仿佛一匹受伤的狼。狼作为一种意象在鲁迅笔下是一种自况，他有时把这种自喻称之为"野兽"，当他用到野兽一词时，脑子里幻化出的应该还有狮虎一类的动物。鲁迅之所以自喻为狼，强调的是它的野性、孤独，也暗示着与周围世界的紧张关系。在小说《孤独者》的结尾，鲁迅这样描述见过了魏连殳后的心情："我快步走着，仿佛要从一种沉重的东西中冲出，但是不能够。耳朵中有什么挣扎着，久之，久之，终于挣扎出来了，隐约像是长嗥，像一匹受伤的狼，当深夜在旷野中嗥叫，惨伤里夹杂着愤怒和悲哀。""受伤"的"嗥叫"的狼，"愤怒和悲哀"相交织的情绪，当鲁迅独行在暗夜里的路上时，他仿佛感到自己就是这样一种难耐的状态。

鲁迅有过一篇文章叫《家庭为中国之基本》，文中讲述了"中国的自己能酿酒，比自己来种鸦片早，但我们现在只听说许多人躺着吞云吐雾，却很少见有人像外国水兵似的满街发酒疯"。在鲁迅看来，这种退缩回家的状态与中国人"火药只做爆竹，指南针只看坟山"的国民性是相同的，他因此得出了"家是我们的生处，也是我们的死所"的结论。在鲁迅心目中，野性，甚至是不讲道理的野性，是儒家文明熏染下正在渐失的性格。当他讲到狮狼虎豹时，也常常以此为切入点表达自己的看法。在鲁迅眼里，"狮虎鹰隼"们的野性正在消失，围绕在它们周围的，无论是嗡嗡叫的苍蝇，还是虽然咬人却还要讲述一大堆道理的蚊子，才是自己在生活的世界里最常见到的。国民自小接受这样的教育，失去棱角而不自知，这才是真正可悲的。"施以狮虎式的教育，他们就能用爪牙，施以牛羊式的教育，他们到万分危急时还会用一对可怜的角。然而我们所施的是什么式的教育呢，连小小的角也不能有，则大难临头，惟有兔子似的逃跑而已。"(《论"赴难"和"逃难"》)

鲁迅生活的年代，在他看过来的历史里，在中国与外国列强的比较中，他没有找到秩序的力量，没有公理可言，只有"丛林法则"是唯一可以说话的道理。中国的国民性里，少了竞争的野性，少有奔跑的天性，少了敢于战胜一切的勇气，所有的就是自我安慰和躲在吞云吐雾里的麻醉。其实，在鲁迅的骨子里，这样的国民性并不是只有"哀其不幸，怒其不争"的"愚昧"者才有，实在是以各种名目出现的精英文化里包含的东西。很多时候人们对此并不自知，渐渐地接受了自我陶醉、自我麻木的文化，而忘记了残酷的世间其实仍然在以某种"丛林法则"决定着胜负与高下。

鲁迅本人,并不是一定要追求人生的成功与胜利,但他深知,一个国家和民族,需要有一种虎狼精神,与其苟且偷生,不如一句废话没有地去战斗。它们"肚子饿了,抓着就是一口,决不谈道理,弄玄虚。被吃者也无须在被吃之前,先承认自己之理应被吃,心悦诚服,誓死不二。人类,可是也颇擅长于哼哼的了,害中取小,它们的避之惟恐不速,正是绝顶聪明"(《夏三虫》)。"谈道理,弄玄虚"是鲁迅最为讨厌、在小说里不惜牺牲小说性而用漫画手法、在杂文里用类型化手法进行讽刺和批判的。"文化"包装下的不过是"擅长于哼哼"的"国民性"而已。无论是早年看日本人杀中国人幻灯片时同胞的围观,还是夏瑜的血被拿去做了"人血馒头",抑或是纪念黄花岗烈士的活动变成了闹哄哄的游园,这种不断扩大的世相景观,足以让他感到悲凉。

鲁迅常常面对着这样一种巨大的悲哀,他无力改变这一切,他对文学的热情时而高涨,时而又怀疑它"最没有用",也都是因为这种强烈的人间景象令人窒息,进而感到无助。作为他自己,却经常表现出决绝的态度,即使赴死,也宁愿选择死于野兽的袭击。"庄生以为'在上为乌鸢食,在下为蝼蚁食',死后的身体,大可随便处置,因为横竖结果都一样。我却没有这么旷达。假使我的血肉该喂动物,我情愿喂狮虎鹰隼,却一点也不给癞皮狗们吃。养肥了狮虎鹰隼,它们在天空、岩角、大漠、丛莽里是伟美的壮观,捕来放在动物园里,打死制成标本,也令人看了神旺,消去鄙吝的心。但养胖一群癞皮狗,只会乱钻、乱叫,可多么讨厌!"

(《半夏小集》)

说到狼以及"狮虎鹰隼"类的野兽,鲁迅总是浪漫主义的,偏执地传达着自己的某种理想。《孤独者》的结尾运用了狼的意象,幻想着自己的困顿和"嗥叫"状态,而在小说《祝福》里,祥林嫂遇到的狼却是一个疯狂的野兽,是毁掉她半生幸福的可怕动物,远不那么浪漫了。"'我真傻,真的,'祥林嫂抬起她没有神采的眼睛来,接着说,'我单知道下雪的时候野兽在山坳里没有食吃,会到村里来;我不知道春天也会有。'"这可不是个知识性问题,一只狼夺去了她儿子的性命,灭掉了她唯一的生命希望。就小说的情节而言,阿毛的死于狼,比起狂人的死于人吃人,似乎更多偶然性,并无太多隐喻色彩,就小说情节的设计来说,这跟人物死于车祸、死于自然灾害一样是一种偶然性的原因,并不是最佳选择。

不过,这里面似乎也有鲁迅的某种暗指,虽然不能附会理解,但也并非随意而写。在中国民间,狼是最可怕也最接近人类的猛兽,人们通常把可怕、最凶狠的人比喻为狼。阿毛被狼叼走,暗示和增加了弱者生无保障的恐惧。在谈到"野雀野鹿"这些动物时,鲁迅认为,它们"一落在人手中,总时时刻刻想要逃走。其实,在山林间,上有鹰鹯,下有虎狼,何尝比在人手里安全"(《夏三虫》)。自然界的生存法则可能更严酷,它们没有讨价还价的余地。人世间则总有各种可以交易的勾当,有余地,但也生出许多没有用的"哼哼"。《祝福》的主角是祥林嫂,阿毛的死最大的影响在小说里是对祥林嫂内心世界的粉碎,死于狼,也是小说情节可以集中于丧子之痛而非死亡本身的叙述策略。

在所有动物里,鲁迅给予最多嘲讽的是狗。"痛打落水狗"成了鲁迅面对论敌"一个也不宽恕"的标识性意象。而对于狗,鲁迅最恨的是"叭儿狗",认为"它却虽然是狗,又很像猫,折中,公允,调和,平正之状可掬,悠悠然摆出别个无不偏激,惟独自己得了'中庸之道'似的脸来。因此也就为阔人,太监,太太,小姐们所钟爱,种子绵绵不绝。它的事业,只是以伶俐的皮毛获得贵人豢养,或者中外的娘儿们上街的时候,脖子上拴了细链子跟在脚后跟"(《论"费厄泼赖"应该缓行》)。狗态之丑,其实都是在说人。在鲁迅的杂文里,以狗"斥人"是最常见的,比如:"讲冷话的也有,说俏皮话的也有,连只会做'文探'的叭儿们也翘起了它尊贵的尾巴。"(《准风月谈·前记》)

我们找不到鲁迅曾经被狗侵犯过的例证,但他讨厌狗却是与生俱来的。不过,他对狗也有分类区别对待的时候。"我生长农村中,爱听狗子叫,深夜远吠,闻之神怡,古人之所谓'犬声如豹'者就是。倘或偶经生疏的村外,一声狂嗥,巨獒跃出,也给人一种紧张,如临战斗,非常有趣的。""巨獒"是狗中的不可多得者。然而在城市里,他所见的却是让人讨厌的狗类。

但可惜在这里听到的是吧儿狗。它躲躲闪闪,叫得很脆:汪汪!

我不爱听这一种叫。

我一面漫步,一面发出冷笑,因为我明白了使它闭口的方法,是只要去和它主子的管门人说几句话,或者抛给它一根肉骨头。这两件我还能的,但是我不做。

它常常要汪汪。

我不爱听这一种叫。

我一面漫步,一面发出恶笑了,因为我手里拿着一粒石子。恶笑刚敛,就举手一掷,正中了它的鼻梁。

呜的一声,它不见了。我漫步着,漫步着,在少有的寂寞里。

秋已经来了,我还是漫步着。叫呢,也还是有的,然而更加躲躲闪闪了,声音也和先前不同,距离也隔得远了,连鼻子都看不见。

我不再冷笑,不再恶笑了,我漫步着,一面舒服的听着它那很脆的声音。

(《准风月谈·秋夜纪游》)

上海城里的"叭儿狗",比起乡下的"巨獒",唯一的品质就是令人讨厌。

鲁迅小说里,也时有狗的出现,"黑漆漆的,不知是日是夜。赵家的狗又叫起来了。"(《狂人日记》)"单四嫂子早睡着了,老拱们也走了,咸亨也关上门了。这时的鲁镇,便完全落在寂静里。只有那暗夜为想变成明天,却仍在这寂静里奔波;另有几条狗,也躲在暗地里呜呜的叫。"(《明天》)

无论是怎样的暗夜里独行,所遇见的狗都是在不远不近的地方呜叫着,他投向狗的石头也是寻找着大概的方位。鲁迅在散文诗《狗的驳诘》里,却与狗有一场直接对话,他"梦见自己在隘巷中行走,衣履破碎,像乞食者"。他斥责那条在背后叫着的狗,"咄!住口!你这势利的狗!"然而,那狗却"'嘻嘻!'他笑了,还接着说:'不敢,愧不如人呢。'"作者认为,自己简直是替人类承受了一次"极端的侮辱"。那狗居然说出这样的话:"我惭愧:我终于还不知道分别铜和银;还不知道分别布和绸;还不知道分别官和民;还不知道分别主和奴;还不知道……"高高在上的"人"于是被这样的驳诘吓得逃走了,"直到逃出梦境,躺在自己的床上"。

　　一个短暂的梦,一只狗就用这样的言语把人类的尊严逼到绝处。这里,令人讨厌的狗却扮演了让"人"难堪的角色。鲁迅这里的用意显然不在狗,而在势利的"人性"。连自己深恶痛绝的狗都如此鄙夷人类,这真是无以言对的状况。可以说,鲁迅在此对狗的意象引入,也是基于他对狗的总体态度。即使在狗里,"巨獒"和"叭儿狗""癞皮狗"完全不同,前者有狼性,后者多媚态。《狗的驳诘》没有说明是"巨獒"还是"叭儿狗",从对其形态上的描写,应该是"叭儿",对话中的狗却有"不知道分别主和奴"的自述,又或许不是。但无论如何,鲁迅是借此来对"人"的品性进行批判。

总有飞蝇与"人"共舞

在鲁迅文章里,狗是指向奴性,指向谄媚强者而狠对更弱者。苍蝇是和狗一样让人讨厌的飞虫。它暗示了鲁迅最痛恨的"智识阶层",是连坏事都做不大,却扰人、烦人的角色。鲁迅对苍蝇的描写有一个确实的定位:它们看上去并无大害,却正如某些智识者、文人学者一般,嗡嗡叫、弄脏人,还颇为得理,或自信夸自己完美,或嘲笑对方不洁。运用苍蝇而"斥人",在鲁迅文章里实在比写到狗的地方还要多。

《战士与苍蝇》在比较中强调的是"完美"的可鄙性。

> 战士战死了的时候,苍蝇们所首先发现的是他的缺点和伤痕,嘬着,营营地叫着,以为得意,以为比死了的战士更英雄。但是战士已经战死了,不再来挥去他们。于是乎苍蝇们即更其营营地叫,自以为倒是不朽的声音,因为它们的完全,远在战士之上。
>
> 的确的,谁也没有发现过苍蝇们的缺点和创伤。
>
> 然而,有缺点的战士终竟是战士,完美的苍蝇也终竟不过是苍蝇。
>
> 去罢,苍蝇们!虽然生着翅子,还能营营,总不会

超过战士的。你们这些虫豸们!

《夏三虫》放大了苍蝇"添一点腌臜"的品性。"苍蝇嗡嗡地闹了大半天,停下来也不过舐一点油汗,倘有伤痕或疮疖,自然更占一些便宜;无论怎么好的,美的,干净的东西,又总喜欢一律拉上一点蝇矢。但因为只舐一点油汗,只添一点腌臜,在麻木的人们还没有切肤之痛,所以也就将它放过了。"鲁迅甚至不惜用极度调侃的口吻描写苍蝇的这种既污人又嘲笑人的特性。"但它在好的,美的,干净的东西上拉了蝇矢之后,似乎还不至于欣欣然反过来嘲笑这东西的不洁:总要算还有一点道德的。"这里的"道德"倒也看不出是刻意的批判,是为强化苍蝇的嗡嗡而淡然一笑的笔法。

讨厌苍蝇,不像厌恶狗一样是心情最坏时的幻觉。苍蝇是来破坏人的状态和情绪的飞虫,鲁迅有时也称其为"青蝇"。早在《坟》的《题记》里,鲁迅就有讨厌苍蝇的表达,此后的文章里,经常会有这样的描述。"苍蝇的飞鸣,是不知道人们在憎恶他的;我却明知道,然而只要能飞鸣就偏要飞鸣。我的可恶有时自己也觉得,即如我的戒酒,吃鱼肝油,以望延长我的生命,倒不尽是为了我的爱人,大大半乃是为了我的敌人,——给他们说得体面一点,就是敌人罢——要在他的好世界上多留一些缺陷。"有时,在同一篇文章里,苍蝇甚至成了文章段落起头的意象。"早晨被一个小蝇子在脸上爬来爬去爬醒,赶开,又来;赶开,又来;而且一定要在脸上的一定的地方爬。打了一回,打它不死,只得改变方针:自己起来。"

"早晨,仍然被一个蝇子在脸上爬来爬去爬醒,仍然赶不走,仍然只得自己起来。"(《马上支日记》)

《野草》里的十几篇文章中,以动物为特定描写对象的,除了《狗的驳诘》,就是写到苍蝇的《死后》了。叙述者梦见自己死的道路上,有苍蝇来搅扰他,使其无法平静地死去。

> 事情可更坏了:嗡的一声,就有一个青蝇停在我的颧骨上,走了几步,又一飞,开口便舐我的鼻尖。我懊恼地想:足下,我不是什么伟人,你无须到我身上来寻做论的材料……但是不能说出来。他却从鼻尖跑下,又用冷舌头来舐我的嘴唇了,不知道可是表示亲爱。还有几个则聚在眉毛上,跨一步,我的毛根就一摇。实在使我烦厌得不堪,——不堪之至。
>
> 忽然,一阵风,一片东西从上面盖下来,他们就一同飞开了,临走时还说——

"惜哉！……"

我愤怒得几乎昏厥过去。

除了比喻的生动，更能感受到苍蝇对人穷追不舍、至死不饶的骚扰。

鲁迅在写到动物时，经常会用比较式的写法。写狼时会与"狮虎鹰隼"类比，写狗时会比较"巨獒"与"叭儿狗""癞皮狗"的不同，写苍蝇时则常常与跳蚤、蚊子来比较。最著名的是他的杂文《夏三虫》，这可谓是鲁迅杂文里妙趣横生却又尖锐无比的一篇。文章开头就写道："夏天近了，将有三虫：蚤，蚊，蝇。"而这"三虫"又被置于一个假定的问题下。"假如有谁提出一个问题，问我三者之中，最爱什么，而且非爱一个不可，又不准像'青年必读书'那样的缴白卷的。我便只得回答道：跳蚤。"

说昆虫却说到了"青年必读书"，这是鲁迅笔法的体现，也是非寓言故事的提醒。鲁迅接下来比较了"三虫"对人叮咬、骚扰的异同。为什么只能爱的是跳蚤？因为"跳蚤的来吮血，虽然可恶，而一声不响地就是一口，何等直截爽快"。这与鲁迅一贯的思想有关，与他"死于敌手的锋刃，不足悲苦"的说法相通。他不怕战斗，甚至不惧失败，但希望对手不是自以为是的讲"公理"者,而是一头不讲道理的猛兽。与跳蚤相比,"蚊子便不然了,一针叮进皮肤,自然还可以算得有点彻底的,但当未叮之前,要哼哼地发一篇大议论,却使人觉得讨厌。如果所哼的是在说明人血应该给它充饥的理由,那可更其讨厌了,幸而我不懂。"再往下类比,则最讨厌的不过苍蝇了,它连彻底的"叮咬"都做不到,然而即使"拉矢"的行为,也要讲一通大道理,还要嘲笑对方的不洁。鲁迅没有提到论敌,读者却看得既心知肚明,又哑然失笑。

鲁迅在《别一个窃火者》里,讲到了一个非洲民间传说故事,受难的英雄被关在地窖里,来啄他的"也不是大鹰,而是蚊子,跳蚤,臭虫,一面吸他的血,一面使他皮肤肿起来。这时还有蝇子们,是最善于寻觅创伤的脚色,嗡嗡的叫,拼命的吸吮,一面又拉许多蝇粪在他的皮肤上,来证明他是怎样地一个不干净的东西"。写到此处,他还不忘用一下闲笔比喻一下这个传说中的非洲故事正发生在自己身边。"幸而现在交通发达了,非洲的蝇子也有些飞到中国来,我从它们的嗡嗡营营声中,听出了这一点点。"能听出苍蝇来自非洲,只有鲁迅能想到、敢写出,也借此打通了非洲古老故事与中国现实之间的关联。

生活中的鲁迅可能是属于对蚊子有敏感防范的人。早在他一九一二年初到北京生活,就经常被蚊子叮咬得难以入眠,日记里还时有记载半夜起来打蚊子的经历。在此之后,他也有把讨厌之人类比为蚊子的时候,比如唯利是图的"书贾"。"所以上海的小书贾化作蚊子,吸我的一点血,自然是给我物质上的损害无疑,而我却还没有什么大怨气,因为我知道他们是蚊子,大家也都知道他们是蚊子。我一生中,给我大的损害的并非书贾,并非兵匪,更不是旗帜鲜明的小人,乃是所谓'流言'。""虽然分了类,但不幸这些畜生就杂在人们里,而一样是人头,实际上仍然无从辨别。"(《并非闲话(三)》)

如果跳蚤是"昆虫界"的"狮虎",蚊子则是讲"公理"的论敌,苍蝇是"智识阶层"的典型代表。鲁迅的心目中,鸟兽昆虫无论是可以"斥人"还是"值得师法",实在是泾渭分明,比喻精准。

并非寓言的"动物世界"

鲁迅所观察到的天下,飞禽走兽以及昆虫,是与人类共同制造着声音、争夺着利益、表现着秉性、展现着性格的世界,是一个互相撕咬、互相争斗、互相妥协和屈服的世界。

真的不知道他是如何做到的,对动物有着如此深入的探究,可以举到那么多动物的名字,可以将某种动物究其一点特性而不及其余地极致化,更将其放大和强化后"拟人化"。他不是来写动物小说,不是来讲寓言故事的,尽管他熟悉伊索寓言,读过法布尔,他自己对动物尤其是中国的动物世界有着深切的了解。鲁迅对动物的了解,基本上来自三个方面。一是他自幼年时积累下的乡村生活知识,再是他求学期间获得的动物学知识,还有就是他对周围世界的观察。我们基本上可以这样描述,鲁迅眼里的动物世界是分层次、分"级别"的。出没于山林里的狮狼虎豹等猛兽,天上展翅飞翔的大鹰,它们野性十足,当攻击时绝不手软;豢养在权贵和贵夫人家里的叭儿狗,摇尾乞怜,媚上欺下,十足令人讨厌;而穿行在屋檐下,出没在人面前的苍蝇蚊子跳蚤,则又是一番景象。这当中还有数不清种类和名号的各种飞禽走兽,它们搅成一团,共同构成一个与人共舞的世界,而它们的特性又常常让人想起人世间的某类人群。

上面的叙说,可能会造成鲁迅是把动物的常规特点放大,抽象化到人性世界的印象。有必要说一下鲁迅对动物世界的专业认知以及其中的思考。

比如对蜜蜂。鲁迅不是研究专家,但他显然对蜜蜂的各种特性有专业的了解。在杂文《春末闲谈》里，鲁迅就蜜蜂采蜜特点进行了颇具科学色彩的描述，当然他的描述又很"文艺"，特别生动有趣。他说，作为"纯雌无雄"的种类，"细腰蜂就是书上所说的果蠃，纯雌无雄，必须捉螟蛉去做继子的。她将小青虫封在窠里，自己在外面日日夜夜敲打着，祝道'像我像我'，经过若干日，——我记不清了，大约七七四十九日罢，——那青虫也就成了细腰蜂了，所以《诗经》里说：'螟蛉有子，果蠃负之。'"其中自有隐喻，但叙述又是"科学"与"文艺"的结合。他接着又从法布尔那里读到新说，更加真切地描述了细腰蜂"产卵"的特点。根据法布尔的研究，"这细腰蜂不但是普通的凶手，还是一种很残忍的凶手，又是一个学识技术都极高明的解剖学家。她知道青虫的神经构造和作用，用了神奇的毒针，向那运动神经球上只一螫，它便麻痹为不死不活状态，这才在它身上生下蜂卵，封入窠中。青虫因为不死不活，所以不动，但也因为不活不死，所以不烂，直到她的子女孵化出来的时候，这食料还和被捕当日一样的新鲜。"鲁迅因此解嘲道："但究竟是夷人可恶，偏要讲什么科学。科学虽然给我们许多惊奇，但也搅坏了我们许多好梦。"其社会世相的意指与科学结合得可谓"无缝"。

鲁迅还曾就蜜蜂的养殖提出了自己的看法。这是因为张天翼的一篇就叫《蜜蜂》的小说引起。张天翼在小说里描写了蜜蜂因为采花而伤害了农民庄稼。曹聚仁批评张天翼小说知识性不对，蜜蜂采花促进庄稼生长，农民不会反对。这本来是符合常规知识的见地，但鲁迅认为，张天翼的描写并没有错。假如蜂与花比例适当，曹的批评就是对的，但现实中是人们只知养蜜蜂赚钱而从不考虑加工蜂蜜，所以造成蜂多花少、蜜蜂争吃的状况。"因为争，将花瓣弄伤，因为饿，将花心咬掉。"他进而指出，"中国倘不设法扩张蜂蜜的用途，及同时开辟果园农场之类，而一味出卖蜂种以图目前之利，养蜂事业是不久就要到了绝路的。"(《"蜜蜂"与"蜜"》)这样论述颇有点"科学指导养殖业"的意思了。我们又不得不折服于他的论述果然到位。

鲁迅总能在专业介绍的同时强调出自己作文的真正意指。谈蚂蚁时也是如此。"蚂蚁中有一种武士蚁，自己不造窠，不求食，一生的事业，是专在攻击别种蚂蚁，掠取幼虫，使成奴隶，给它服役的。但奇怪的是它决不掠取成虫，因为已经难施教化。它所掠取的一定只限于幼虫和蛹，使在盗窟里长大，毫不记得先前，永远是愚忠的奴隶，不但服役，每当武士蚁出去劫掠的时候，它还跟在一起，帮着搬运那些被侵略的同族的幼虫和蛹去了。"(《新秋杂识》)"愚忠""教化""奴隶",这些词汇自然会联想到鲁迅关于的"国民性"的典型论述。他的《谈蝙蝠》则更是将蝙蝠的"骑墙派"特质轻松自然而又入木三分地表述出来。他借此对梁实秋做了一番讽刺,既让人哑然失笑,又不由得对其妙趣比喻称绝。他从来都不是先讲点抄来的知识,再发几句引申后的感慨,他真正是把科普知识与文艺思想从形式到内容巧妙融合为一体。

有相应的观察能力,还必须有足够生动的描述能力。比如《论雷峰塔的倒掉》里对螃蟹的生动描述:"秋高稻熟时节,吴越间所多的是螃蟹,煮到通红之后,无论取哪一只,揭开背壳来,里面就有黄,有膏;倘是雌的,就有石榴子一般鲜红的子。先将这些吃完,即一定露出一个圆锥形的薄膜,再用小刀小心地沿着锥底切下,取出,翻转,使里面向外,只要不破,便变成一个罗汉模样的东西,有头脸,身子,是坐着的,我们那里的小孩子都称他'蟹和尚',就是躲在里面避难的法海。"这显然是来自生活里的观察和经验,同时更有其个性化的表达。

鲁迅写到的动物之多,今天的读者定会觉得惊诧。

"我们能够大叫,是黄莺便黄莺般叫;是鸱鸮便鸱鸮般

叫。"(《随感录四十》)

鸱鸮为何物？

"然而猪羊满脸呆气，终生胡涂，实在除了保持现状之外，没有别的法。所以，诚然，智识是要紧的！"(《智识即罪恶》)

他讽刺的却不是猪羊。

"我还记得中国的女人是怎样被压制，有时简直并羊而不如。""羊，诚然是弱的，但还不至于如此，我敢给我所敬爱的羊们保证！"(《忽然想到七》)

有的人比羊还卑微懦弱。

"这样的山羊我只见过一回，确是走在一群胡羊的前面，脖子上还挂着一个小铃铎，作为智识阶级的徽章。"(《一点比喻》)

羊群里也有"阶层"，也有通叭儿狗者。

"西洋的慈善家是怕看虐待动物的，倒提着鸡鸭走过租界就要办。"(《倒提》)

一个小场景却引出之后的大观点。

"鹰的捕雀，不声不响的是鹰，吱吱叫喊的是雀；猫的捕鼠，不声不响的是猫，吱吱叫喊的是老鼠；结果，还是只会开口的被不开口的吃掉。"(《革命时代的文学》)

可以见出鲁迅始终坚持的"捕食"或战斗观。

"譬如有一堆蛆虫在这里罢,一律即即足足,自以为是绅士淑女,文人学士,名宦高人,互相点头,雍容揖让,天下太平,那就是全体没有什么高下,都是平常的蛆虫。但是,如果有一只蓦地跳了出来,大喝一声道:'这些其实都是蛆虫!'那么,——自然,它也是从茅厕里爬出来的,然而我们非认它为特别的伟大的蛆虫则不可。"(《"论语一年"》)

比喻之大胆彻底完全超出了读者的想象。

"最普通的是斗鸡,斗蟋蟀,南方有斗黄头鸟,斗画眉鸟,北方有斗鹌鹑,一群闲人们围着呆看,还因此赌输赢。"(《观斗》)

想起了鲁迅批判的"看客"。

列举的例子即使再延续数倍,都难以穷尽。鲁迅写这些飞禽走兽,一是博识过人,二是意指总在对象之外,即使通篇写动物,让读者想到的仍然是某类人。

当然,上面说了那么多,仍然难以消除一种感觉,即鲁迅写动物多且频繁,固然是他对动物了解甚广且不失专业知识,但目的都是为了"拟人",是"斥人"与"师法"之用。然而我必须强调,如果读者有了这样的印象,那实在是因为他的描写太过精到,且"动物"与"人类"勾连紧密,致使我们不得不时时引发这样的感慨。而我要说,鲁迅对于各类动物的描写,实在也是他创作中不可忽视的重要元素。他的小说、散文、散文诗里,动物的引入频率一样很高,或许在别的作家笔下不会如此表现,甚至属于"闲笔",但鲁迅,无论从其记忆中挖掘,从幻觉中感知,从知识中引申,从观察中带入,都会不由自主、不同程度地写到动物。我们不妨列数一下他在杂文之外的哪些创作作品中写到了动物,不管他是怎么写的,意指什么(个别的前面已经讲到)。

《狂人日记》——狗、狮子、兔子、狐狸。《药》——乌鸦。《明天》——狗。《风波》——蜈蚣、蚊子。《故乡》——猹、稻鸡、角鸡、鹁鸪、蓝背。《阿Q正传》——虎、鹰、羊、小鸡、狗、豺狼。《白光》——狮子。《兔和猫》——兔、猫、狗、鸦鹊。《鸭的喜剧》——鸭、青蛙、蝌蚪。《社戏》——蚯蚓、牛。

《呐喊》里大概只有《孔乙己》《一件小事》《头发的故事》《端午节》四篇没有写到动物。也许有读者认为,提到一下也算么?是否有过度阐释之嫌?这个问题要看如何解释。鲁迅小说里有标题就是动物的,有描述动物形态的,也有看似只是顺笔提及一下的。但正是这一不经意的提及,或许可以看出鲁迅对动物的敏感以及对其描写的特殊作用。比如小说《白光》并没有专写狮子,但两次说陈士成"狮子似的赶快走进那房里去","狮子似的奔到门后边",这样的比喻难道不是很奇怪也借用得很形象么?

《祝福》——狼。《在酒楼上》——蜜蜂、苍蝇。《幸福的家庭》——蛇、猫、蛙、鳝鱼。《肥皂》——鸡。《孤独者》——狼。《伤逝》——狗(阿随)。《弟兄》——乌鸦。《离婚》——黄鼠狼、鸡、狗。

《彷徨》的十一篇里,《长明灯》《示众》《高老夫子》没有明确写到动物。应该说,上述写到动物的,总体着墨也并不多。但只要它们影响情节推进,或改变走向,或强化效果,或突显性格,就都应当计入。本文也绝不是见字就拆,比如看到写了"马路"就说写了"马",提到了"猩红热"就说里边有猩猩。这是要请读者朋友放心的。

《补天》——巨鳌。《奔月》——乌鸦、麻雀、"胡蜂、粉蝶、蚂蚁、蚱蜢"、兔、马。《理水》——"人""虫"难辨的大禹,绰号"鸟头先生"的学者,百兽、凤凰。《采薇》——马、"乌老鸦"、鹿。《铸剑》——老鼠。《出关》——牛。《起死》——蝴蝶。

《故事新编》因为多涉人类早期社会,神话、传说,旷野、荒原,写到飞禽走兽实在自然不过。有的如《铸剑》里的老鼠逼真尖锐,有的则营造出一种人兽混杂的氛围,如《补天》《采薇》。

《朝花夕拾》是鲁迅回忆童年、青年时代的散文集,其中涉及到绍兴生活的文章里,多有对动物的描写。《狗·猫·鼠》自不必说;《从百草园到三味书屋》的土地里,墙角下,树枝上,各色小兽昆虫满眼都是;《阿长与〈山海经〉》里的隐鼠和书中令人幻想的不知有无的怪兽,制造出一个"人与自然"的宇宙;《父亲的病》里关于"昆虫也要贞节"的随记,流露着鲁迅的中国文化观。所有这些描写,至少有一点可以确信,在鲁迅的童年生活及记忆里,他眼里的世界不能缺少飞鸟昆虫的存在。

　　《野草》的总体象征是植物,但其中飞舞着、穿行着、鸣叫着各种动物,有不知名的恶鸟、小青虫,有视之生畏的赤练蛇、铁线蛇,有采花的蜜蜂、蝴蝶,更有鲁迅最多写到的狗和苍蝇。

　　这实在是一个深广的世界,我们完全可以感觉到鲁迅的世界是一个人兽共存的世界,是一个在某些方面互相映照、互相衬托、互相角逐、互为参照的世界。鲁迅绝不是仅仅简单化地将他厌恶的人指斥为某种讨厌的动物,也不是诗意化地把美好的人和事比附为某种可爱的动物,即使面对同一种动物,他时而特指又有时另有歧义,时而归类又有时严格区分,时而象征又有时直指,时而冷峻又有时温暖。

鲁迅是爱动物而且深通动物学的，单看他对"隐鼠"哀悼就可知他有一颗爱怜动物的心，再看看他对蜜蜂及其养殖学，对蚂蚁及其"等级社会"的描述，就可知他是把动物学知识和文学笔法结合得让人称奇的人，而《夏三虫》那样的精致与推理，可谓是他对昆虫世界"师法"的极品，不可多得。

　　本文即使就这么一个特定话题写了那么多文字，却仍然不过是素材罗列加浅薄分析，不足总结这个广阔的、生动的世界。鲁迅本人也没有想到他会在漫长的写作中如此频繁地写到鸟兽昆虫吧，将某些人比作某种大小不等的动物也是逐渐形成的吧，但他真的是喜好将人与兽、与鸟、与昆虫看成是一个共存的世界，并对这些人类之外的生命进行个人化的描写。为了证明鲁迅每谈大事，时有用动物比喻的爱好，不妨以一个极小也极早的例子来收束本文。那是"周树人"远没有成为"鲁迅"之时，一九一一年四月十二日，鲁迅在致好友许寿裳信中，概述了自己与志同道合的青年好友试图从事文学革命而未见前程时说："已得同志数人，亦是蚊子负山之业，然此蚊不自量力之勇，亦尚可嘉。"尽管是借喻自庄子，但鲁迅对蚊子的最早提及却并非负面。同年七月三十一日致许寿裳信中，鲁迅对自己的"职业前景"颇感渺茫，对于什么地方、什么位置适合自己也无把握，并感慨"而家食既难,它处又无可设法,京华人才多于鲫鱼,自不可入"。然而他后来还是变成了一条"鲫鱼",并且从南京"游"到了北京,有了可以保证"家食"的职业,最终在京华的"鲫鱼"群中变成了一条弄潮中国新文学的大龙。

(原载《湖南文学》2017年第2期)

病还不肯离开我

——鲁迅的疾病史

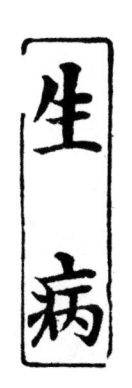

鲁迅病中使用过的印章(代应急回复用),本章高61毫米

作为一位经典作家,鲁迅具备这样一种不无魔幻色彩的特点:当我们强调什么东西重要时,总会说:鲁迅终生没有离开过这样东西。二○一六年年末的一次会议上,大家在讨论一个文稿,坐在我旁边的一位资深翻译家举手发言,他说,要重视文学翻译家的作用,中国现代伟大作家鲁迅,终其一生用力于文学翻译,其翻译作品在字数上等同于创作。

何止是翻译,当我们强调传统文化重要时,我们会说,鲁迅终其一生在读古籍,抄古碑,写出了《中国小说史略》。当我们说文学和艺术从来都不可分时,会强调,鲁迅从青年时开始就重视美术,讲解美术,晚年更将大量精力投入到美术特别是木刻发展当中。以此类推,鲁迅经常看电影,经常去演讲,时而写古诗,特别擅书法,鲁迅关心青年成长,关注妇女命运,关心农民疾苦,关注知识分子困境……他的小说、散文、散文诗、杂文、书信,关注生,关注死,写到梦,写到痛,"过去的生命已经死亡","死亡的生命已经朽腐"。天地万物,无不在鲁迅的生命中和创作里得到充分体现。小到终身不离烟、不厌酒,大到改造"国民性",畅想"中国的将来",仿佛每一样事情在鲁迅身上都是说不尽的话题。

不过,要说鲁迅一生没有离开过,即使自己努力"避趋之"却仍然终身相伴的,却是疾病。短短的五十六年生命历程,有很大一部分精力用来对付疾病,应对病痛。鲁迅的出身是学医,而他自己,却是个不折不扣的——病人。

"胃病无大苦"与"牙痛党之一"

鲁迅是多病的。人们通常的印象,鲁迅是肺病的长期患者,他也病逝于此病。这是的确的。不过从鲁迅自己的记述中可知,他长期受困扰最多的却是另外两种病:胃痛和牙痛。《鲁迅日记》从一九一二年五月进入北京始,让后人可知其日常生活情形之片段,而他得病治病的经历就是其中很重要的一部分。一九一二年十月至十二月,鲁迅日记里记载了数次"腹痛""胃痛"的经历。十月十二日"夜腹忽大痛良久,殊不知其何故",十三日"腹仍微痛",十一月九日"夜半腹痛",十日"饮姜汁以治胃痛,竟小愈",二十三日"下午腹痛,造姜汁饮服之"。十二月五日,医生"云气管支及胃均有疾",六日则"觉胃痛渐平,但颇无力"。

鲁迅的胃痛(腹痛)经常发生在夜里,"夜腹痛"是日记里常见表述。在鲁迅自己看来,胃痛并不算致命的病,所以他的措施也多是克服痛状而非谋求根治。从日记里可以看到，鲁迅并不专门到医院寻求根治胃病的方法，多是去医院或药店买药服用，有时甚至自己用偏方治疗。这也许是因为他自认为自己可以判断出胃痛或腹痛的原因。如一九一三年二月二十六日日记，"夜胃小痛，多饮故也。"同年十一月三日又记"夜腹小痛，似食滞"。一九三四年五月二十九日致母亲信中说"胃痛大约很与香烟有关，医生说亦如此"。在北京时，即使"胃大痛"也多是以服药治胃应对，并未见针对性的专门药名。晚年在上海居住，一九三一年后日记里又频繁出现"胃痛作""腹痛"表述，不过此时他似乎有了专治胃病的药物，所以时常后缀服药情况，如一九三一年十二月二十八日记有"胃痛，服海儿普锭"，一九三二年六月十五日记"胃痛，服海尔普"，一九三三年十二月十五日十六日分别记有"胃痛，服 Bismag"。

对待胃病原因，鲁迅多通过自我诊断治愈。这个伴随了他二十多年的病痛，并没有在心里造成多大担忧，他将之称为"老病"，虽未忽略，却也未求根治。一九三四年四月十三日致母亲信中，鲁迅说道："男亦安，惟近日胃中略痛，此系老病，服药数天即愈，乞勿远念为要。"同月二十五日信中称"男胃病先前虽不常发，但偶而作痛的时候，一年中也或有的，不过这回时日较长，经服药一礼拜后，已渐痊愈"。五月四日信中又安慰母亲道"男胃痛现已医好,但还在服药,医生言因吸烟太多之故,现拟逐渐少"。这一年,他在致山本初枝、曹靖华、徐懋庸信中,分别告知了对方自己已经痊愈或"胃病无大苦"的消息。

除了"胃痛""腹痛",鲁迅还有多次"腹写(泻)"经历。有时甚至"夜半腹部写二次,服 HELP 八粒"。

作为一个学医出身的人,鲁迅不会不知道胃病本身的致命性。一九二五年九月,朱安身患胃病,鲁迅这个月二十五日日记里有去医院的记述,应该就是陪同朱安去看胃病,他在二十九日致好友许钦文信中讲到,"内子进病院约有五六天出[现]已出来,本是去检查的,因为胃病;现在颇有胃癌嫌疑,而是慢性的,实在无法(因为此病现在无药可医),只能随时对付而已。"一九三四年七月九日致徐懋庸信中说:"胃病无大苦,故患者易于疏忽,但这是极不好的。"而鲁迅知道自己身有其他疾患,他却把自己的胃病当成"并发症"或"伴随性"疾病对待。他是这么认为的,或者是这么安慰自己的。鲁迅对疾病的利害性和治愈可能,时常流露出自我安慰的感觉。

鲁迅自称自己是"牙痛党"。他长期受到牙痛的折磨,牙痛不是病,却让他产生格外强烈的身体意识。一九二五年十月,作杂文《从胡须说到牙齿》,说道:"我从小就是牙痛党之一,并非故意和牙齿不痛的正人君子们立异,实在是'欲罢不能'。"鲁迅的自述已经说明这实是家族遗传所得:"听说牙齿的性质的好坏,也有遗传的,那么,这就是我的父亲赏给我的一份遗产,因为他牙齿也很坏。于是或蛀,或破,……终于牙龈上出血了,无法收拾;住的又是小城,并无牙医。"鲁迅的母亲鲁瑞、二弟周作人,都有时常治疗牙痛的记录。也是在这篇文章里,鲁迅说:"虽然有人数我为'无病呻吟'党之一,但我以为自家有病自家知,旁人大概是不很能够明白底细的。"牙痛就是典型的自己有痛、别人漠然的疾病。而且这病自幼伴随,"我幼时曾经牙痛"。(《忽然想到》)一九一三年五月一日,鲁迅日记第一次记述牙痛就颇具"力度":"夜齿大痛,不得眠。"一九一五年十二月十八日"夜齿大痛,失睡至曙"。被牙痛折磨得难以入眠,这可真的是别人不明白"底细"而只有"自家知"的痛苦了。鲁迅齿痛的原因多是龋齿之痛。一九一五年七月二十四日"往徐景文寓治龋齿",一九一七年十二月二十九日"下午以齿痛往陈顺龙寓,拔去龋齿,付泉三元。归后仍未愈,盖犹有龋者"。故三十日"复至陈顺龙寓拔去龋齿一枚,付三元"。齿痛还会引发牙齿周围病症,一九二九年七月十九日在上海,就因

"上龈肿,上午赴宇都齿科医院割治之"。

自幼就是"牙痛党"的鲁迅,牙齿所受苦痛甚至不止于遗传和好吃甜食而生龋齿。一九二三年三月二十五日,鲁迅一大早"往孔庙执事",不料"归涂坠车落二齿"。这件事,鲁迅在《从胡须说到牙齿》里曾有详述。不过因为文章写于一九二五年十月,所以在时间上有误,"民国十一年秋"应为民国十二年春才对。鲁迅的记述如下:

"袁世凯也如一切儒者一样,最主张尊孔。做了离奇的古衣冠,盛行祭孔的时候,大概是要做皇帝以前的一两年。自此以来,相承不废,但也因秉政者的变换,仪式上,尤其是行礼之状有些不同:大概自以为维新者出则西装而鞠躬,尊古者兴则古装而顿首。我曾经是教育部的佥事,因为'区区',所以还不入鞠躬或顿首之列的;但届春秋二祭,仍不免要被派去做执事。执事者,将所谓'帛'或'爵'递给鞠躬或顿首之诸公的听差之谓也。民国十一年秋,我'执事'后坐车回寓去,既是北京,又是秋,又是清早,天气很冷,所以我穿着厚外套,带了手套的手是插在衣袋里的。那车夫,我相信他是因为磕睡,胡涂,决非章士钊党;但他却在中途用了所谓'非常处分'，以'迅雷不及掩耳之手段'，自己跌倒了，并将我从车上摔出。我手在袋里，来不及抵按，结果便自然只好和地母接吻，以门牙为牺牲了。于是无门牙而讲书者半年，补好于十二年之夏，所以现在使朋其君一见放心，释然回去的两个，其实却是假的。"

那次受伤后，鲁迅从六月到八月多次到伊东医院"治齿"也"补齿"，八月八日"往伊东寓治齿并补齿毕"，二十五日"上午往伊东寓修正补齿"。鲁迅几乎每一年都会受到牙痛困扰，日记中多有疗齿记录。主要是制服"齿痛""补牙""造义齿"。例如：一九二六年七月十日"午后往伊东寓补牙讫"；一九二九年七月二十日"午前赴宇都齿科医院疗齿讫"；一九三〇年三月二十四日"下牙肿痛，因请高桥医生将所余之牙全行拔去，计共五枚"；四月二十一日"午后往齿科医院试模"；一九三三年五月一日"往高桥齿科医院修义齿"；一九三五年四月六日"至高桥医院治齿"，八日、十日"治齿龈"。一九三六年未有治齿记录，但并非牙已无痛，而是身体实在有了更致命的疾病，使他顾不得继续做"牙痛党之一"了。

可以说，自青年时代起，胃病和牙痛或交替或并发地困扰着鲁迅，他不得不经常去应对。鲁迅日记里，提及"牙"或"齿"超过百次，提及"胃""腹"疾病的也逾半百。时有小病捣乱，让鲁迅对身体及其健康常有感受并产生格外敏感。

"自家有病自家知"

除了胃病和牙痛，鲁迅还常被其他疾病"关照"。感冒以及与之相关的头痛、发热、中寒、咳嗽，是寻常人都有过的体验，也是鲁迅的经常性疾病。一九一三年正月六日："晚首重鼻窒似感冒，蒙被卧良久，顿愈，仍起读书。"那一年，初到北方的他似乎很容易感冒。三月十八日，"夜颇觉不适，似受凉。"十九日，"头痛身热。"八月二十日，"咳，似中寒也。"一九一四年五月十二日，又有"下午大发热，急归卧"，十三日"热未退尽"。初到北京的两年里，鲁迅除了"老病"胃痛和"自幼"而来的"牙痛"，对环境的不适造成的感冒也是常事，可见其身体面对不适与病痛的频率。对感冒这样的病，鲁迅似乎完全可以自我判断其原因，"似感冒""似受凉""似中寒"，都是自我诊断。这种诊断当然并不显示其医学出身的高明，普通人也会对感冒做出类似判断。这里需注意的是，鲁迅受各种互不关联的小病、大痛困扰，但大多以自我判断,上医院、药店买药对待。直到去世前两年,鲁迅每说到感冒、发热之类症状,总以"蒙被卧""急归卧""小睡"等休息法应对,不做事而已,但也并不特别吃药。这也是他对待疾病的一种常态,解轻痛感、缓解不适为主,而非四处求药,更不过度治疗。

一九三四年,是鲁迅身体健康状况的转折之年。这一年三月,鲁迅先是受到报章说他患上"脑膜炎",将"辍笔十年"的谣言干扰;六月,"贱躯如常,脑膜无恙,惟眼花耳。"既辟谣却也添新烦。七月,"上海近十日室内九十余度,真不可耐,什么也不能做,满身痱子,算是成绩而已。"①这一年,他的胃病持续发作,书信中多有的探讨。牙齿方面,也有"义齿已与齿龈不合,因赴高桥医师寓,请其修正之"。这一年更频发"胁痛"、"背痛"症状。八月,"胁痛颇烈。"十一月,"肋间神经痛。"十二月曾有"夜脊肉作痛,盗汗","夜涂莨菪丁几以治背痛。"大大小小,此起彼伏,鲁迅书信里关于身体的记述明显增多。

然而,这些老病、小病都还可依旧例对待,唯感冒发热已不能像以前一样轻视。七月还是"生了两天小伤风",到了十一月中旬始,鲁迅持续近二十天身体发热,十一日记"三七.二度",十四日已达"三八.三度",一直到十二月一日仍有发烧记录。这一次热病显然不是一般病症,当然鲁迅无论是安慰自己还是安慰亲友,坦承发热不退的同时,仍然试图轻描淡写。十八日致母亲信中说:"男因发热,躺了七八天,医生也看不出什么毛病,现在好起来了。大约是疲劳之故,和在北京与章士钊闹的时候的病一样的。"十九日致信李霁野又说道:"天天发热,医生详细检查,而全身无病处发现,现已坐起,热度亦渐低,大约要好起来了。"二十五日致曹靖华:"这回足足生了二礼拜病,在我一生中,算是较久的一回。"二十七日致许寿裳:"从月初起,天天发热,不能久坐,盖疲劳之故。"鲁迅还是把病因解释为一时之困且可以自愈。除了"疲劳",他也认为这不过是一次流行性感冒,时称"西班牙感冒"。

鲁迅病愈后对此略有调侃。二十五日致日本友人增田涉时谈到,"我每晚仍稍发热,弄不清是因为疲劳还是西班牙流行感冒。大概是疲劳罢,倘是,则多玩玩就会好的罢。"十二月十一日致曹聚仁信时,热已退,语气更显轻松:"一月前起每天发热,或云西班牙流行感冒,观其固执不已,颇有西班牙气,或不诬也。"其实,这回的发热并非那么简单,鲁迅也不能以"卧"治病了。十一月十五日,"下午须藤先生来诊,并携血去验。"次日"上午得须藤先生信,云血无异状"。

可见,"自家有病自家知"的鲁迅,还是知道此次热病的可能隐患的。经历了这场热病,鲁迅的身体状况总体上开始走明显的下坡路,其后的两年时间,病已成常态,缓释成为间隙所求所得。

除了胃、齿及呼吸道疾病,鲁迅还经历了其他一些病痛。严重者如一九三二年八月二十八日记"右腿麻痹,继而发疹","医云是轻症神经痛。"而症状其实不轻:"上月竟患了神经痛,右足发肿如天泡疮,医至现在,总算渐渐的好了起来,而进步甚慢,此大半亦年龄之故,没有法子。"②轻者如肩痛,"晚因肩痛而饮五加皮。"③"背痛,休假,涂松节油。"④"项背痛,休息。"一九二三年六月二日"痔发多卧",一九三二年八月底出现"带状匐行疹",一九三二至一九三四年,每年夏天因暑热而"满身痱子"。这些小痛苦每有伴随,包括失眠,在北京时"半夜后邻客以闽音高谈,狺狺如犬相啮,不得安睡"⑤,家中"两佣妪大声口角惊起失眠,颇惫"⑥,在上海也会因"孺子啼哭,遂失眠"⑦,还有多次因牙痛等原因导致的失眠难睡。

在鲁迅的日常生活中,除了来自身体内部的疾病,还会偶尔遇到外伤,这些经历可以说增加了鲁迅生命历程中的趣味,同时也可感知他是无所畏惧的战士,也是"有血有肉"

的普通人。这里不妨根据日记列举几例。一九一九年十二月二十四日："夜灯笼焚,以手灭之,伤指。"一次小小的烧伤。一九二三年三月那次前述过的"坠车"可谓一次事故,鲁迅因此失去了两颗牙,门牙。同年十一月二十五日是个周末休息日,鲁迅难得在家做点家务,结果"上午击煤碎之,伤拇指"。一九二四年七月二十三日,在西安,那天上午小雨,鲁迅当晚"与五六同人出校游步",本是享受雨后清爽,却不料鲁迅"践破础,失足仆地,伤右膝,遂中止,购饼饵少许而回,于伤处涂碘酒"。鲁迅有记载的外伤除这一次外似乎都发生在北京。一九三二年十一月,鲁迅最后一次回北京探望母亲时,于十九日在家中"午后因取书触扁额仆,伤右踇,稍肿痛"。次日复许广平信中说:"惟昨下午因取书,触一板倒,打在脚趾上,颇痛,即搽兜安氏止痛药,至今晨已全好了。"鲁迅同日日记也确有"上午趾痛愈"的表述。但其实,这伤到二十九日仍然"夜足痛复作",并未速好。十二月十二日致曹靖华信中说:"但在北平又被倒下之木板在脚上打了一下,跛行数日,而现在又已全愈,请勿念。"这次意外可能是本人仆倒外加木板砸到脚趾,可谓严重。

鲁迅一生所经历的身体病痛,让人难以想象,他是在怎样的克服病痛过程中进行自己顽强不息的种种事业,而读者又应该以怎样的态度去想象，鲁迅如何克服诸多身体病痛与内心痛苦进行着写作。

"弃医"者的治愈幻想及其医学观

鲁迅的人生中，"弃医从文"不但是一次重大转折，而且意义被解释、放大到非凡。他学医是要疗救国民的病苦，他弃医是为了彻底地从精神上疗救他们。在仙台医专，当鲁迅向恩师藤野严九郎告别时，以改学生物学敷衍，并非不想让人知道自己打算"首推文艺"，而是不相信对方可以明白其中的重大性。然而鲁迅本人，对医学究竟持有怎样的态度？包括他对中医究竟持何种看法？这还得要看他的疾病治疗史，看他真正遇到病痛时的态度。

自有日记以来，鲁迅就是医院的常客。在北京的十四年间去过的医院在十所以上。其中初到北京的一九一二年至一九二〇年，去得最多的是池田医院，日记记载在二十次以上；一九二一年到离开北京的一九二六年，最常去的是山本医院，他一九二六年八月二十六日离开北京，八月二十一日最后一次"上午往山本医院续行霍乱预注射"，他去这所医院的次数在五十次以上。为了治疗牙齿，鲁迅曾多次去过"王府井徐景文医寓"、陈顺龙牙科医院、伊东牙医院、伊藤医寓等处。此外还去同仁医院、德国医院、法国医院、北京医院、城南医院等多所医院看病或探视亲友。池田医院和山本医院是鲁迅在北京看病的固定医院。据萧振鸣先生《鲁迅与他的北京》一书解释,"池田医院位于石驸马大街东口路北,是日本人池田友开办的私立医院。"鲁迅早期住在绍兴会馆,"到教育部上班必经过池田医院。"萧著还介绍,"山本医院在北京西单牌楼旧刑部街,院长是日本人,名叫山本忠孝。"自一九二〇年开业,鲁迅及其母亲鲁瑞、二弟周作人、三弟周建人的夫人芳子等家人都曾在这里看病。

到上海居住后,鲁迅也不得不经常出入医院。有时是他自己看病,也有时是陪同许广平、海婴等家人视诊。仅看牙齿就去过"佐藤牙医寓"、宇都齿科医院、上海齿科医院、高桥齿科医院、前园齿科医院等多处。鲁迅初到上海时就诊最多的是福民医院,一九三二年后多去篠崎医院,一九三四年后直至逝世,则更信任须藤五百三开设的私人医院。此外还曾去"平井博士寓"、石井医院等处看病或陪诊。鲁迅去看病的医院仍然多是日本人开设,最早去的福民医院位于北四川路,院长顿宫宽。据说鲁迅与该院医生多有交往,常去看病,并多次介绍亲友往诊。其后多次前往的篠崎医院,是一家历史更久的医院,鲁迅一九三二年一年内所去次数即逾五十次,至一九三四年,共约一百次到过这家医院。之后所去的须藤医院以及与之交往从密的须藤本人家中,则更是不计其数。

除了频繁出入医院,鲁迅也时去各地药房购药,北京的信义药房,广州的永华药房,上海的仁济药房,就是鲁迅买平常杂药品的药店。其中,一九三〇年七月二十四日,鲁迅日记有"仁济药房买药中钱夹被窃,计失去五十余元"一条,损失不小,亦是趣事。

无论是从医院还是从药房买来药品,鲁迅服用过的药物不在少数。他长期服用规那丸、金鸡那丸用以退热;也曾服用补泻丸治疗干脚气及腿膝无力;服用阿斯匹林治疗感冒。胃痛时服用海儿泼、海儿普锭、bismag;腹泻时服用酸铋重曹达。须藤接手后为其注射 Tacamol 用以抽肺部积水。鲁迅也曾经服用中药如"胃散",用姜汁治疗胃痛,在腹痛时用"怀炉温之",而且这些偏方常常有效。他曾用饮酒法治疗病痛,如"因肩痛而饮五加皮酒",又如因"夜失眠,尽酒一瓶"。他对自己的身体,有出入医院药房的呵护,也有在家自己对付的放松,偶尔还会有无所谓的放纵。他的健康理念里,有医学科学的严谨,也有豁达大度的坦然。

鲁迅区分医生好坏的标准,最主要的是看其认真或不认真,其次还要看他对待疾病的治愈态度。一九二八年六月六日致章廷谦信中说道:"朱内光医生,我见过的,他很细心,本领大约也有,但我觉得他太小心。小心的医生的药,不会吃坏,可是吃好也慢。""不过医院大规模的组织,有一个通病,是医生是轮流诊察的,今天来诊的是甲,明天也许是乙,认真的还好,否则容易模模胡胡。""我前几天的所谓'肺病',是从医生那里探出来的,他当时不肯详说,后来我用'医学家式'的话问他,才知道几乎要生'肺炎',但现在可以不要紧了。"

正是由于有学医背景,才使他可以问话时使用"医学家式"。一九二九年三月十五日致章廷谦信中又说:"石君之炎,问郎中先生以'为什么发炎?'是当然不能答复的。郎中先生只知道某处在发炎,发炎有时须开刀而已,炎之原因,大概未必能够明白。他不问石君以'你的腿上筋为什么发炎',还算是好的。"

"郎中"一说,是指中医无疑。鲁迅本人更相信西医。如一九三〇年九月二十日致曹靖华信中谈到:"你的女儿的情形,倘不经西医诊断,恐怕是很难疗治的。既然不傻不痴,而到五六岁还不能说话,也许是耳内有病,因为她听不见，所以无从模仿，至于不能走，则是'软骨病'也未可知。"一九三四年四月三十日致曹聚仁信中也谈过西医。"习西医大须记忆，基础科学等，至少四年，然尚不过一毛坯，此后非多年练习不可。我学理论两年后，持听诊器试听人们之胸，健者病者，其声如一，大不如书上所记之了然。今幸放弃，免于杀人，而不幸又成文氓，或不免被杀。"

然而无论西医中医，认真不认真，医生对病人的态度很重要，至少不能敲竹杠。"上海的医生，我不大知道。欺人的是很不少似的。先前听说德人办的宝隆医院颇好，但现在不知如何。"⑧"中国普通所谓肝胃病，实即胃肠病。药房所售之现成药，种类颇多，弟向来所偶服者为'黑儿补'，然实不佳，盖胃病性质，亦有种种，颇难以成药疗之也。鄙意不如首慎饮食，即勿多食不消化物，一面觅一可靠之西医，令开一方，病不过初起，一二月当能全愈。但不知杭州有可信之医生否，此不在于有名而在于诚实也。在沪则弟识一二人，倘有意来沪一诊，当绍介也。且可确保其不敲竹杠，亦不以江湖诀欺人。"⑨这里所关注的已不是医术高明与否，而是诚意几何了。

笃信西医的鲁迅对中医的态度早已为人所知。但鲁迅的中西医观，并非简单的医学之争，在"五四"那样一个提倡科学的时代,以中医的东方哲学甚至玄学理论基础之上的医学,加之以家人所为中医耽误疗治的刻骨铭心经历,鲁迅的医学观并不适用于今日之中西医论争。

其实,鲁迅批评中医,主要是批评中医中那些近乎于愚弄人的迷信成分。散文《父亲的病》,与其说是记述父亲临终前的情景,不如说是在讨论"医者,意也"说的不可捉摸,集中嘲讽某些医生故弄玄虚的"药引"。而那个被认为是S城最有名的中医陈莲河,不过是对"药引"的要求玄幻到荒唐地步而已。"最平常的是'蟋蟀一对',旁注小字道:'要原配,即本在一窠中者。'似乎昆虫也要贞节,续弦或再醮,连做药资格也丧失了。"这位医生的说法只能是骗人害人。"凡国手,都能够起死回生的,我们走过医生的门前,常可以看见这样的扁额。现在是让步一点了,连医生自己也说道:'西医长于外科,中医长于内科。'但是S城那时不但没有西医,并且谁也还没有想到天下有所谓西医,因此无论什么,都只能由轩辕岐伯的嫡派门徒包办。"然而,"轩辕时候是巫医不分的。"鲁迅正是基于此才提到西医。"中西的思想确乎有一点不同。听说中国的孝子们,一到将要'罪孽深重祸延父母'的时候,就买几斤人参,煎汤灌下去,希望父母多喘几天气,即使半天也好。我的一位教医学的先生却教给我医生的职务道：可医的应该给他医治，不可医的应该给他死得没有痛苦。——但这先生自然是西医。"正是因父亲的病和自己少年时治牙痛的经历，让他对中医产生难以转变的成见。"到现在，即使有人说中医怎样可靠，单方怎样灵，我还都不信。自然，其中大半是因为他们耽误了我的父亲的病的缘故罢，但怕也很挟带些切肤之痛的自己的私怨。"(《从胡须说到牙齿》)

鲁迅对中医里的"食疗"说也不看好，他认为"海参中国虽算是补品，其实是效力很少(不过和吃鱼虾相仿佛)"⑩，他还劝道："石君最好是吃补剂——如牛奶，牛肉汁，鸡汤之类，而非桂圆莲子之流也——那么，收口便快了。但倘脓未去尽，则不宜吃。这一端，不大思索的医生，每每不说，所以请你转告他。"⑪鲁迅本人平常也服用保健品，以鱼肝油最多。早在一九一九年八月十三日致钱玄同信中就很内行地推荐道：鱼肝油"并非专医神经的药，但身体健了，神经自然也健，所以也可吃得的，这药有两种，一种红包(瓶外包纸颜色)，对于肺病格外有效，一种蓝包是普通强壮剂，为神经起见，吃蓝包的就够了"。鱼肝油也是鲁迅服用时间最久的补品："惟有服鱼肝油，延年却病以待之耳。"⑫"现身体亦好，因为将届冬天，所以遵医生的话，在吃鱼肝油了。"⑬"散那吐瑾未吃,因此药现已不甚通行,现在所吃的是麦精鱼肝油之一种,亦尚有效。"[13]可见,即使在养生保健上,鲁迅也更靠近西医成品而非中医食疗,人参之类的神话在他更是不以为然。但不能因为鲁迅反对中医就一定笃信西医,面对具体的医生,抉择也是很难的。"中医,虽然有人说是玄妙无穷,内科尤为独步,我可总是不相信。西医呢,有名的看资贵,事情忙,诊视也潦草,无名的自然便宜些,然而我总还有些踌躅。"(《马上日记》)

对于人生,鲁迅有时难免流露绝望和悲凉,但对自己的疾病却常要显露乐观的态度。这种乐观有时为了安慰家人朋友:"男自己也不喜欢多讲,令人担心,所以很少人知道。"[15]有时是为了不给敌手以"仇者快"的机会:"我的可恶有时自己也觉得,即如我的戒酒,吃鱼肝油,以望延长我的生命,倒不尽是为了我的爱人,大大半乃是为了我的敌人。"(《坟·题记》)也有时果真是出于他对自己自愈能力的信心,这信心甚至不免有幻想的成分:"肺病是不会断根的病,全愈是不能的,但四十以上人,却无性命危险,况且一发即医,不要紧的,请放心为要。"[16]无论是胃痛、感冒、发热等顽症的反复,还是牙痛的长期伴随,无论是肋痛、背痛的可能隐患,抑或头痛、失眠的偶发,他似乎从未真正从语气里担忧过。他不回避疾病,却总想在不回避的表述中轻描淡写。他没有刻意去预防疾病,也不曾因病而彻底放弃写作。即使他把自己的病因归结为"疲劳",却也停不下前行的脚步。从他的书信里,可以感受到他有时会像一个寻常人一样,希望自己能停下来,歇一歇,玩一玩,可是他做不到。不说在北京时期的诸事繁杂,即使在上海成了"自由撰稿人",他也因为个人生存和社会担当,仍然不能有片刻停歇。一方面是身体越来越衰弱,另一方面是无尽的工作和生存压力,一方面是坚持不放下手中的笔,另一方面是渴求找个地方彻底休息一下的愿望越来越强烈。身体和心灵,产生了极大的矛盾。

一九二八年,刚到上海一年时间,鲁迅就说过:"我酒是早不喝了,烟仍旧,每天三十至四十支。不过我知道我的病源并不在此,只要什么事都不管,玩他一年半载,就会好得多。但这如何做得到呢。现在琐事仍旧非常之多。"⑫

到了一九三四年,鲁迅的身体已引起周围亲友的担心,希望他到异地休养的劝说也动摇了鲁迅的心,但最终未能成行。或者是因为条件达不到:"上海的空气真坏,不宜于卫生,但此外也无可住之处,山巅海滨,是极好的,而非富翁无力住,所以虽然要缩短寿命,也还只得在这里混一下了。"[18]尽管深知"上海多琐事,亦殊非好住处也"[19],也无法真正离开。直到一九三六年逝世前几个月,"一次说走就走的旅行"仍然是一个无职业者的幻想。"我的气喘原因并不是炎,而是神经性的痉挛。""大约能休息和换地方,就可以好得多,不过我想来想去,没有地方可去。"[20]"这回又躺了近十天了,发热,医生还没有查出发热的原因,但我看总不是重病。不过这回医好以后,我可真要玩玩了。"[21]

他有过有目标的旅行打算,最终也不过想想、说说而已。"青岛本好,但地方小,容易为人认识,不相宜;烟台则每日气候变化太多,也不好。现在在想到日本去,但能否上陆,也未可必,故总而言之:还没有定。""现在略不小心,就发热,还不能离开医生,所以恐怕总要到本月底才可以旅行,于九月底或十月中回沪。地点我想最好是长崎,因为总算国外,而知道我的人少,可以安静些。离东京近,就不好。剩下的问题就是能否上陆。那时再看罢。"[22]直到八月,这样的计划仍然筹谋中却终难决定。"医师已许我随意离开上海。但所往之处,则尚未定。先曾决赴日本,昨忽想及,独往大家不放心,如携家族同去,则一履彼国,我即化为翻译,比在上海还要烦忙,如何休养?因此赴日之意,又复动摇,惟另觅一能日语者同往,我始可超然事外,故究竟如何,尚

在考虑中也。"㉓

  他也曾向母亲流露过同样的心迹。"男病比先前已好得多,但有时总还有微热,一时离不开医生,所以虽想转地疗养一两月,现在也还不能去。到下月初,也许可以走了。"㉔此时他已自感离不开医生,即使有了理想的地方,也无法启程了。"但因此不能离开医生,去转地疗养,换换空气,却亦令人闷闷,日内拟再与医生一商,看如何办理。"㉕到了九月,外出休养的念头就开始放弃了。"一直医了三个月,还没有能够停药,因此也未能离开医生,所以今年不能到别处去休养了。"㉖"至于病状,则已几乎全无,但还不能完全停药,因此也离不开医生,加以已渐秋凉,山中海边,反易伤风,所以今年是不能转地了。"㉗

  不能远行而只能身陷病痛、烦闷与嘈杂中,绝望之情已现。"我至今没有离开上海,非为别的,只因为病状时好时坏,不能离开医生。现在还是常常发热,不知道何时可以见好,或者不救。北方我很爱住,但冬天气候干燥寒冷,于肺不宜,所以不能去。此外,也想不出相宜的地方,出国有种种困难,国内呢,处处荆天棘地。"㉘这样的心理轨迹,随着病情的加重,一日一日地朝着束手无策的境地滑落着,令人唏嘘。

伟大的创作多在病痛中完成

鲁迅文章里写到"疾病",虽说写的是"病态",但也有表达上的某种"诗意",这"诗意"是文字上的精彩和生趣,也含着对某种国民性或"病态"文化的批判。"记得幼小时,有父母爱护着我的时候,最有趣的是生点小毛病,大病却生不得,既痛苦,又危险的。生了小病,懒懒的躺在床上,有些悲凉,又有些娇气,小苦而微甜,实在好像秋的诗境。"(《新秋杂识(三)》)

他视"小病"为生命体验的机会,也认为是富贵者"优雅"生活的表征。

> 生一点病,的确也是一种福气。不过这里有两个必要条件:一要病是小病,并非什么霍乱吐泻,黑死病,或脑膜炎之类;二要至少手头有一点现款,不至于躺一天,就饿一天。这二者缺一,便是俗人,不足与言生病之雅趣的。
>
> 我曾经爱管闲事,知道过许多人,这些人物,都怀着一个大愿。大愿,原是每个人都有的,不过有些人却模模胡胡,自己抓不住,说不出。他们中最特别的有两位:一位是愿天下的人都死掉,只剩下他自己和一个好

看的姑娘,还有一个卖大饼的;另一位是愿秋天薄暮,吐半口血,两个侍儿扶着,恢恢的到阶前去看秋海棠。这种志向,一看好像离奇,其实却照顾得很周到。第一位姑且不谈他罢,第二位的"吐半口血",就有很大的道理。才子本来多病,但要"多",就不能重,假使一吐就是一碗或几升,一个人的血,能有几回好吐呢?过不几天,就雅不下去了。

(《病后杂谈》)

生活中的鲁迅终生在面对各种疾病,他的创作也与"疾病"有着"不解之缘"。鲁迅希望中国的将来是正常的社会,人们可以享受应有的幸福,然而面对现实并将之在小说里表现,他所看到和写下的,多是"病态"的人生。这里无法展开详述,不妨简要点提一下鲁迅小说中关涉"疾病"或"病态"的元素。

《狂人日记》——精神患者,受迫害狂。《孔乙己》——致残者。《药》——肺痨患者及其死亡。《明天》——热病致死的孩子。《白光》——病态狂想症。《祝福》——被命运摧残使精神、身体俱毁者。《长明灯》——疯子引发的惊慌。《孤独者》——病死的魏连殳。《弟兄》——病与治病的全程描写。

其实,鲁迅小说描写无论是极端的性格还是悲苦的人生,无论是"哀其不幸"的角色,还是虚伪的文士,笔下人物大都有着某种程度不等的精神病态。

鲁迅的创作很多是伴随着自身疾病进行的。以鲁迅小说里标注具体写作日期的几篇为例吧,写《风波》是一九二〇年八月五日,那天的日记:"午前往山本医院取药。小说一篇至夜写就。"《祝福》篇末注明日期是"一九二四年二月七日",而二月六日日记有"夜失眠,尽酒一瓶"。一九二四年三月,鲁迅全月"往山本医院诊"十余次,其中就包括二十二日完成小说《肥皂》那一天。一九二五年九月二十三日"午后发热,至夜大盛",实为鲁迅肺病复发,直到次年一月转愈。而这期间,仅就写作,鲁迅完成了小说《孤独者》《伤逝》《弟兄》《离婚》以及《野草》中的数篇、与陈西滢论争最为激烈的多篇杂文。

直到一九三六年,鲁迅病重并自感难以好起来的境况下,仍然不能放下手中的笔。"大病初愈,才能起坐,夜雨淅沥,怆然有怀,便力疾写了一点短文。"(《关于〈白莽遗诗序〉的声明》,1936年5月)"从去年起,每当病后休养,躺在藤躺椅上,每不免想到体力恢复后应该动手的事情:做什么文章,翻译或

印行什么书籍。想定之后,就结束道:就是这样罢——但要赶快做。"(《死》,1936年9月)

鲁迅在一九三三年初认识须藤,七月开始请须藤为海婴看病,直到一九三四年四月,鲁迅才第一次请须藤为自己诊治胃病。到十一月开始,须藤频繁到鲁迅寓所为其看病。无论是鲁迅"往视"还须藤来"诊视",两人的"医患"关系已经无法解除,直到鲁迅逝世,两年间鲁迅请须藤为自己看病应在一百五十次左右。鲁迅对须藤非常信任,认为"他是六十多岁的老手,经验丰富,且与我极熟,决不敲竹杠的"[㉓]。一九三四年十一月初开始,鲁迅持续发热近一个月,体温有时会高达三十八摄氏度以上,其间还伴有剧烈"胁痛""肋间神经痛"等症状。这实际上已经暗含了他的健康趋向。

一九三五年,尽管无重病发作,但度过的也是"体弱多病"的一年。到了一九三六年,身体状况急转直下,神经痛剧烈,咳嗽,"面色恐怕真也特别青苍。"[㉔]很快又"骤患气喘","气管痉挛",到了六月,去医院拍了X光片,发现两肺都有病,到八月一日,体重已只有三十八点七公斤。须藤经常为其用注射法解除症状和痛感,抽去肋间积水,但根治已无可能,八月中曾吐血数十口,尽管他自己解释说"不过断一小血管","重症而不吐血者,亦常有也。"㉛但这明显已是安慰亲友的说法了。他已知道自己得的正是"大家所畏惧的肺结核"㉜。日渐病重不起的鲁迅,一方面接受着自己仍然信任的医生须藤的各种治疗,一方面竭力向周围关心自己的人们报告着病重但正在好转的消息:"但我不大喜欢嚷病,也颇漠视生命,淡然处之,所以也几乎没有人知道。"㉝

"漠视生命,淡然处之。"这是一个战士的品格和勇气,也是通透者的生命认知。一九三六年九月五日,鲁迅写下那篇类似于"遗嘱"式的文章《死》,其中就讲道:

>"直到今年的大病,这才分明的引起关于死的豫想来。……大约实在是日子太久,病象太险了的缘故罢,几个朋友暗自协商定局,请了美国的D医师来诊察了。他是在上海的唯一的欧洲的肺病专家,经过打诊,听诊之后,虽然誉我为最能抵抗疾病的典型的中国人,然而也宣告了我的就要灭亡;并且说,倘是欧洲人,则在五年前已经死掉。这判决使善感的朋友们下泪。我也没有请他开方,因为我想,他的医学从欧洲学来,一定没有学过给死了五年的病人开方的法子。然而D医师的诊断却实在是极准确的,后来我照了一张用X光透视

的胸像,所见的景象,竟大抵和他的诊断相同。"

语气间没有对死亡的恐惧,却透露出一种淡然中的凛然。但毕竟,鲁迅不是神而是人,是身体有痛就有感的常人,也是因感知病痛直至死亡而影响心境的普通人,因为他接着说道:"我并不怎么介意于他的宣告,但也受了些影响,日夜躺着,无力谈话,无力看书。连报纸也拿不动,又未曾炼到'心如古井',就只好想,而从此竟有时要想到'死'了。"

生命有如一盏灯,感受光的人不知道里面还有多少油,生命更如一支蜡烛,燃烧的过程比想象的要快,而且命运的风会随时吹过来,没有人知道那力量只是使光影晃动还是令其熄灭。一九三六年十月十八日,鲁迅逝世的前一天,他的生命感受已经无力探讨病情,而只求尽快缓解难以忍受的痛苦。他用极其潦草的笔迹写下最后一封信,请内山完造速延请须藤来救治:

老版几下:

没想到半夜又气喘起来。因此,十点钟的约会去不成了,很抱歉。

拜托你给须藤先生挂个电话,请他速来看一下。

草草顿首

L拜 十月十八日

已经创造了"五年"生命奇迹的鲁迅,感知着病痛甚至难以忍受,面对死亡却并无畏惧。他不想死,为了自己未完成的工作,为了给家人饷口,为了让亲友们安心,有时很显然也是为了不给敌手以畅快的机会。他顽强地活着,但绝不是苟活,不是懦弱地求生。他要给世界留下更多光亮和力量,也要向黑暗投出最后的一击。但是,他终于还是抵不过病痛的折磨,怀着太多的留恋、遗憾,带着无畏而又温暖的表情离开了这个世界。即使在最后一封求救信里,他也不忘记首先向朋友表达不能如约赴会的抱歉。即使他想到过死亡,写下了以《死》为题的文章,但他仍然没有向这个世界告别的打算。自幼的"牙痛党",长期的胃病患者,青年时就累积下肺病隐患的清瘦之人,在自己搭建的"老虎尾巴"里和阁楼上写作的作家,生活没有规律、烟酒常伴随其日夜的写作者,必须以超负荷的劳作去换取众多家庭支出的承担者,一个无私帮助青年、文友的热心人,一个绝不与敌手讨论"宽恕"问题的不屈者,突然间放下了一切,包括放下了缠绕他一生的种种病痛。

鲁迅的生命史,在一定程度上,也是他的疾病史。他的逝世,是一个民族的创痛,就他个人而言,也是对种种疾病的彻底抛弃与"治愈"!

(原载《人民文学》2017年第3期)

附注：

本文引文中标注序号者，均自人民文学出版社二〇〇五年版《鲁迅全集》之《书信》《日记》部分。具体为：

① 1934 年 7 月 6 日致郑振铎

② 1932 年 9 月 11 日致曹靖华

③ 1916 年正月 22 日日记

④ 1920 年 1 月日记

⑤ 1912 年 8 月 12 日日记

⑥ 1923 年 12 月 18 日日记

⑦ 1931 年 9 月 13 日日记

⑧ 1928 年 6 月 6 日致章廷谦

⑨ 1935 年 5 月 22 日致邵文熔

⑩ 1930 年 9 月 20 日致曹靖华

⑪ 1929 年 3 月 15 日致章廷谦

⑫ 1932 年 8 月 15 日致台静农

⑬ 1934 年 10 月 30 日致母亲

⑭ 1935 年 1 月 4 日致母亲

⑮ 1936 年 9 月 3 日致母亲

⑯ 1936 年 9 月 3 日致母亲

⑰ 1928 年 6 月 6 日致章廷谦

⑱ 1934年5月24日致王志之
⑲ 1934年11月27日致许寿裳
⑳ 1936年5月4日致王冶秋
㉑ 1936年5月23日致曹靖华
㉒ 1936年7月11日致王冶秋
㉓ 1936年8月2日致沈雁冰
㉔ 1936年8月25日致母亲
㉕ 1936年8月27日致曹靖华
㉖ 1936年9月3日致母亲
㉗ 1936年9月7日致曹靖华
㉘ 1936年9月15日致王冶秋
㉙ 1934年11月27日致许寿裳
㉚ 1936年1月8日致沈雁冰
㉛ 1936年8月27日致曹靖华
㉜ 1936年8月28日致杨霁云
㉝ 1936年8月28日致杨霁云

改变命运的序言

——鲁迅为萧红萧军小说作序

萧红雕像·黑龙江呼兰萧红故居

好为人序是文人间开玩笑的事，这句话既非完全的嘲讽，也非十足的褒扬。但好为人序行为本身与好为人师的含义基本相近，既有关心与热情，也有指点与自负。通常来说，序言是一个著作者发出的请求，向他心目中尊崇的人，他的前辈、导师或敬仰的同道或者权威人士。作序者一旦接受好意，也一定会尽全力为作者尽推荐之力。这是惯例，也是常情，是序言的通用规则。

鲁迅为别人所作的序言不可谓不多，他非常清楚文人们谋求作序的目的。"代序却一开卷就看见一大番颂扬，仿佛名角一登场，满场就大喝一声彩，何等有趣。"（《序的解放》）鲁迅对此深怀警惕。就文学作品的序言来说，鲁迅的作序的特点是：一、他一般只为青年作家作序，以尽扶持之力。二、他为别人作序的目的，不是向人推荐自己发现了一个创作的天才，而是中国青年的带着血和泪的文字，让他觉得应该介绍给更多感同身受者。他看重作品与时代之间的直接的关联。三、他从来不回避作者在艺术上的不成熟和作品在艺术性上的欠缺与不足，他会直指缺点，也会含蓄暗示。四、但这种不足通常不应当是概念化、口号式的夸张，其实这些作家常常天赋才情，只是运用还并不熟练，他们没有功利的革命文学的标榜，却有一颗不安麻木与迟滞的心。

鲁迅为萧军、萧红作序,正是这一特点的体现。

鲁迅为萧军的《八月的乡村》、萧红的《生死场》作序,实非好为人序之举。两萧的小说加上叶紫的《丰收》,是一套名为"奴隶丛书"的作品,而鲁迅也正是为了他们三位青年作家专门成立了这样一个社团。可以说,三位作家的作品从一开始创作就得到鲁迅的关心,到寻求出版遇到重重困难和阻力,又是鲁迅为他们专门想办法出版,可以说,两萧的小说本身就蕴含着鲁迅的心血。在小说的创作过程中,鲁迅与两萧多次通信,那些通信中,既有对创作的关心,也有鲁迅个人心迹的表达,是后人研究鲁迅后期思想的重要资料,弥足珍贵。

先来说序。鲁迅为萧军《八月的乡村》作序,时间为一九三五年三月二十八日,题目为《田军作〈八月的乡村〉序》。田军是小说出版时用的笔名。《八月的乡村》是他著的长篇小说,作为"奴隶丛书之一",小说于一九三五年八月由上海容光书局出版。鲁迅为萧红《生死场》所作序,写作于一九三五年十一月十四日,题目为《萧红作〈生死场〉序》,作为同一丛书作品,《生死场》也于同年十二月由上海容光书局出版。

鲁迅在为萧军萧红所作的序中,铺垫在文章中的底色,甚至鲁迅强调的主题并不完全是二位的小说本身,而是他一直在思考的中国,这思考不是文化学意义上的观察,甚至也不是国民性的批判。严峻的中国现实,混乱的社会状况,凋敝不堪的各种景象,让鲁迅无法从现实中国脱离开目光和思索。在两篇序文里,鲁迅开篇所谈贯穿其间的一个主题,就是他所见的当下中国。在为萧军《八月的乡村》所作序中,鲁迅借爱伦堡的话来表达自己眼里的中国。"一方面是庄严的工作,另一方面却是荒淫与无耻。"鲁迅说:"这末两句,真也好像说着现在的中国。"爱伦堡这两句话在序文出现了三次,成为鲁迅递进式讲述中国历史与现实中的分裂景象。他由此将萧军小说置于重要地位,他说:"但是,不知道是人民进步了,还是时代太近,还未湮没的缘故,我却见过几种说述关于东三省被占的事情的小说。这《八月的乡村》,即是很好的一部。"即在"荒淫与无耻"之中,看到文学家进行的"庄严的工作",这是一种文学的希望,更是中国不灭的火种。

鲁迅为萧红作序在上一序的半年之后,但其思考却如出一辙。这也是中国的情形并没有任何改变的原因所致。序言的开篇仍然是现实中国分裂的景象:"难民虽然满路,居人却很安闲。""周围像死一般寂静,听惯的邻人的谈话声没有了,食物的叫卖声也没有了,不过偶有远远的几声犬吠。"就是在这样的情景中,《生死场》将鲁迅带到另一个世界,这里一样有苦难有挣扎,但"北方人民的对于生的坚强,对于死的挣扎",一样是微弱的希望火种。而"坚强"与"挣扎"在这篇序文里也是三次被提及。

两序并没有在小说艺术上给予过度夸赞、褒奖,也没有以大师口气进行教训、辅导,他明确小说的意义,对其不足也一样或直言指出,或委婉暗示。他说《八月的乡村》:"虽然有些近乎短篇的连续,结构和描写人物的手段,也不能比法捷耶夫的《毁灭》,然而严肃,紧张,作者的心血和失去的天空,土地,受难的人民,以至失去的茂草,高粱,蝈蝈,蚊子,搅成一团,鲜红的在读者眼前展开,显示着中国的一份和全部,现在和未来,死路与活路。"说《生死场》:"这自然还不过是略图,叙事和写景,胜于人物的描写,然而北方人民的对于生的坚强,对于死的挣扎,却往往已经力透纸背;女性作者的细致的观察和越轨的笔致,又增加了不少明丽和新鲜。"他向读者推荐阅读,认为《八月的乡村》"凡有人心的读者,是看得完的,而且有所得的"。而《生死场》"精神是健全的,就是深恶文艺和功利有关的人,如果看起来,他不幸得很,他也难免不能毫无所得"。

鲁迅不但是小说的推荐者、作序者,同时也是小说的"策划者""出版者"。他为此成立的社团是奴隶社,策划的丛书名称是"奴隶丛书",这一名称也是深有寓意的。在《八月的乡村》序中说:"我们的学者也曾说过:要征服中国,必须征服中国民族的心。"而《八月的乡村》的意义,就恰恰因为"但这书却于'心的征服'有碍"。在《生死场》序中更进一步指出了"奴隶丛书"内涵:"然而我的心现在却好像古井中水,不生微波,麻木的写了以上那些字。这正是奴隶的心!——但是,如果还是搅乱了读者的心呢?那么,我们还决不是奴才。"强调是奴隶丛书,是强调现实命运的被迫性,而强调"决不是奴才",却是不屈者的坚强意志。这与为萧军序文中的"于'心的征服'有碍"是精神内核上的完全印合。

从一九三四年底开始,鲁迅对两位来自东北的青年作家来信给予热情答复,不但在创作上关心,生活上鼓励,而且对两个穷困潦倒的陌生人提出的救助请求,尽力给予帮助。而且也是通过不断的书信往来,他不但接受了阅读他们小说并为之作序的请求,也是通过书信,答应了他们希望亲自登门拜访的请求。从此,不但让鲁迅和他们成为师生,而且成为中国现代文坛的一段被评说了八十年的佳话。又尤以鲁迅与萧红的交往为甚。一九三四年十月九日,在致萧军信中,对萧军希望鲁迅能接受阅读萧红的《生死场》和两人合著的文集《跋涉》请求,鲁迅慷慨应允:"我可以看一看的,但恐怕没工夫和本领来批评。"十一月三日信中虽然没有答应对方的见面请求,但也只是表示"从缓","待到有必要时再说罢。"两天后五日信中即答应:"你们如在上海日子多,我想我们是有看见的机会的。"待到十一月二十七日,鲁迅即告知可到内山书店一见,并且详述乘车行走的路线。到十二月十七日,即发出"请你们到梁园豫菜馆吃饭"的请帖。一九三五年一月开始,鲁迅为萧军《八月的乡村》出版、阅读、写序事与之进行了多次通信,这时鲁迅身体状况已差,而且手头应对的事情、文章非常之多,然而他从不让任何一个真诚求助、求教者失望,直到四月,即告"序已作好"。一直到五月二十日,鲁迅还满足了萧军借款之求:"今天有点收入,你所要之款,已放在书店里,希持附上之条,前去一取。"

书信往来中还时常会对"悄女士""吟太太"等等称谓问题进行朋友式的交流。而广为人谈及的对萧红创作的说法,可见出鲁迅性情中的另一面。比如,一九三五年一月二十九日致二人信中说:"我不想用鞭子去打吟太太,文章是打不出来的。从前的塾师，学生背不出来打手心，但愈打愈背不出来，我以为还是不要催促的好。如果胖成蝈蝈了，那就会有蝈蝈样的文章。"

鲁迅与萧军萧红已成朋友，但对文章，鲁迅的原则不会因此而改变，过度溢美的话他不会讲，不足与局限他不回避。十一月十六日信中说："那序文上，有一句'叙事写景，胜于描写人物'，也并不是好话，也可以理解作描写人物不怎么好。因为作序文，也要顾及销路，所以只得说的弯曲一点。"友情固然已经顾及，但也要理解成，即使为朋友艰难出版之书作序，也决不回避不足的点出，哪怕是用曲笔。

鲁迅对萧军萧红的厚爱已是中国现代文学史上的佳话。鲁迅对二萧创作的肯定也是由衷的。除去作序，其他场合也竭尽推荐之力。一九三六年五月，鲁迅在家里接受美国记者埃德加·斯诺的访谈，斯诺问："当今文坛上最有影响力的作家有哪些？"鲁迅毫不犹豫地回答："萧军的妻子萧红，是当今中国最有前途的女作家，很可能成为丁玲的后继者……"由此可见拳拳之心。

透过两篇序文，我们还应看到两部小说整个创作出版发行的过程中，鲁迅所发挥的不可替代的作用。可以说，没有鲁迅，很难想象还能有这样两部小说后来的影响，考虑到连出版都是困难，文学史上是否还有这样两部作品都是可以去思量的。鲁迅在那样的心境和身体状况中，在那样艰苦的环境和恶劣氛围里，坚持以反抗的奴隶的姿态，传递决不做奴才的意志，又以一团火的精神为青年作家尽自己的力量，这种精神和品格，永远是后来者应该时刻学习的典范。

(原载2015年12月21日《文艺报》)

《萧红书简》中的鲁迅许广平

萧红悼鲁迅诗手迹（局部）

我把《萧红书简》看成是一个开放的文本。旧时的场景因为几个文学前辈的书写历历在目，一长串情感纠结，一团没有头绪的轶事，所有的故事被打开成一出没有结论的悲剧。萧红是故事的主角，但未必是众星捧月的才女，却在爱恨中品尝着不确定命运甚至是悲苦为主调的滋味。也正因为这五味杂陈，因为这不由自主的悲苦，萧红个人的魅力，她的命运的戏剧性，后世的关注度甚至大于研究她的文学创作。萧军、聂绀弩、骆宾基几个围绕在她周围的"老男人"多年后的回忆，打开了故事的多个层面，让萧红的命运感在书中一页页展开。坦率地说，电影《黄金时代》因为故事的长度、讲故事的速度等原因，我并没有能坚持看完，读过这本《萧红书简》，却觉得，这本书就是一部精彩的电影，有意无意中集合而成的多重叙事，就是一种讲故事的极佳方式。

我没有研究萧红的学术基础，因为她和鲁迅的特殊交往，对其人其事其作也有过一点关注。我读《萧红书简》，所持的就是完全的读者心态加一点角度特殊的关注。

同一般的"书简"最大的不同在于，由于种种原因，我们读到的并不是整齐的书信往来，大多是单方面的倾诉和表达，萧红是其中的诉说主角，另一个书信呼应方萧军则更像一位倾听者。因为大部分书信已经丢失，往来呼应的面貌无法重现。之所以说萧军是倾听者,是因为他虽然无法还原自己的书信,却在时隔四十年之后,于一九七八年整理、重抄这些书信过程中,重温了那段历史,并将自己记忆中的情景,内心的情感,时隔近半个世纪过滤期的感受记录下来,作者标明这是对每一封书信的"注释",但在我们看来,却是一个人内心的独白,是生者与死者的对话,这种对方无法听到的对话相隔了四十年。书的附录部分同样精彩,聂绀弩的诗文、骆宾基的回忆、萧军本人的记述,共同将一个本来单纯的青春故事,激活出太多的人生况味。

读这本书,让我意识到,现代小说里的"拆解补充"叙事方法并不神秘,当一件事情足够复杂,当事人又都有相应的话语水平时,简单的故事很容易借助这种叙事法趋于复杂。发生在二十世纪三十年代,围绕萧红展开的"东北作家群"之间的情感故事,因此变得微妙复杂,跌宕起伏。同时我也意识到,对同一故事的不同叙述,最出彩的不是对故事的"补充"使之完整,而是"拆解"使之更加扑朔迷离。

我读此书的初衷并不是好奇二萧的情感经历,而是想看看里边关涉鲁迅的文字踪迹。前年,因为要参加纪念鲁迅为二萧小说《八月的乡村》《生死场》作序八十周年,我草就了一篇题为《改变命运的序言》的文章,但那只是对作序本身发了一些感叹,并无资料上的任何发现、综合。今天读《萧红书简》突然觉得打开了一个人生世界的窗口。

信中谈及鲁迅的地方令人感动。以二萧与鲁迅之间的交往和友情,鲁迅逝世的消息不可谓不重大,但信中的表达却非通常的感情表达,这正是作家书信的可看处。一九三六年十月二十一日,鲁迅逝世的第三天,萧红从东京寄信给上海的萧军,信中说:"前些日子我还买了一本画册打算送给L.。但现在这画册只得留着自己来看了。"连萧军都在得信后疑问,写信时的萧红是否已经知道了鲁迅逝世的消息?即使在一九七八年九月七日写下的注释里,萧军仍然不能确定。

"她可能在报上(她不懂日文,也许不看日本报纸)得知了鲁迅先生逝世的消息了吧?也许还不知道。不过,在信中又有这样的话:

"'前些日子我还买了一本画册打算送给L.。但现在这画册只得留着自己来看了。……'

"从'自己来看'又似乎她已知道了。"

一九三六年十月二十四日,萧红确定了鲁迅逝世消息后,向萧军倾诉了悲痛的心情。

军：

关于周先生的死,二十一日的报上,我就渺渺茫茫知道一点,但我不相信自己是对的,我跑去问了那唯一的熟人,她说:'你是不懂日本文的,你看错了。'我很希望是看错,所以很安心地回来了,虽然去的时候是流着眼泪。

昨夜,我是不能不哭了,我看到一张中国报上清清楚楚登着他的照片,而且是那么痛苦的一刻,可惜我的哭声不能和你们的哭声混在一道。

现在他已经是离开我们五天了,不知现在他睡到哪里去了?

……

直接的痛苦表达只此一次。萧红在十月二十九日发出的信中,不再直白地表达哀痛,而是克制地、文学化地流露出内心的悲伤。

"这几天,火上得不小,嘴唇又全烧破了。其实一个人的死是必然的,但知道那道理是道理,情感上就总不行。我们刚来到上海的时候,另外不认识更多的一个人了。在冷清清的亭子间里读着他的信,只有他,安慰着两个飘泊的灵魂……写到这里鼻子就酸了。"

萧军在此信的"注释"中表达了同样的悲情。

"是的,'注释'到这里我的鼻子也酸了!"在回忆了自己听到鲁迅逝世的噩耗、在鲁迅的遗体旁痛哭、接待无数哀悼者们的情景后,萧军感叹道:"想不到'奴隶社'当时的三个小'奴隶'(我、萧红、叶紫),竟夭亡了两个!如今只余我这一个老'奴隶',尽管经过了多少刀兵水火,雷轰电击,百炼千锤,饥寒穷困……终于还能存活下来,而且到了七十一岁,这也可以告慰于'在天之灵'了。"

萧军在"注释"里不但与萧红"一起"怀念了鲁迅,而且也因此怀念了诀别近四十年的萧红。"当她信中问到:'不知现在他睡到哪里去了?'这时鲁迅先生已经落葬了。这句天真的、孩子气式的问话,不知道它是多么使人伤痛啊!这犹如一个天真无知的孩子死了妈妈,她还以为妈妈会再回来呢!"

萧军此说实是知人之论,是情感表达。萧红的文笔决定了这样情愫可以长久保持。读萧红著名的文章《回忆鲁迅先生》,可以看到同样的表述。在描述鲁迅先生去世的情景中,并不在场的萧红这样写道:

一九三六年十月十七日,鲁迅先生病又发了,又是气喘。

十七日,一夜未眠。

十八日,终日喘着。

十九日,夜的下半夜,人衰弱到极点了。天将发白时,鲁迅先生就像他平日一样,工作完了,他休息了。

"他休息了。"这样一句平淡的讲述,却是一次沉重的记录,同书信中"不知现在他睡到哪里去了?"的"明知故问"异曲同工。

"平日里"的鲁迅先生家里是什么情形?《回忆鲁迅先生》曾这样写道:

鲁迅先生刚一睡下,太阳就高起来了。太阳照着隔院子的人家,明亮亮的;照着鲁迅先生花园的夹竹桃,明亮亮的。

鲁迅先生的书桌整整齐齐的,写好的文章压在书下边,毛笔在烧瓷的小龟背上站着。

一双拖鞋停在床下,鲁迅先生在枕头上边睡着了。

鲁迅先生活时"在枕头上边睡着了",死后则是"他休息了",这是萧红的叙述法,含着感情,呈现着别样的诗意和愿望。毫无疑问,以萧红和萧军年轻时的境遇,身无分文却到上海闯荡,与鲁迅的关心支持是分不开的。萧军在萧红"第三封信"(一九三六年七月二十六日发)的"注释"中说过:"回忆我们将到上海时,虽然人地生疏,语言不通,但是还有我们两人在一道,同时鲁迅先生几乎每隔一天就要写给我们一封信,在精神上是并不寂寞的。而如今只有她一个人孤悬在海外的异国,这难怪她是要哭的。"可见即使还未谋面的鲁迅对他们的精神支撑作用。

不过,从萧红一九三六年七月到达日本东京,直到九月与萧军的多次通信中,并没有直接提到鲁迅许广平,而她心中的那份惦念是可以感知到的。比如一九三六年十月十三日发出的信中,萧红有点无端地联想到了鲁迅:"在电影上我看到了北四川路,我也看到了施高塔路,[那]一刻我的心是忐[忐]忑不安的。我想到了病老而且又在奔波里的人了。"萧军在"注释"里说,"这'奔波里的人'是指的鲁迅先生。"在十月二十日所发的信中,萧红还在信的末尾问道"报上说是 L. 来这里了?"萧军在此信的"注释"里感叹道:"这封信是十月二十日发的,她还不知道鲁迅先生在十月十九日就逝世了。这期间心情可能随着病情的好转也好了起来,开始布置起自己的环境,这是可喜的现象,但她不知道将要有最大的、最沉痛的悲哀在等待来袭击她了!——鲁迅先生逝世的消息!"接下来便有了萧红十月二十一日、二十四日、二十九日发出的信里对鲁迅逝世的悲痛表达。

萧红离开上海独自去了日本,长达数月却未致鲁迅一信,据季红真女士《萧红传》记述:"萧红离开上海的时候,与萧军相约,为了免去鲁迅复信的辛劳,减轻他负担,都不给先生写信。但看到熟悉的景物,萧红又触景生情。"(《萧红书简》第245页)鲁迅可能并不知道两位青年的苦心,他曾在十月五日致信茅盾时说道:"萧红一去之后,并未给我一信,通知地址;近闻已将回沪,然亦不知其详,所以来意不能转达也。"这里的"来意"是指《文学》杂志向萧红约稿,鲁迅故有"不能转达"的表述。另据季红真描述,萧红曾在十月二十一日时见日本报纸上有关于鲁迅的报道,其中提到过"逝世""损失""陨星"之类的字词,她很紧张,向女房东求证,对方则给了"'逝世'是从鲁迅的口中谈过去的事情,自然不用惊慌"的回答,要她"不要神经质了"的劝慰(《萧红书简》第249页)。但从同日寄给萧军的信中描述"画册"的证据可知,萧红至少已经预感到鲁迅逝世的不幸了。

因为《萧红书简》是一部并不完整的书信集,所以我们没办法从中知道鲁迅逝世后萧红个人心迹的完整表达。但可以看出,从那以后,萧红一方面因各种因素想到鲁迅,更加关心痛苦中的许广平的状况。十月二十四日所发的信中,萧红写道:

可怕的是许女士的悲痛,想个法子,好好安慰着她,最好是使她不要静下来,多多地和她来往。过了这一个最难忍的痛苦的初期,以后总是比开头容易平伏下来。还有那孩子,我真不能够想象了。我想一步踏了回来,这想象的时间,在一个完全孤独了的人是多么可怕!

最后你替我去送一个花圈或是什么。

告诉许女士,看在孩子的面上,不要太多哭。

这可以理解为是女人间之心心相惜吧。据萧军回忆,在上海时,萧红经常背着鲁迅与萧军同许广平私语。十一月二日所发的信中,萧红一样表达了对许广平的关切之情:

"许女士也是命苦的人,小时候就死去了父母,她读书的时候,也是勉强挣扎着读的,他为人家做过家庭教师,还在课余替人家抄写过什么纸张,她被传染了猩红热的时候是在朋友的父亲家里养好的。这可见她过去的孤零,可是现在又孤零了。孩子还小,还不能懂得母亲,既然住的很近,你可替我多跑两趟。别的朋友也可约同他们经常到她家去玩。L.没有完成的事业,我们是接手下来了,但他的爱人,留给谁了呢?"

萧红与许广平,虽未必是今日之所谓"闺蜜",内心的相通却是无疑的。收入书中的骆宾基回忆文章曾提到许广平《追忆萧红》一文中的话:"萧红先生是自身置之度外的为朋友奔走,超乎利害的正义感弥漫着她的心头。在这里我们看见她并不软弱,而益见其坚毅不拔。"(《萧红书简》第247页)

萧红与鲁迅的特殊友情在当时的文坛上广为人知,向萧红约稿纪念鲁迅的报刊不在少数,而萧红似乎很难从失去亲人般的痛苦中回到书桌上。十一月九日信中说道:"关于回忆L.一类的文章,一时写不出,不是文章难作,倒是情绪方面难以处理。本来是活人,强要说他死了! 一这么想,就非常难过。""强要说他死了!"正是"他休息了""睡在哪里"的直白表达。她经常会问到许广平的近况,同一信中有言:"许,她还关心别人? 她自己就够使人关心的了。"而萧军在此信的"注释"中也提到"许广平先生每次见到我,总要问及萧红的情况,我转告给她"。对萧红不愿立刻写下回忆鲁迅的文章,他也理解为是欲哭无泪之下"甚至感到文章和笔全是无用的,浪费的,笨拙的"!

萧红在十一月十九日所发的信中,对《鲁迅全集》编辑出版事宜表示关切:"关于周先生的全集,能不能很快的集起来呢?我想中国人集中国人的文章总比日本集他的方便,这里,在十一月里他的全集就要出版,这真可配[佩]服。我想找胡、聂、黄诸人,立刻就商量起来。"可见萧红对鲁迅的怀念之情。信的末尾,她同时不忘许广平:"许君处,替我问候。"这个月的二十四日,萧红在信中又说:"许的信,还没写,不知道说什么好,我怕目的是想安慰她,相反的又要引起她的悲哀来。你见着她家的那两个老娘姨也说我问她们好。"她之前不给鲁迅写信是怕干扰他,现在没有去信许广平,则是担心触动哀伤。这是女性的细腻,也是女性的敏感,更是亲人间的相知。

二萧对鲁迅的尊崇与敬意,确非一般人所能相比,甚至也非常人所能理解。萧军在一九七八年对"书简"的"注释"中,还提到当年发生过的一事。他在"注释"中回忆说:"我在鲁迅先生逝世周月时,到万国公墓他的坟前,确是把新出版的《作家》《译文》《中流》各样焚烧了一本,这事被张春桥、马蜂(即中共中央文件上所提到的国民党特务组织"华蒂社"的马吉蜂)看见了,在他们的小报上污蔑鲁迅先生,讽刺我。我找到了他们的地址,约他们夜间在徐家汇相见,打了一架,我把马吉蜂揍了一通,他们就不再骂我了。"这骂,是张、马二人借此嘲讽萧军是"鲁门家将""孝子贤孙",据季红真《萧红传》记述,去"决斗"的那天,就有萧红及聂绀弩随行。

世人都知道萧军脾气不好,他用"武力"解决关于鲁迅的纷争,算是奇特一例吧。对于此事,不知道萧红是不知道有"打架"一事,还是她不想评价这种行为,她在信中倒是对萧军烧书一事做了积极评价。"到墓地去烧刊物,这真是'洋迷信'、'洋乡愚',说来又伤心,写好的原稿也烧去让他改改,回头再发表吧!烧刊物虽愚蠢,但情感是深刻的。"萧红的情感更执着于怀念鲁迅,伤心至极处,甚至想到了应该烧原稿让鲁迅修改,此时她一定想到了鲁迅曾为她和萧军悉心指导的情景了吧。一九三六年十二月二十五日,萧红在信中说:"周先生的画片,我是连看也不愿意看的,看了就难过。海婴想爸爸不想?"表达的方式和方位,如出一辙。而这张"画片",据萧军回忆,是一位日本画家画的"鲁迅先生临终的画像",曾刊载在《译文》上。

二萧对鲁迅的深情,呈现在他们的文字里,也体现在他们生活的点滴中。萧红始终保存着鲁迅为她修改过的《生死场》原稿,这是她珍视与鲁迅友情的见证。在北京期间,因为感念作家舒群对自己的关照呵护之情,萧红将这份最珍贵的手稿赠送给了舒群(见季红真《萧红传》第280页)。萧红是一九三七年初从日本回到上海的,之后不久北上到北京。在上海期间,萧红、萧军与许广平也时有往来。

萧军对鲁迅的敬重堪比萧红。鲁迅逝世后,萧军始终参与安葬、悼念活动,也经常对许广平给予慰问。《萧红书简》里收入的不多几封萧军致萧红信件里,也时会提及鲁迅许广平。如一九三七年五月六日信中,萧军告知远在北京的萧红:"现在是下午两点三十五分。我将从许那里归来。""许有三册书,由我介绍到一家印刷局付印,我担任校一次校样,还有一点抄录的工作。今天我把珂介绍去了,他正在那里抄录。""珂"是萧红的弟弟,"三册书"则是指鲁迅的《且介亭杂文》三种。

同信中萧军向萧红表示:"这两月中,我要帮同许把纪念册及那三本书弄完,再读点书,恐怕就没有什么成绩可出了。"而那本"纪念册",则是时至今日弥足珍贵的《鲁迅纪念集》。

萧红萧军,包括那一时期的许多左翼青年作家,视鲁迅为精神的指引者,人生的导师。这种深厚的情谊不一定是长篇大论的叙述,却时常从各种文字和谈话中流露出来。

萧红最终流落到香港,同是东北作家的骆宾基担负起了照顾萧红的职责,他认为自己承担这样"护理责任":"这是以鲁迅为主帅的革命营垒中的战友之间的崇高义务,是任何一个流亡南方的真正的左翼东北作家处于这样一种状态下都不会推卸的。"在与骆宾基的交流中,重病中的萧红常与他谈到鲁迅,谈到未能与之深入交流和倾诉的遗憾。

在强烈挽留骆宾基的时候,萧红甚至表示要他一直陪伴,直到去上海"送我到许广平先生那里"。萧红自然已经无法回到许广平身旁了,但她即使想到死,为这样的痛苦的死不甘,却仍然不忘记自己是鲁迅的学生、同志和亲人。喉管切开后无法说话,她就在纸上对端木蕻良写道:"我活不长了,我死后要葬在鲁迅先生墓旁。现在办不到,将来要为我办,现在我死了,你要把我埋在大海边,我要面向大海,要用白毯子包着我……"(这是端木夫人钟耀群所述,见季红真《萧红传》第404页)

一九四二年二月二十二日,三十一岁的萧红在香港含恨逝世,端木和骆宾基两位流浪青年无力安葬萧红,致使萧红墓究竟何处今天仍然是谜。两人多年后说法也不一,但有一点似乎是肯定的,他们为萧红将来能到上海葬在鲁迅墓旁边做了准备,尽管这愿望最终也没有实现。

  我在文章开头说过了,评价萧红的创作成就,评述她的文学才华,描述她曲折坎坷的人生,梳理她饱受挫折的感情经历,远非本文所能做到,我只是想记录下读《萧红书简》过程中鲜活的质感,生动的印象,无端的唏嘘,故取萧红及萧军与鲁迅、许广平的交往在"书简"中的印痕切入,而仅此一端,仍然可以看到一颗颗热烈的心,感受到一个时代里流淌着的人间真情。那种自然生发出来的情感热流,需要后人格外珍视。这样的感受甚至让人产生一种愿望:认真阅读萧红,阅读围绕在她周围的那么多人和事,以此理解一个苦难的时代,理解生活在那个时代的许多执着而真挚的人们!

(《萧红书简》,萧军编注,上海人民出版社 2015 年 5 月版)

(原载 2017 年 3 月 17 日《光明日报》)

历史尘埃里折射梦想纹路

——读北冈正子《鲁迅：救亡之梦的去向》

鲁迅在上海时使用过的书桌

日本关西大学教授北冈正子的名字早已听说,但她的论文和著作却很少有机会欣赏。记得差不多是十年前的某个雨天,一个关于鲁迅的国际论坛在北京举行,北冈正子也在参会专家之列,我未曾与其交流,因为自己之于鲁迅研究,不过是读得多写得少,无法与国际学者侃侃而谈。也是那次会议更增加了我的印象,北冈正子是一位难得的学者,其一生的学术努力都用于研究"早期鲁迅",而且是以彻底研究《摩罗诗力说》为主,听说她把关涉此文的所有"材源"都进行了究根问底的梳理,数十年如一日,闻之即汗颜。今有幸觅得其中译本学术著作《鲁迅:救亡之梦的去向》,立刻捧读。果然功力十足,更让人惊异的,是她在搜集、整理"材源"时,其精细和清晰出人意料,她在"材源"当中见出的,不是考证之功,阅览之广,更能够从中证明出鲁迅的知识来源与思想根基,将一个时代的中国知识青年的国家责任与救亡梦想在其论述中凸显出来。

读此书,我很惊讶地发现,北冈正子几乎从不引用中国鲁迅研究汗牛充栋的成果之一枝一叶,可我并未觉得这是出于偏见。数十年来,我们研究的是"大鲁迅"、深刻的鲁迅、思想的鲁迅、斗争的鲁迅,而我们对材料的出处和来源追究却自觉程度不够。日本的鲁迅研究学者所做的工作却大不相同，他们读任何文章，即使是鲁迅的原文，也要去追究一下出处、版本、背景，从不放过任何一个可以言说的材料分歧。

本书中给我印象最深的，是作为"正论""补论"后面的称作"余滴"的部分，即《裴多菲之缘》。这一部分由两篇文章组成，即《鲁迅与裴多菲——材源考》《缘于鲁迅的相遇——记高恩德博士》。鲁迅《野草》中的《希望》一文，引用了匈牙利诗人裴多菲的名句"绝望之为虚妄，正与希望相同"。人民文学出版社版的《鲁迅全集》对这一名言的注释已经说明，"这句话出自裴多菲一八四七年七月十七日致友人凯雷尼·弗里杰什的信：'……这个月的十三号，我从拜雷格萨斯起程，乘着那样恶劣的驽马，那是我整个旅程中从未碰见过的。当我一看到那些倒霉的驽马，我吃惊得头发都竖了起来……我内心充满了绝望，坐上了大车，……但是，我的朋友，绝望是那样地骗人，正如同希望一样。这些瘦弱的马驹用这样快的速度带我飞驰到萨特马尔来，甚至连那些靠燕麦和干草饲养的贵族老爷派头的马也要为之赞赏。我对你们说过，不要只凭外表作判断，要是那样，你就不会获得真理。'"北冈正子对此做了她自己的考证。（不过书中所说此信为"一八四七年七月十一日"寄出，不知道是不是印刷上的问题,根据信中提到的"本月十三日……"表述,应该是《鲁迅全集》的"十七日"准确。)

重要的是,北冈正子分析了鲁迅引用这句话时的自我改造,因为并不是出自诗人的诗而是一封书信,鲁迅却把它"改造"成一句哲理诗句,作者认为"鲁迅切断了行文前后的关联,译成了一个独立的语句",她由此感慨道,鲁迅"真是把人骗得好漂亮"。作者紧接着追问:"鲁迅通过什么文本读到这句话?"由此她又论述到了鲁迅曾经在日本学习德语并从事过德语文学的翻译,从德译的裴多菲诗集中,她论证了鲁迅曾经读了裴多菲的一首与鲁迅写作此文相同的诗《希望》。作者进一步的论述是关于鲁迅的思想、心境以及《野草》的主题,通过一系列的推论,作者认为:"奏响这《野草》主题曲的便是这意味深长的一句——绝望之为虚妄,正与希望相同。这句话在《希望》里已经离开了裴多菲而成为鲁迅的话语。"这也就明白了,作者之所以强调裴多菲的话出自书信而不是诗歌,不是一个简单的"材源"考证问题,而是因为鲁迅对这样的含义格外敏感,甚至将其诗意化,最终演绎成《野草》的"主题曲"。

在另一篇文章中,作者就自己与匈牙利汉学家高恩德的往来进行了散文式的叙述,通过这一交往,可以见出两位东西方不同国家的鲁迅研究专家,为了找寻一句鲁迅引文出处的唯一性,为了将其背后的种种浓厚背景与细节可能梳理清楚,他们共同花费了多大的工夫。其中密集的文学史信息非常值得留意,比如其中谈到了鲁迅提及的裴多菲在中国最有名的诗"生命诚可贵,爱情价更高。若为自由故,二者皆可抛"最早的汉译来源,谈到了鲁迅时代从匈牙利等弱小民族寻找中国崛起道路,而今天高恩德这样的汉学家却有被中国学界忽略的无奈。文中记述了他们为了找寻"绝望……"一句的出处,如何天各一方阅尽了裴多菲的诗文而确认其出自书信。这些都变成了非常感人的故事,让生活在中国的研究家们不胜感慨才对。我无法确认《鲁迅全集》的注释出处如何得来,或是不是接受了他们的考证结果,但至少我相信这些汉学家们的努力,让中国经典作家的作品得以在深度与广度上更大弘扬。

北冈正子的研究始终是带着问题,阅读鲁迅产生的思考,材料梳理中的疑惑,鲁迅人生道路中值得深入探讨的问题,等等。比如,关于鲁迅的"弃医从文",作者提出了一个看似简单但也值得思考的问题:"那就是在医学和文学之间,为什么非得二者取一不可呢?""古今东西,既当医生又做文学家的人并不少见。"她也是由此开始探讨青年"周树人"如何蜕变为文学家"鲁迅"的过程。

作者在其前言中还追问道,鲁迅"在开始动笔写作的始于《狂人日记》的一系列作品中所表现出来的,是寂寥之人心中暗淡的景色。在这些作品内容与曾经的恶魔派诗人论的主张之间有着非常大的落差。这一点该怎样理解才好呢?"关于这一问题,说实话,我本人在写作"鲁迅与藤野严九郎"话题的文章时也曾意识到,但并不能将问题提升到如此深度。青年鲁迅向往的是摩罗诗人,而自己决心从事文学后不但准备时间过长,而且作品的基调却并非热血沸腾。这是一个非常重大的问题,而我以为,至今此问题还有很大的探讨空间和回答必要。

本书中关于摩罗诗人与鲁迅"人"的概念形成,关于《狂人日记》中"我"的形象内涵的分析,在不计其数的相关论述中,今天读来仍然具有阅读上的新鲜感和学理上的说服力。

我也知道,此书并非是作者的新著,其中的大部分文章应该已经过去了二十年甚至更长时间,书中文末未附写作时间,可能有出版方面的考虑吧。但这些文章并不过时的阅读感受,得自于作者扎实的"材源"考证,得力于这些"材源"生发出的是一个重大的思想主题和坚实的理论论述。其治学的态度,实在同文章中的学术观点一样值得人重视和佩服。同时,中文译者李冬木到位、恰切的翻译也起到了至关重要的作用。

(原载《扬子江评论》2016年第3期)

孤独者的命运吟唱

——鲁迅小说里的孤独精神

我时常感觉到自己生活在嘈杂中,在行走的奔波、话语的喧闹、事务的繁忙中,体会一种身不由己的"充实"。案头的读物从四面八方寄来,那里面有朋友的热情与希冀,然而自己却不知道应该打开哪一本来展读。回望书架,目光时不时会停留在一套散装的《鲁迅全集》上,若有闲暇,仍然会随意抽取其中一册,随意打开其中一页来阅读。我发现,只有鲁迅的文章,能让自己在任何篇章中进入阅读,并在每一次新读或重读中获得难得的收获。

鲁迅是小说家。我常常提醒自己应当记住这个事实或者说常识。如果他没有写出《呐喊》《彷徨》《故事新编》的话,人们又会如何以他的杂文定位他的身份呢?而且事实上,鲁迅小说里所积蓄和蕴含的力量,特别是那种思想的复杂性和深广度,至今仍然值得我们不断评说。没错,鲁迅的杂文是匕首投枪,但鲁迅的小说却不能这么说,要知道在"五四"时期,很多作家是把小说当作匕首投枪来写的。可我觉得,鲁迅分明和另外一种思想甚至哲学相关联,他的小说里弥散着一种其他很多"五四"作家作品并不具有的特殊氛围和气息。这甚至决定了鲁迅小说的现代性,也代表了"五四"新文学属于"现代文学"而不是"白话文"文学的内在品质。鲁迅小说所具有的这种特殊的氛围和气息究竟是什么？我现在想到的一个词是：孤独。这种作家内心世界里的孤独，既是一种悲凉又是一股热情，鲁迅小说的孤独意识，是一种小说氛围，更是一种小说精神，鲁迅笔下的人物抛之不去的孤独感，既是一种现实处境，更是一种严酷的命运。鲁迅写作小说时常与孤独相伴的状态，远非一种形式风格的装饰，而是他与俄罗斯文学、西方现代哲学在灵魂深处的一种共鸣与回响，更是他对中国历史、现实，中国人的生存和精神状态的深刻体察。总之，研究鲁迅小说，孤独是一个不能忽略的重要概念。今天提出这一点甚至对当代小说创作也有颇多启示。

鲁迅小说的人物大都是"孤独者"

这是个冒险的判断，虽然"大都是"意味着并非全部，因为鲁迅也写过《肥皂》这样的讽刺小说。我所说的"大都是"，是指在鲁迅小说里，并不是只有知识分子形象如吕纬甫、魏连殳者才是孤独者，他笔下的农民，那些命运悲惨、心智愚昧的人，仍然有挥之不去的孤独感，其强烈度不亚于知识分子们。可以说，鲁迅小说的人物，既是生活在"浙东"地区的灰色的、苦命的小人物，同时又是具有高度典型性和象征意味的精神符号。翻开鲁迅小说,孤独者是其中最集中的"身份"特征。

《狂人日记》里的狂人是孤独者,其最致命的一条证据就是,狂人的所有认知都是唯一的、孤立的,没有人认同他,甚至也没有人思考过同样的问题。"吃人"二字在狂人那里是个焦虑、焦灼的可怕命题,但在别人看来,只是他发疯的标志。狂人不仅只有战士的一面,因无人应合而产生的惊惧心理占据了他的内心。

"今天全没月光,我知道不妙。早上小心出门,赵贵翁的眼色便怪:似乎怕我,似乎想害我。还有七八个人,交头接耳的议论我,张着嘴,对我笑了一笑;我便从头直冷到脚根,晓得他们布置,都已妥当了。"

这就是狂人心态的基本写照。

《孔乙己》里的孔乙己是一个孤独者,他的被戏弄是因为没有人理解他不愿流俗的内心世界,他内心有复杂与孤独,而世人只愿意从庸常的角度看待他。他是个被戏弄者,周围的人们因为他的无能为力和可笑而原谅他,但没有人会理解他。

"'你怎的连半个秀才也捞不到呢?'孔乙己立刻显出颓唐不安模样,脸上笼上了一层灰色,嘴里说些话;这回可是全是之乎者也之类,一些不懂了。在这时候,众人也都哄笑起来:店内外充满了快活的空气。"

可以说,孔乙己最后的消失不是因为贫苦,他其实并不缺少同情,他所有的话语都是辩白,这些辩白都是对别人不理解的变形语言。

《明天》里的单四嫂子是个孤独者。单四嫂子是个庸常之人,内心却填满了不可排释的孤寂。这种孤寂建立于一个"突发事件"即她的儿子夭折的基础之上,特殊场面造成内心的无尽悲凉。

"他现在知道他的宝儿确乎死了;不愿意见这屋子,吹熄了灯,躺着。……但单四嫂子虽然粗笨,却知道还魂是不能有的事,他的宝儿也的确不能再见了。叹一口气,自言自语的说,'宝儿,你该还在这里,你给我梦里见见罢。'于是合上眼,想赶快睡去,会他的宝儿,苦苦的呼吸通过了静和大和空虚,自己听得明白。"

"单四嫂子终于朦朦胧胧的走入睡乡……这时的鲁镇,便完全落在寂静里。只有那暗夜为想变成明天,却仍在这寂静里奔波;另有几条狗,也躲在暗地里呜呜的叫。"

人们在分析鲁迅小说时,很少专门就《明天》所要表达的主题突出表述。它甚至很难归类于鲁迅的哪一类小说,但如果我们从孤独主题的表达来看,则可以见出这篇小说的特殊意义。我甚至把《明天》看作是鲁迅自己对一个内心孤寂无助的"实验性"作品。

在《故乡》里,人与人之间的不沟通,"我"与杨二嫂的格格不入,与闰土的隔膜,是作家描写时的重点所在,小说结尾强调的是破除隔膜的要求。当闰土叫出一声"老爷"时,鲁迅写道:

"我似乎打了一个寒噤;我就知道,我们之间已经隔了一层可悲的厚障壁了。我也说不出话。"

"老屋离我愈远了;故乡的山水也都渐渐远离了我,但我却并不感到怎样的留恋。我只觉得我四面有看不见的高墙,将我隔成孤身,使我非常气闷;那西瓜地上的银项圈的小英雄的影像,我本来十分清楚,现在却忽地模糊了,又使我非常的悲哀。"

一咏三叹间,一种因人心隔膜产生的"孤身""气闷"的悲哀充溢在笔端。

在《祝福》里,摧毁祥林嫂生命的与其说是婚嫁的坎坷、儿子的死亡,不如说是她内心如刀割般的撕裂过程。祥林嫂的状态和其话语,透露出的是她的孤寂和痛苦。

"这百无聊赖的祥林嫂,被人们弃在尘芥堆中的,看得厌倦了的陈旧的玩物,先前还将形骸露在尘芥里,从活得有趣的人们看来,恐怕要怪讶她何以还要存在,现在总算被无常打扫得干干净净了。魂灵的有无,我不知道;然而在现世,则无聊生者不生,即使厌见者不见,为人为己,也还都不错。"

可以说祥林嫂不是死于生活无着,而是死于内心的绝望与彻底的孤寂。

《在酒楼上》中的吕纬甫,《孤独者》中的魏连殳,都是知识者处于"零余者"状态的悲苦、悲愤的流散。处世的失落,内心的孤寂是小说的核心。

且看《在酒楼上》的片段:

"你在太原做什么呢?"我问。

"教书,在一个同乡的家里。"

"这以前呢?"

"这以前么?"他从衣袋里掏出一支烟卷来,点了火衔在嘴里,看着喷出的烟雾,沉思似的说,"无非做了些无聊的事情,等于什么也没有做。"

……

"我在少年时,看见蜂子或蝇子停在一个地方,给什么来一吓,即刻飞去了,但是飞了一个小圈子,便又回来停在原地点,便以为这实在很可笑,也可怜。可不料现在我自己也飞回来了,不过绕了一点小圈子。又不料你也回来了。你不能飞得更远些么?"

"这难说,大约也不外乎绕点小圈子罢。"我也似笑非笑的说,"但是你为什么飞回来的呢?"

"也还是为了无聊的事。"他一口喝干了一杯酒,吸几口烟,眼睛略为张大了,"无聊的。——但是我们就谈谈罢。"

小说多处用"无聊"二字来形容吕纬甫的心情。

再看《孤独者》的描写:

"大殓便在这惊异和不满的空气里面完毕。大家都快快地,似乎想走散,但连殳却还坐在草荐上沉思。忽然,他流下泪来了,接着就失声,立刻又变成长嚎,像一匹受伤的狼,当深夜在旷野中嗥叫,惨伤里夹杂着愤怒和悲哀。"

"他在不妥帖的衣冠中,安静地躺着,合了眼,闭着嘴,口角间仿佛含着冰冷的微笑,冷笑着这可笑的死尸。"

"我快步走着,仿佛要从一种沉重的东西中冲出,但是不能够。耳朵中有什么挣扎着,久之,久之,终于挣扎出来了,隐约像是长嗥,像一匹受伤的狼,当深夜在旷野中嗥叫,惨伤里夹杂着愤怒和悲哀。"

而《伤逝》,则更是一个孤独者的吟唱与絮语。

"如果我能够,我要写下我的悔恨和悲哀,为子君,为自己。"

"然而现在呢,只有寂静和空虚依旧。

"四围是广大的空虚,还有死的寂静。死于无爱的人们的眼前的黑暗,我仿佛一一看见,还听得一切苦闷和绝望的挣扎的声音。

"我还期待着新的东西到来,无名的,意外的。但一天一天,无非是死的寂静。

"我比先前已经不大出门,只坐卧在广大的空虚里,一任这死的寂静侵蚀着我的灵魂。死的寂静有时也自己战栗,自己退藏,于是在这绝续之交,便闪出无名的,意外的,新的期待。"

"我愿意真有所谓鬼魂,真有所谓地狱,那么,即使在孽风怒吼之中,我也将寻觅子君,当面说出我的悔恨和悲哀,祈求她的饶恕;否则,地狱的毒焰将围绕我,猛烈地烧尽我的悔恨和悲哀。

"我将在孽风和毒焰中拥抱子君,乞她宽容,或者使她快意……

"但是,这却更虚空于新的生路;现在所有的只是初春的夜,竟还是那么长。我活着,我总得向着新的生路跨出去,那第一步,——却不过是写下我的悔恨和悲哀,为子君,为自己。"

鲁迅说过自己对《故事新编》写作的态度,这些话似乎突出了其随意性,客观上也影响了人们对它们的关注,忽略了它们同鲁迅小说一以贯之的延续,特别是精神上的沟通。事实上,如果我们从"孤独"这个"看点"出发,就可以看出它们同鲁迅以现实生活为题材的小说在艺术气质上的相通和关联。因为在《故事新编》里,那些亦庄亦谐、或有或无的人物,其实也多是一些不为他人所能理解的"孤独者"。《补天》里的女娲是个孤独者。她始终默默无语。她为这个世界上的众生艰辛付出而死后,显现的却是左右持刀斧者来伤害她,并在其躯体上安营扎寨。最典型的莫过于《奔月》。羿是个孤独者,嫦娥也是。现实生活的困境,内心的孤寂困苦,嫦娥的并不激烈的不满,羿的自责与愧疚之心。"对不起的很",羿总这样忏悔着。嫦娥走了,羿并没有去找药确证,虽然对嫦娥独走不满,但他理解她不能忍受贫苦生活的选择。在我看来,《奔月》其实是《伤逝》的古装版。《铸剑》里的宴之敖者是个孤独者,但其意志之坚定又是鲁迅小说人物里最强的。

仔细想来,鲁迅小说里没有一个人物,其思想是被"群众"理解的,他们的内心没有一个人可以进入。狂人、孔乙己、魏连殳、涓生,等等,大抵如此。

孤独是不衰的文学主题,也是作家创作的心灵根基

鲁迅是敏感的文学家,这种敏感常常是因为他所思考的问题并不能拥有众多的应合者,"振臂一呼,应者云集"在鲁迅眼里是一种虚妄和虚假。鲁迅自己似乎也常有这样的感慨,时时要纠正人们对他所言的误读。其实,古今中外的文学史上,孤独既是杰出作家共同拥有的精神气质,孤独也是很多作家弥散于作品中的氛围,孤独者也很多时候是他们要塑造的形象。孤独并不等于寂寞。孤独是一种精神存在的状态,跟现实的生活处境并无直接关联。一个身处喧嚣中的人仍然可能会感到孤独。或者说,古往今来的孤独者可能具备两种意识:他对现实的责任感并无具体诉求,却异常强烈和苛刻,他想改变这个世界,却又自知无能为力。其次,他的思想或许因为过度敏感、先锋和独立,因而少有应和者,人们对他的误读甚至使其戴上各式各样的难堪的

帽子。他们甚至并不再想这个世界如何,而专注于对"个人"的关注与思考。这个个人可能是抽象的,但在文学作品中,他们同时又是某种社会符号,这就是一位杰出作家的艺术能力,他可以使笔下的人物既具有现实性和时代性,又可以超越这个时代和现实,达到对"人"的理解。

比如,孔子一生都在四处奔走,以极大的热情宣扬自己的政治理想,遭受的却是嘲讽和奚落。司马迁写作《史记》时对人和事的评价,即"太史公曰"都是在文末抒发,只有《孟轲列传》对孟子的评价放置到文章的开头,他一上来就感慨,孟子心怀政治理想却四处不讨好,在一个实用主义盛行的政治时代,孟子的想法显然不得要领,最终只能去研究诗书。李白也表达过自己借酒忘怀的心境,《将进酒》:"钟鼓馔玉不足贵,但愿长醉不复醒。古来圣贤皆寂寞,惟有饮者留其名。"曹雪芹也没有对自己的作品怀着多大的希望,《红楼梦》第一回就分析自己的时代道,在一个"贫者日为衣食所累,富者又怀不足之心"的物欲化时代,自己的写作也不过发挥一点让人们在"避世去愁之际,把此一玩,岂不省了些寿命筋力"的作用。

但鲁迅继承的却并非是中国文人在政治上失落,于是在文章里避世、陶醉的思想,他的孤独具有更大的承担,他不在意自己的政治得失和利益追求,也不是为一小撮政治失意者寻找安慰。他是一个站在为中国"立人"的境界上思考问题的作家,精神上与现代西方哲学有某种潜在联系。

有几位作家的孤独精神与鲁迅有相通之处。卡夫卡,终其一生都在体味生存的荒诞和个体存在的孤独。个人的生存境遇以及个人独白是他小说最为鲜明的特质。作为一个甘愿做"地窖人"而活着的人,他的创作理念也体现出极端的孤独特质。他说:"如果没有这些可怕的不眠之夜,我根本不会写作。而在夜里,我总是清楚地意识到我单独监禁的处境。""艺术对于艺术家来说是一种痛苦,通过这个痛苦,他使自己得到解放,去忍受新的痛苦。他不是巨人,而只是生活这个牢笼里一只或多或少色彩斑斓的鸟。"

还有陀思妥耶夫斯基,鲁迅唯一称之为"伟大"的作家,他对陀氏最信服的一点,就是那种冰冷到极点、将一个人的悲哀彻底剖开来的笔法。"一读他二十四岁时所作的《穷人》,就已经吃惊于他那暮年似的孤寂。"(《陀思妥夫斯基的事》)陀思妥耶夫斯基通过小说对个人孤零零地立于世界之中的命运探究,这种尖刻的笔法,强烈的意象,对鲁迅的小说创作一定起了很深刻的影响作用。果戈理对小人物在"社会"中的微妙、不幸遭遇的老辣描写,鲁迅深受其直接影响。此外,克尔凯郭尔这位存在主义哲学的始祖,叔本华、尼采这些深具悲情的哲学家们的名字,常在鲁迅的文章里出现。而以上几位文学家和哲学家,在考夫曼所编《存在主义》一书中,统统被划入到"存在主义"哲学的范畴。这其中深藏意味。鲁迅与他们之间在精神上的认同,在创作上的或显或隐的影响,值得我们深入研究。

孤独的心灵,必然是面对孤独,享受孤独,倾诉孤独,表达孤独,并最终形成艺术的力量。读鲁迅的《野草》,更像在读一个现代哲学家的哲学寓言或独白絮语。鲁迅小说则常常会把人物置于完全的孤独境地中。

孤独者的文学品质

当我们在说鲁迅小说是孤独者的命运吟唱时,当我们将鲁迅重要小说中的人物都视作无有回应的孤独个体时,与鲁迅小说的时代主题、社会意义、广泛影响乃至于鲁迅"遵命文学"的创作要求似乎成为一种"不兼容"的结论。但在我看来,这一想法并不是一种冲突性结论,而只是在已有的很多"定论"中,加进了一个新的阐释角度,这样谈鲁迅小说,也不是为了在小说主题求异求新。只是我觉得,我们应当在尊重自己的阅读感受的前提下，努力向小说内部、向作者意图靠拢，以获得小说意义的最大解放。特别重要的是，讲鲁迅小说的孤独精神，并不会缩小鲁迅小说的思想意义和"重大主题"，而是在一个新的看点下，寻找其小说本体的意义和价值，以期使鲁迅小说的"小说性"得以放大并引起新的重视。

其实，以孤独者为表现对象的小说，并不是在精神上缺少沟通和温度的，恰恰相反，它们在很多时候比那些看上去以社会主题为本位的小说更具社会关切热情。只不过它们的表现形式常常引来人们的误读。鲁迅精神建构中的"冰之火"的总结，就正好是一个形象的说明和生动的印证。

以孤独者为小说人物的创作，往往更加注重个人命运，并将其置于最现实的境遇当中，创造出的却又是超越现实时代和现实环境，具有哲理寓言的色彩。比如《祝福》里的祥林嫂，她本人虽然不具有任何思想的功力，但现实的遭遇却逼迫她不得不去思考关于灵魂的有无等问题。小说将祥林嫂一步步引入孤立无援的境遇中，在现实的无情打击下，发出撕裂心灵的质问。在"五四"同时期，像《祝福》这样表现妇女悲惨遭遇的小说并不鲜见，但它们大多不但直奔主题、线性描述、手法单一，批判指向也很具体。而鲁迅却在一种颇现代性的描写中，将祥林嫂的命运感书写出来了，显示出极高的思想和艺术能力。

描写孤独者,作家往往在冷峻中传递着温情,阐扬着浓郁的悲悯情怀,具有极强的感染力。在对孔乙己的刻画上,我们看到鲁迅极有节制的调侃笔法,在对其滑稽言行的描述背后,蕴含着深深的同情。对阿Q、对爱姑、对吕纬甫和魏连殳,都可让人在冷峻的笔法和深入的解剖过程中,体会到鲁迅诚挚的温暖与关切。那种悲悯情怀,不是一种居高临下的同情,而是作家"责任意识"的一种体现。

在对孤独者的人生进行描写时,作家常常在抱有荒谬感的同时,又传达出一种达观和乐观。充满对命运的思考,思想尖锐但不偏激。荒谬感是一种与"积极主题"相背反的小说作法吗? 其实不然。《狂人日记》就是一篇具有荒谬感的小说。《奔月》里的羿是一个失败者,这个曾经的英雄,射技并没有丢失,只是猎物已经难觅,他却因此在嫦娥面前变得满怀歉疚。他看到放药的罐子被打开,就知道嫦娥一定吃了药飞天而去,他都没有去求证那些长生不老药的有无,而是思忖着自己如何对不住嫦娥。小说的结尾,痛苦落寞的羿仍然要面对现实的生活,所以结尾并没有抒情,而是羿在招呼家仆们准备明天的劳作。

塑造孤独者形象,或者,将人物境遇置于孤独的境地,需要作家在艺术上具有不可克制的探索意识，而且其艺术本身就是一种力量，但他又能化得开。鲁迅小说里，《狂人日记》是心理独白式的，《伤逝》则是浓郁的抒情笔法，是一个人的忏悔录。《在酒楼上》《孤独者》与其说是两个人的"对话"，不如说是一个人对另一个人的倾诉。《明天》是一个人苦楚内心的无情展示，《故乡》是叙事与感伤情调的杂糅。探讨鲁迅小说艺术性的话语已经太多，我这里并没有多少新见可以提供，但我还是想强调一点，研究鲁迅小说的艺术性，应当将其放还到"五四"小说的"现场"当中，那样则可见出他在艺术上达到的时代高度，在一个"集体"的"新文学"时代难得的"全新"品质。要知道，鲁迅开始发表小说的时候，很多作家的创作还停留在"问题"小说的层面上。

我在这里专题讨论了"鲁迅小说中的孤独"，孤独的人物内心，孤独的主题意识，还应包括鲁迅本人孤独的创作思想。这些话题里内涵其实都很复杂，远非我能在此匆匆完成。同时，我还想谈一点，鲁迅小说没有像卡夫卡那样将小说人物故事寓言化。需要强调的一点也是鲁迅的独特处是，鲁迅笔下的"孤独的个人"，同时也是典型化的"中国人"，而且是那个特殊"时代"的"中国人"，这就使他笔下的人物具有更加复杂的特性。鲁迅是为自己的民族、自己的时代而写作，他始终不忘记是在为社会写作,是为唤醒民族性而写作,他的作品是"五四"文学的标高,但却是整个新文学大潮中的一个涌起高度,并非特立独行的"异类"。这也就决定了这样一种特点:鲁迅小说可以从多个侧面进入,并常常被以偏概全地阐释。那些个人,同时也是一个时代的社会人,而不是抽空了时代特征与民族特性的精神符号。

总之,今天来谈鲁迅小说的新意已经变得非常困难。站在当代文学的角度看,当小说人物越来越走向"写实",很多作家把小说变成某种类别化身而传达一些具体的社会诉求的时候,探讨鲁迅小说的孤独色彩,从中寻求一个作家在思想上的忧愤深广,在艺术上的灵动多样,追寻小说创作的本质特征,具有创作学上的现实意义。

我因职业需要,在近期集中阅读了近三年来国内较好的上百篇短篇小说,发现我们的很多当代作家,缺少对题材的开掘、主题的提炼、艺术手法的变化。比如,写农民工的小说占了我阅读范围中的很大比例,这些小说题材相近,大都是写农民工进城后受到的歧视,将城市人与农村人简单对立,进而让他们与城里人产生摩擦和冲突;要么就是写农民工生活无着,精神上情感上没有依托,进而互相之间建立"临时家庭",在精神上相互取暖,结尾又都回到各自的现实中,留下几分落寞与眷恋。艺术形式上的差异也多在写法的纯熟度有多高,自觉的探索意识少得可怜。特别是这些人物并不能反映社会生活的复杂情形,更少有超越一时一事的精神内涵。作为个人,他们都是没有色彩的,典型性不足,更缺少象征性和寓言色彩。我想到鲁迅小说并愿意从孤独的个人这一角度加以分析,在一定程度上也是因阅读当代小说产生的联想。如能从中得出一些启示,吾心足矣。

(原载《鲁迅研究月刊》2011年第4期)

鲁迅的青年观

鲁迅与青年在一起

外表冷峻、文风更加冷峻的鲁迅,他的内心究竟有多少热情,这些热情的流向究竟在哪里,从来都是人们争说不休的话题。由于鲁迅复杂的心境,他的文字也总是传达着复杂的感情,这既对人们完整、准确地理解鲁迅造成困难,也使鲁迅的同样一段话语引来涵义不同甚至相反的阐释。鲁迅对青年的态度,就是一个众说纷纭、歧义不断的话题。

一九一八年,发表《狂人日记》时的鲁迅已经三十七岁,他是"五四"新文化运动的旗手,但他并没有真正扮演"青年近卫军"的角色。他比同时代的其他作家胡适、冰心、叶圣陶、茅盾、郭沫若、郁达夫等都要"年长"十岁以上,比起后起的进步青年,他更像一个"长者",这是一个方面。另一个方面或许更重要,鲁迅的思想成熟较早,他不世故,却看得清世故;他不喜欢老成,却非常吝惜自己的热情。凡事他都会在质疑中观察、思考然后做出判断,鲁迅自己也有时并不喜欢这样的做法和状态,时在反省中。这种质疑的思想使他发出的声音有时并不能为人理解,并会引来一些怀疑、误解甚至攻击,"保守"、"世故老人"等等反而是鲁迅在世时很早就得到的"名号"。

鲁迅的文章里,"青年"是出现频率很高的词,生活在一个"风雨如磐"的时代,一个"因袭的重担"压得人难以承受的中国,鲁迅把革新的希望寄托于青年。"我一向是相信进化论的,总以为将来必胜于过去,青年必胜于老人。"(《〈三闲集〉序言》)他心目中的中国青年,应该是敢于前行、无所畏惧,勇于对"无声的中国"发出真的声音的前行者。他们也许不无稚气,但这稚气正是他们挣脱束缚,去除羁绊的表现。

在鲁迅心目中,青年就应当是敢于说出真话,敢于挑战传统和权威,敢于抛弃诱人光环的人。青年的重要使命是为"无声的中国"呐喊。"青年们先可以将中国变成一个有声的中国。大胆地说话,勇敢地进行,忘掉了一切利害,推开了古人,将自己的真心的话发表出来。"(《无声的中国》)为了这样的"真",鲁迅从不计较他们因此做出的选择是否周全,是否"合乎情理"。只要是敢于前行的青年,即使他们身上有初出茅庐的幼稚,但仍然让人看到未来的希望,所以他对这幼稚不但可以原谅,甚至认为是青年区别于老年的重要标志。"至于幼稚,尤其没有什么可羞,正如孩子对于老人,毫没有什么可羞一样。幼稚是会生长,会成熟的,只不要衰老,腐败,就好。倘说待到纯熟了才可以动手,那是虽是村妇也不至于这样蠢。"(《无声的中国》)比起衰老和腐败,幼稚是青年性格中可贵的一部分。

青年应走自己的路。鲁迅的青年观里,只有那些敢于照着自己确定的目标勇往直前的青年,才能在血气方刚中见出真性情。从这个角度上,鲁迅对被认为是"导师"或自认为是"导师"的人给予无情的嘲讽。也正是从这一角度出发,鲁迅眼里的青年和年龄无关,并不是年纪轻的人都可以统称"青年"。"近来很通行说青年;开口青年,闭口也是青年,但青年又何能一概而论?有醒着的,有睡着的,有昏着的,有躺着的,有玩着的,此外还多。但是,自然也有要前进的。"(《导师》)在这些类别里,鲁迅只欣赏那些勇于前进的青年。

前进的青年必会面临如何在歧路上选择的痛苦,他们或者会寻找一个"导师"来领路,从而走上一条自己认为的捷径。鲁迅要提醒青年的是,这样的导师寻不到,没作用,所以没必要。"要前进的青年们大抵想寻求一个导师。然而我敢说:他们将永远寻不到。"

青年的分化令人失望和警醒。鲁迅对青年并非一概而论。"五四"初、中期,鲁迅将青年按状态分成"醒着""睡着""玩着"和"前进"的几类,一九二五年,在《论睁了眼看》中,鲁迅对青年的"形象"表达过不满："现在青年的精神未可知，在体质，却大半还弯腰曲背，低眉顺眼，表示着老牌的老成的子弟，驯良的百姓。"到后期，他更强调青年在"精神"上的不同，这使他对青年的态度更加谨慎，更不愿以年龄简单对待。

本来，鲁迅对青年的希望如同自己当年的理想一样，用文艺的火光去照亮国民的心灵，然而现实却并不那么令他乐观。他曾在一九二六年十二月二日致信许广平："我现在对做文章的青年，实在有些失望，我想有希望的青年似乎大抵打仗去了，至于弄弄笔墨的，却还未看见一个真有几分为社会的，他们多是挂新招牌的利己主义者。而他们却以为他们比我新一二十年，我真觉得他们无自知之明，这也就是他们之所以'小'的地方。"这样的观点一直没有改变。后期鲁迅对某些青年的失望已不止是"文学青年"的"不作为"，而是对某些青年的品行感到失望甚至厌恶。一九三三年六月十八日致曹聚仁信中说："今之青年，似乎比我们青年时代的青年精明，而有些也更重目前之益，为了一点小利，而反噬构陷，真有大出于意料之外者。"直到一九三四年十一月十二日致萧军、萧红信还认为："但我觉得虽是青年，稚气和不安定的并不多,我所遇见的倒十之七八是少年老成的,城府也深,我大抵不和这种人来往。"

鲁迅对青年有教诲,但他时常提醒青年,且不可将自己作为榜样甚至偶像对待。鲁迅有自我解剖的自觉,他深知自己身上有"毒气和鬼气",他非常担心自己"绝望"的心态和看穿一切后的沉稳太过感染有为的青年。"所以,我终于不想劝青年一同走我所走的路;我们的年龄,境遇,都不相同,思想的归宿大概总不能一致的罢。"《北京通信》是否从青年身上看到被自己否定的心理特征,甚至成了鲁迅对待和评价青年的一个莫名的标准。一九二四年九月二十四日,在致李秉中信中,鲁迅说:"所以有青年肯来访问我,很使我喜欢。但我说一句真话罢,这大约你未曾觉得的,就是这人如果以我为是,我便发生一种悲哀,怕他要陷入我一类的命运;倘若一见之后,觉得我非其族类,不复再来,我便知道他较我更有希望,十分放心了。"这种奇怪的心理反应,正可以见出鲁迅的自省和对青年的期望。

但鲁迅的思想中有另一个很重要的观念,就是他并不希望青年无谓地流血牺牲,他从不鼓动青年用自己的热情去硬碰残暴。他在"三一八"惨案前不主张许广平等学生前往执政府游行,一方面是他对军阀残暴有真切的认识,另一方面也是对青春生命的珍爱。他真心希望青年们对人生有一个更加明确、长远的目标。"但倘若一定要问我青年应当向怎样的目标,那么,我只可以说出我为别人设计的话,就是:一要生存,二要温饱,三要发展。"(《北京通信》)可见,鲁迅对青年的忠告里又有另一番情感在里边。

实在话说,鲁迅对青年的态度因此有时是矛盾的,一方面,他希望看到青年充满热血和激情、不顾个人安危的勇猛;另一方面,但又非常害怕青年因为这份勇猛而牺牲;更同时,他怀着美好的愿望,愿有为的、正直的青年能够保证"生存"、越过"温饱"、求得"发展"。这也就是鲁迅为什么时常要对青年发出自己的意见和看法,同时又担心自己的言论、心情影响了青年进取的步伐。

鲁迅是一位对青年十分看重的"长者"。对殷夫、叶紫、柔石等青年作家,他特别看重他们创作中的血和泪的热情与投入,赞赏他们的锋芒如"林中的响箭"。他同青年木刻家们亲切交谈的照片,至今让人观之动容。同时,他对周围不时出现的一些狡猾、老成、趋小利、重私心、夸夸其谈、沽名钓誉的青年,则怀着戒心,充满厌恶,绝不以"青年"的名号原谅他们。

鲁迅的青年观,不是这样一篇小文章可以描述全面、总结到位的,但这是一扇打开鲁迅思想和情感世界的窗户,这窗户是时时闪着光的所在,让人随时感受到一种人格的风范和思想的力量。

(原载2008年9月24日《中华读书报》)

鲁迅为什么不写故宫

鲁迅使用过的台灯

故宫,一个即使你不曾游览也好像去过的地方;故宫,一个你即使多次进入也好像初次到来的地方。那样一个巨大的存在,让人永远说不完又永远说不清。天安门是故宫的门面,它高度神圣化的形象,几乎就是中国历史的缩影。曾有一个外国学者写过一本名叫《天安门》的书,其中所述却是中国近现代政治历史的风起云涌。如果接续"五四"以后的历史,从"中国人民从此站起来了"的自豪,到《我爱北京天安门》的单纯,从"天安门诗抄"的激昂,到历次阅兵的豪迈,哪还能有第二个中国景点像天安门那样,留下无数中国人虔诚的身影。可有时候我也会有这样的奇想,为什么同为一体,天安门具有高度的象征意义,而它身后的故宫,从一九二四年溥仪被逐出宫,就一直以"故宫博物院"这样的机构名称存在着?

盛夏的一个炎热的下午,我行走在故宫里,看游人如织,更觉故宫对中国人、外国人所拥有的巨大吸引力。热闹与热浪中,我却又产生另一个奇想,在北京生活了十四年的鲁迅,似乎极少在他的文字里提及故宫,如果这基本上是个事实,那又是为什么呢?

从一九一二年来到北京,直到一九二六年南下厦门,鲁迅在北京的生涯应当离不开故宫。他是教育部的"公务员",是一个对历史文献有着浓厚兴趣和深厚学养的人。故宫,这个珍藏着无数珍宝的地方,鲁迅怎么可能没感觉?然而,翻开鲁迅日记,满眼看见的是"留黎厂"三个字,极少能找到"故宫"一词。十几年里,鲁迅去琉璃厂的次数应当仅次于他去教育部上班的次数。但还真不知道他是不是认真地、彻底地逛过一回故宫。鲁迅显然不是一个对旅游有多大兴致的人,他自称"我对于自然美,自恨并无敏感,所以即使恭逢良辰美景,也不甚感动"(《厦门通信·致许广平》)。但他对人文踪迹,又有多少游览的热情呢?似乎一样不高。你看他说到长城,认为这建筑根本挡不住胡人的侵略,只是让无数民众付出艰辛。所以,他在题为《长城》的文章结尾,喊出了"这伟大而可诅咒的长城"。再看他谈杭州一景雷峰塔,恨不能让这压抑了美好爱情愿望的建筑彻底倒下,但他对故宫,却似乎连这样的"批判"文字也不曾写过。他究竟是怎么想的?

鲁迅肯定是进过故宫的。粗翻鲁迅日记,一九一六年九月十日,记有"同三弟往益昌,俟子佩,饭后同赴中央公园,又游武英殿,晚归"。而武英殿就位于故宫西华门内,是李自成登基处,也是多尔衮的办公场所。一九一七年十月七日,是个星期天,这一天,鲁迅"上午同二弟至王府井街食饼饵已游故宫殿,并观文华殿所列书画,复游公园饮茗归"。至少这两次,鲁迅分别陪自己的两个兄弟,"逛"了两次故宫。一九二〇年,鲁迅日记里明显多了一个去处:午门。仅在四月下半月就去了八次。一直到这一年的十一月,鲁迅有多次"往午门"的记录。原来,他是到午门上"晒书"的。据《鲁迅日记》注释,鲁迅多次前往午门,是为整理德国商人俱乐部"德华总会"藏书。因为德国在欧战中战败后,上海德国商人俱乐部所藏德、俄、英、法、日等文书籍由教育部作为战利品接收,堆放在午门楼上进行分类、整理。鲁迅参加了这项工作,负责审阅德、俄文书籍。关于此事,鲁迅曾经在《记谈话》中做过表述,"教育部得到这些书,便要整理一下,分类一下。""当时派了许多人,我也是其中的一个。"而此事的最后结果,是"对德和约成立了,后来德国来取还,便仍由点收的我们全盘交付"。而这次"漫长"工作对鲁迅来说倒有个意外收获,就是他因此翻译了俄国作家阿尔志跋绥夫的《工人绥惠略夫》。鲁迅之所以从中挑选此书翻译,是因为他觉得书中所讲尽管是俄国的事情,"但奇怪的是有许多事情竟和中国很相像。"

鲁迅对宫殿类、招牌式的建筑似乎有一种本能的抵触,这与他向来的历史观和社会观紧密相联。一九二七年,鲁迅写过一篇叫《谈所谓"大内档案"》的杂文,文章虽是记述清宫留下的"档案"整理过程,但其中明显语含讥讽,对"大内档案"的量以"麻袋"统称,对整理的场景也暗含讽刺:"从此午门楼上的空气,便再没有先前一般紧张,只见一大群破纸寂寞地铺在地面上,时有一二工役,手执长木棍,搅着,拾取些黄绫表签和别的他们所要的东西。"鲁迅见此情景,一定会联想到故宫的,没错,他在文章里确也这么说了:"更何况现在的时候,皇帝也还尊贵,只要在'大内'里放几天,或者带一个'宫'字,就容易使人另眼相看的,这真是说也不信,虽然在民国。"很显然,鲁迅这里的"宫"是泛指代表皇权的宫殿,但此说应当是身处故宫而发的感想。在此文结尾,鲁迅另有感想:"中国公共的东西,实在不容易保存。如果当局者是外行,他便将东西糟完,倘是内行,他便将东西偷完。"

回想鲁迅一以贯之的思想和文章,他之所以不写故宫,是因他对封建皇权的态度所决定的。他虽没有"正面"写故宫,但故宫里的人和事却常在笔端。比如对乾隆,认为他是"深通汉文的异族的君主","清的康熙、雍正和乾隆三个,尤其是后两个皇帝,对于'文艺政策'或说得较大一点的'文化统制',却真尽了很大的努力的。"对于清皇帝通过"文字狱"

来驾驭汉人思想,鲁迅更是深恶痛绝,极尽言辞批判之功。对清代钦定《四库全书》而故意按照统治需要删减内容的做法,鲁迅一样不放过,揭批之辞时有所见。此外,对慈禧、溥仪等人物,鲁迅也时在笔端表示自己的不以为然。

"故宫博物院"五字,鲁迅在杂文《隔膜》中曾经提到过。一九三三年,易培基出任故宫博物院院长之后,发生过院内古物被盗风波,此事迫使易培基面对诉讼不说,还因此辞职。鲁迅当时是为易鸣过不平的,他说:"这一两年来,故宫博物院的故事似乎不大能够令人敬服。"这不能"敬服"之事,就是指易培基被诉案。鲁迅在北京时,曾有过支持女师大风潮的经历,易培基就是当时杨荫榆被学生赶走后受命上任的女师大校长,鲁迅曾在欢迎会上致辞表示支持。以他对易的认可和了解,自然无法接受眼下的案情。但鲁迅对故宫博物院的一些"文化工作"还是给予了较高评价,说它"印给了我们一种好书,曰《清代文字狱档》"。他对故宫博物院在印制水平上的领先颇为欣赏,在致郑振铎信谈到《北平笺谱》时曾说:"故宫博物馆之版虽贵,但印得真好。"鲁迅自己编定的《凯绥·珂勒惠支版画选集》画页,也交给故宫方面来印制。

以鲁迅这样对中国历史有着深切的关注,对中国文化有着深厚学养,对艺术珍品有着浓厚兴趣的人,故宫,却并没有成为他笔下的谈论对象。仔细想来,鲁迅思想上认定皇权的主要作用是对百姓的奴役,他不会为之送上赞辞;清朝统治者以"文字狱"控制人们思想的做法也让他深为痛恨。其次,故宫这个庞然大物里演绎了太多历史,而其中又容纳了太复杂的"古物",他也不能一言以蔽之地去否决它们的价值。再其次,鲁迅似乎并不喜欢写作上的"宏大叙事",故宫自然也就很难在形式上进入鲁迅文章。因此,仅从作为作家的鲁迅这一角度看,故宫,逛起来美不胜收,丰富驳杂,写起来恐怕人人都会感到难度极高。深藏不露的故宫,可真不是容易"叙事"与"抒情"的对象,倒不若天安门的单纯与激昂来得更方便些。

(原载2010年8月18日《中华读书报》)

附记：

二〇一〇年，我与时任故宫博物院常务副院长李文儒聚聊时，忘了是谁提议的，说不如邀请中国作家来一次走进故宫活动，作家们既可以多看，也可以为故宫写点什么，总之这个提议是一拍即合。盛夏的某个下午，那天真的太热了，但我们邀请到的作家一个个如约而至，莫言、叶广芩、雷达、阎钢、刘锡诚、李敬泽、周晓枫、祝勇、安妮宝贝、马小淘……参观的线路应当说是很珍贵的，陪同的文儒院长一直这么强调着，但我因为太怕热，只顾着挥汗，没有看懂多少。晚上大家还很愉快地聚了一下，地点既不是宫里，也不是宫外，是宫墙外宫门里的角楼下。席间，当然是讨论故宫种种为主，谁是怎么入宫的，谁又什么时候被逐出宫，等等。知识点都忘了，只记得莫言先生曾经冷不丁地问道：院长，不知道烟草是什么时候进宫的？文儒院长听罢做深思状，却又不得不说，这个，似乎还真的没有人考证过。我却笑道：李院长，老莫真正想问的是，不知道现在在这里是否可以抽烟。全席众笑……

但那次参观并不是完全没有任务，本来的约定是作家参观后为故宫写点诗文，故宫每年中秋会搞一次盛大的赏月活动，名曰"太和邀月"，并以此为书名，集合当年诗文出版一册专书。然而大家就跟约了似的,最终大都没有交来"作业",可能是故宫体量太大,非半天参观可以书写,也可能是参观线路高冷,一时还不能说清楚,总之,欢乐的相聚并不一定都要立刻化成文字。我是理解的,可是完不成合作的任务,总有一种违约的歉意。眼看着故宫的《太和邀月》诗文集出版在即,催稿不力,我只好强为所难,自己动手写一篇交差了。本来只是跑腿办事儿的,没想到锣鼓一响,只能硬着头皮上场了。于是就有了《鲁迅为什么不写故宫》一文。忐忑之中交给李文儒兄,我这位学养深厚的乡友在电话那头却在喜乐中谈到:我也研究鲁迅(李文儒长期任职于北京鲁迅博物馆),也研究故宫,我怎么就没想过把这二者结合到一起研究一番,写点什么呢哈哈。我只好说,我写不了故宫,只好写点不写故宫的,也许有几分道理,也许只是强说,虽然远不能说代表"进宫"的作家们交差,但也是表达一下诚意吧,您过目后,弃之可矣。

　　文章还是被很宽容地收入到了当年的《太和邀月》诗文集里,我也应邀参加了那一年的故宫赏月文化活动。不过,如果认为那次活动的文学收获就是我这篇不成样子的文章,那就大错了。那之后不久,参加我们那次进宫活动的散文家祝勇,成了故宫博物院的研究员,而且是驻在宫里专写故宫的作家,他的成果有他一系列的关于故宫的文章作证。不敢说他是我们护送入宫的,但至少可以推断,我们参观的是旧时宫殿,祝勇却在默默考察未来的办公室。

(2017年3月1日)

立誓不做编辑者

由于传播手段和渠道的改变,"文学编辑"的职能和地位已经发生很大变化。现在大家喜欢用"零门槛"来表达作家与编辑的新关系。对很多作家来说,颇有一种自由与新生的味道,再也不用看编辑的脸色了,直接把作品发布到网上就算发表了。但我认为,这句话对一部分人是真的,对另一部分甚至是更多的人只是个虚幻,在有些情况下是事实,在更多的时候却未必是。

我们先不讨论网上发布与纸质出版之间的差别,就职业地位改变和态度变化来说,文学编辑的职业特性和从前果真没有可比性了。编辑的地位发生了松动,编辑这道门槛过去可能的确有脸色的问题,但作为文学作品发表必经的"关卡",编辑有权对作家的作品提出意见甚至要求修改。现在,很多作家具有了自我成长能力。这是网络带来的好处,好作品被淹没的概率大大降低,但横空出世之作到底出现了多少呢?比起"泛文学"概念下的文学作品增多和文学语言的大幅度不讲究,编辑的功能弱化给文学带来了什么?

与此相关的问题是,中国现代以来建立起来的文学编辑传统眼看着有大面积丢失甚至丧失的危险。编辑的作用在弱化,现有编辑的职业态度、职业技能也在下跌。这或许是需要我们引起格外警觉的现实。以往的编辑会为作品中的一个典故、一个成语、一句方言俚语的准确性、必要性,甚至对标点符号、段落分法与作家商量沟通,现在呢,作者发来的电子版就是三校前的"定稿",直接上版也不鲜见。不再审读、不用退稿,连"两个月内未收到采用通知,作者可自行处理"的铅印单也不用邮寄,通过电子信箱和手机短信,编辑与作者看似交流方便,事实上却逐渐淡漠,相去甚远。编辑与作家之间的佳话不复存在,大家靠"名头"吃饭选稿,一切都那么自然,那么可以接受。作为必不可少的文学生产环节,编辑就这样成了"传统工艺",似乎要与铅字印刷一起来成为历史了。

由于纸质出版物,图书、报纸、刊物的存在,文学编辑作为一种职业依然是"文学界"里的一个类别,但这个职业领域所发生的新情况新问题却直接间接地影响着文学创作与出版的质量。如果电子出版不能完全取代纸质出版,特别是文学出版的"正规性"和主流价值还体现在纸质出版上,回望中国现代以来的编辑传统,强调新媒介环境下编辑作用的必不可少,我认为是非常迫切而重要的。

在中国现代文学史上,有很多有才华的人宁愿一辈子只做编辑而不去争作家的饭碗,或者他们已经表现多样才华却终生以"编辑家"名世。比如邹韬奋、赵家璧、孙伏园、韦素园等人。也有很多著名作家,尽管小说家、诗人之名已经很大,却始终不离开编辑的岗位,无论他们是不是刊物的主编、出版社的负责人,都视编辑为自己始终坚守的工作。在这份名单里,我们至少可以列出以下这些名字:鲁迅、胡适、茅盾、郑振铎、周作人、叶圣陶、丁玲、徐志摩等等。

以鲁迅为例,看看现代文学史上的著名作家是如何对待编辑工作的。

鲁迅深知做编辑的不易,他在一九三五年致王志之的一封信中谈到:"其实,投稿难,到了拉稿,则拉稿亦难,两者都很苦,我就是立誓不做编辑者之一人。当投稿时,要看编辑者的脸色,但一做编辑,又就要看投稿者,书坊老版(板),读者的脸色了。脸色世界。"然而事实上,鲁迅一生编辑过的杂志和图书,可谓大观。他和多位友人的交往,不是因为创作或研究,而正是一同编辑刊物和丛书结下友情。

著名出版家赵家璧称"鲁迅先生是一个出色的编辑工作者"(《鲁迅先生的编辑工作》),周作人在晚年回忆道:"鲁迅不曾任过某一机关的编辑,不曾坐在编辑室里办公,施行编辑的职务。""他经常坐在自己家里,吃自己的饭,在办编辑的事务。""他编辑自己的,更多是别人的稿件。"(《鲁迅的编辑工作》)周作人把鲁迅的编辑观概括为"精细与亲切",是十分准确的。

一九二四年,鲁迅曾编选许钦文的小说集,他在读过两遍后加以推荐出版,并对其作品中的细节提出意见。在致孙伏园的信中,鲁迅对许钦文小说的一个细节加以纠正:"又《传染病》一篇中记打针(注射)乃在屁股上,据我所知,当在大腿上,改为屁股,地位太有参差。"鲁迅这样指出作品的毛病,并非出于艺术的考虑,而是提醒作者不要犯常识性的错误,是尽一个编辑者的严谨之力。一九二五年,鲁迅在收到青年作家李霁野的小说《生活》后,致信作者道:"结末一句说:这喊声里似乎有着双关的意义。我以为这'双关'二字,将全篇的意义说得太清楚了,所有蕴蓄,有被其打破之虑。我想将它改作'含有别样'或'含有几样',后一个比较的好,但也总不觉得恰好。"从中可以见出鲁迅对青年作者的作品反复琢磨、尽可能完善的诚意。

鲁迅在编辑上的认真与精细,甚至超出了编辑者的职业要求。据黄源先生在《鲁迅先生二三事》中回忆,一九三五年,左翼青年作家周文将自己的短篇小说《山坡上》投给《文学》杂志,时任主编的傅东华将周文小说中一个情节以"不现实和烦琐"为由做了删削,这个情节是描述一个士兵在军阀混战中"被打得肚破肠流"仍然与对方搏斗。周文为此十分生气。鲁迅得知后,为了这个情节的真实性询问了日本军医,在得到肯定的回答后,专门就此将周文、胡风、黄源等叫到一起聚餐谈话,并正面鼓励和引导周文不要因小事而耽误了创作。

一个作家,应该以怎样的态度去对待更年轻的作者?应该如何指导仰慕他的人去从事创作,鲁迅的态度不是指点江山,告诉对方小说的做法,不是以居高临下的姿态去教导,而是不带功利地去扶持和引领。

鲁迅有清晰的编辑观。据唐弢先生在《"编辑"二三事》里回忆,鲁迅先生要求"编辑应当有清醒的头脑","他比作家知道更多的东西,掌握更全面的情形,也许不及作家想得深。编辑不能随心所欲地吹捧一个作家,就像他无权利用地位压制一个作家一样,这是个起码的条件。"

这里,我还想讲一个鲁迅与青年作者的故事,方知鲁迅的编辑观其实更重要的是对青年作者的关心与扶持。一九二一年七月,一位叫宫竹心的陌生青年给周作人去信求书,因周作人当时在北京西山养病,鲁迅代为回信,并寄《欧洲文学史》和《域外小说集》两册,申明并非借他,"请不必寄还。"八月十六日,鲁迅又回信宫,答应他可以到家访问,并附电话号码。知宫之兄妹都写小说,鲁迅信中很是鼓励,并表示"倘能见示,是极愿意看的"。十天后的二十六日,鲁迅又回信宫,对他到访不遇表示歉意,但这不见是因为宫自己未约而至,所以强调他来前一定"以信告知为要"。同时,鲁迅接到了宫寄来的小说,包括他本人和其妹妹的,鲁迅认为其作品还未达到小说的水平,不过"只是一种 SKETCH",但认为"登在日报上的资格,是十足可以有的",认为二人"各人只一篇,也很难以批评,可否多借我几篇,草稿也可以,不必誊正的"。且说"我也极愿意介绍到《小说月报》去"。对陌生文学青年的诚意可见一斑。鲁迅在同一信中却又告诫作者,"先生想以文学立足,不知何故,其实以文笔作生活,是世上最苦的职业。"宫在前信中向鲁迅诉说过自己投稿不中的苦恼,对此鲁迅说:"这种苦我们也受过。"他进而说:"上海或北京的收稿,不甚讲内容,他们没有批评眼,只讲名声。"这里其实也有鲁迅的编辑思想,即一些名声大的报刊从来不看作者的文章,只以名声论刊用资格,此种风气在今天的文坛,特别仍然是京沪两地的所谓名刊大报也一样有吧。

宫是一位陌生的青年,他根本不知周树人与鲁迅的重合,直到通信两月后的九月份,他得知周树人就是鲁迅,鲁迅就是与他通信的周树人后,感到"失惊而狂喜"。并于当月到八道湾得见鲁迅兄弟。鲁迅不但推荐其发表小说,把宫的地址发给报社以便宫能收到稿费,而且推荐其翻译的小说作品在报纸发表。宫因此走上文学道路,本来是邮局工人的他,辞职后希望鲁迅介绍工作,但鲁迅因实无可荐之处而婉拒。告诫他不要因为文章而轻易辞职。宫后来到天津找了一份临时记者的工作,抗战时期创作并出版了武侠小说《十二金钱镖》一举成名,一夜之间成了著名的武侠小说家。

从这个故事可以看出,鲁迅这样的文学大家,对于青年,陌生的、无名的青年的请求从来都不拒绝,但又不以名家自居,不轻易打击对方,虽指出作品毛病却又热情推荐发表,另一方面,又不误导青年执意于创作而失去生计的基础。这里所涉当然不只是编辑观,但鲁迅对创作者的扶持就是如此热情、认真而又精细,这种精神是今天的作家、包括编辑应当学习的,至少应当意识到现代中国文学史上的这一传统是不应该丢失的。

(原载2015年8月5日《中华读书报》)

鲁迅自序里的自谦

凡有人出书,大多要作序,有请名家导师的,也有自己亲自写就的,目的就是一个:说明这书写作的缘起、过程、目的、价值,作者的才华、学识、辛苦、不易,等等。但我以为,同样是序言,前辈大家和今人的作法很不相同。"五四"那一代大师,他们的序言大多同时就是一篇美文,态度、分寸、自评都让人读来觉得妥帖舒服,作者的苦衷、个中的滋味尽显其中,遣词用语也颇多文采,值得欣赏,所以"序跋"本身也成了文人们的一种特殊文体,内容可观。而今人的著作,无论是序还是跋,大多直白坦然,溢美之词多多,多了几分抢眼,少了许多味道,失了些许亲切,更不见书卷之气和谦卑之态。

也许有人会说,今天是市场经济,好处不说够哪能满足出版家的要求,如果再来点挑剔或自谦,这书可能就不得出版或影响销路。所以从自序、他序到封底、腰封,好话一箩筐地展现着,直让人看得无语。但其实,这要求并非自今日始,即在二十世纪二三十年代,也是如此。一是人人都爱听好话,二是谁都考虑序的后果和影响。鲁迅曾为刘半农校点的《何典》作序,结果因其中的批评之语引来刘的不快,鲁迅在其后所写《为半农题记〈何典〉后》一文中"反省"道,作者写作出书"既要印卖,自然想多销,既想多销,自然要做广告,既做广告,自然要说好。难道有自己印了书,却发广告说这书很无聊,请列位不必看的么?"这的确是作序者的难处。但这矛盾在那些人群中仍是一桩雅事。

其实,鲁迅为自己的著作通常都会写序,而这些序言中,我们读到的除了战斗的风格、妙趣的偶现、心迹的袒露外,一个突出而集中的印象是,鲁迅的"自序"显露着谦逊、自省甚至自嘲的语气。自然,鲁迅不是以谦谦君子的形象出现的,他的序言仍然时现锋芒,但从中却让人领略到一种大家的风范。而这种自谦中展现出的自信,实在值得今人学习。

鲁迅是小说家,《呐喊》是他的第一本小说集,已在当时文坛声名鹊起的鲁迅,在《〈呐喊〉自序》里这样描述自己的创作经历:"从此以后,便一发而不可收,每写些小说模样的文章,以敷衍朋友们的嘱托,积久了就有了十余篇。""至于自己,却也并不愿将自以为苦的寂寞,再来传染给也如我那年青时候似的正做着好梦的青年。这样说来,我的小说和艺术的距离之远,也就可想而知了,然而到今日还能蒙着小说的名,甚而至于且有成集的机会,无论如何总不能不说是一件侥幸的事,但侥幸虽使我不安于心,而悬揣人间暂时还有读者,则究竟也仍然是高兴的。"他好像很不把自己的创作描述得那么神圣。在为其英译本《短篇小说选集》写的序里，鲁迅又道："偶然得到一个可写文章的机会，我便将所谓上流社会的堕落和下层社会的不幸，陆续用短篇小说的形式发表出来了。原意其实只不过想将这示给读者，提出一些问题而已，并不是为了当时的文学家之所谓艺术。"

鲁迅是杂文家，匕首投枪式的笔法可谓新奇，但我们看看鲁迅自己的说法吧。在《〈热风〉题记》里，鲁迅说："所以我的应时的浅薄的文字，也应该置之不顾，一任其消灭的；但几个朋友却以为现状和那时并没有大两样，也还可以存留，给我编辑起来了。"《〈华盖集续编〉小引》里自评道："这里面所讲的仍然并没有宇宙的奥义和人生的真谛。不过是，将我所遇到的，所想到的，所要说的，一任它怎样浅薄，怎样偏激，有时便都用笔写了下来。"

不但对"文体"不自夸，即以杂文的思想论，鲁迅也常以自我解剖的态度审视自己，在《写在〈坟〉后面》里，鲁迅说："偏爱我的作品的读者，有时批评说，我的文字是说真话的。这其实是过誉，那原因就因为他偏爱。我自然不想太欺骗人，但也未尝将心里的话照样说尽，大约只要看得可以交卷就算完。"在《〈两地书〉序言》里，他这样评价自己的文字："如果定要恭维这一本书的特色，那么，我想，恐怕是因为他的平凡罢。"关于自己的杂文，鲁迅曾用过一个非常生动的比喻：

"我只在深夜的街头摆着一个地摊,所有的无非几个小钉,几个瓦碟,但也希望,并且相信有些人会从中寻出合于他的用处的东西。"(《〈且介亭杂文〉序言》)

用不着举那么多的例子,鲁迅的自序文风已可令我们深受感染。但还是想再进一步说明,鲁迅对自己的严格态度并不只是一种笔法,如他在《中国小说史略》的后记里,就自承自己"识力俭隘,观览又不周洽",因此造成著作的缺憾。说自己写作《摩罗诗力说》因为编辑要求文章要长,所以写作时"简直是生凑"。

鲁迅为自己著作写的序言中,有很丰富的内容,有些自谦也是针对"论敌"的指责故意发出的,不能以"自谦"概而论之。但无论如何,我们仍能从那些文字中,读到一个文学大家清醒、从容的姿态,一种颇具学养的风范。其实,鲁迅那一代人大都具有这样的风采,总是对自己的创作、研究保持着清醒的认识,读来真让人钦佩,令人汗颜。我们都说继承"五四"传统、学习鲁迅精神,似乎也应从作序等这些"小处"学起并很好地继承,不要为取得一点利益而失了应有的风度。自序其实就是这风度的一个小小的"测试剂"。

(原载 2008 年 7 月 24 日《文艺报》)

柔性的鲁迅

近有媒体报道,中学生学语文有三怕:一怕读古文,二怕写作文,三怕周树人。我有时想,为什么中学教材里不能选点鲁迅的妙文而只选战斗的檄文?如果学生们一上来接触的鲁迅文章是《夏三虫》《夜颂》《略论中国人的脸》《小杂感》,鲁迅形象还会是一副冷面孔吗??

少年鲁迅在课桌上刻一个"早"字立志发奋,青年鲁迅因幻灯片的刺激而决心改学文艺拯救国民的灵魂,中年鲁迅写《狂人日记》发出猛烈的批判之声,晚年鲁迅关心并投身现实的革命,这一切无疑都是鲁迅形象的真实而正面的展示。韧性的战斗,冷峻的文风,一个也不宽恕的坚决,冷得有点"酷"的表情,这就是"标准"的鲁迅形象。但同时,我们是不是也应看到还有一个柔性的鲁迅,一个平易近人、妙趣横生、敏感生动的鲁迅,这样的柔性同样是鲁迅在同时代人心目中的形象,同样显映在他的文字当中。

柔性的鲁迅让我们看到他的善良、敏感,读出他的脆弱、矛盾。许寿裳先生编写的"鲁迅年谱"里,记述了鲁迅八岁时的两件小事。那年的某一天,鲁迅家里的长辈们在一起玩推牌九,鲁迅在旁边默默观看,"从伯"慰农逗问鲁迅:"汝愿何人得赢?"鲁迅立即对答道:"愿大家均赢。"也是这一年,鲁迅的妹妹端姑刚刚出生十个月就因病夭折,当端姑病重时,八岁的鲁迅在"屋隅暗泣",他的祖母问他为何哭泣,鲁迅答曰:"为妹妹啦。"

少年时代的鲁迅灵活好动,被人称为"胡羊尾巴"。他到南京求学期间,骑马飞奔的技术在同学中是最好的。身为长兄,他专程回国接弟弟周作人一同到日本留学。他对自己的母亲更是百依百顺,不但答应回国同朱安结婚,而且倾全力在北京买房,接母亲、朱安及周作人一家共同居住。凡有青年或后学来访,鲁迅即使再繁忙也会热情招待,诚恳交流。他的内心其实充满了温情和柔性。"无情未必真豪杰,怜子如何不丈夫",这是身为父亲的鲁迅从另一角度对人间亲情的真切表述。中年得子的鲁迅,既要写反抗黑暗的战斗檄文,也要为海婴讲"狗熊如何生活,萝卜如何长大"的故事。他为柔石的被害悲痛,同时担忧和挂念柔石双目失明的母亲及其妻儿的命运。每当此时,我们感受到的并不是一个高调的革命者,而是一个心怀善意和温情的敏感的诗人。

鲁迅曾用"因袭的重担"比喻传统的束缚,这比喻其实更是对自己内心矛盾挣扎的写照。一九二五年,在鲁迅的创作、教书、编辑工作最紧张繁忙也是他事业、名声达到顶峰的时候,他同时在内心里承受着一种无形的束缚。这年的四月,鲁迅两次在致文学青年赵其文的信中表露了这样的心迹。他说:"我敢赠你一句真实的话,你的善于感激,是于自己有害的,使自己不能高飞远走。我的百无所成,就是受了这癖气的害,《语丝》上的《过客》中说:'这于你没有什么好处。'那'这'字就是指'感激'。我希望你向前进取,不要记着这些小事情。"战士鲁迅和诗人鲁迅正在对"感激"这样的人性美德进行着复杂的思考。照理说那是鲁迅名声正盛的时期,这样的思考让人意外。在另一封信里,鲁迅又进一步谈到心怀感激对人的束缚:"我有时很想冒险,破坏,几乎忍不住,而我有一个母亲,还有些爱我,愿我平安,我因为感激他的爱,只能不照自己所愿意做的做,而在北京寻一点糊口的小生计,度灰色的生涯。因为感激别人,就不能不慰安别人,也往往牺牲了自己,——至少是一部分。"写于一九二五年三月的《过客》,就是要表达这样一种一方面听到远方的召唤,一方面又面对感激时的矛盾心境。

正是因为拥有这样一种郑重的感激之情,才使得鲁迅心灵的温暖时时让人感知。他不愿沉溺于其中,但又不能绝然而弃,因为时时怀着一颗爱心,这爱心又对自己前行的脚步形成阻滞。现实的战斗要求他勇敢前行,个人的并不那么显眼的"感激"之情又让他无法真正做到勇猛。这样一种矛盾与冲突，使鲁迅的思想拥有别样的风采。他对社会、民族、历史的思考同个人的生存、发展，家庭的平安、温暖纠结在一起，鲁迅的思想也因此常常超越"时事"层面，引向更深的人生哲学的思考。也正是在这一点上，他的思想同陀思妥耶夫斯基、克尔凯郭尔等人的存在主义哲学形成某种暗合。

鲁迅知道，一个勇敢的战士不应沉溺于脆弱的感情，然而他又格外珍惜、绝不放弃。从哲学的意义上讲，鲁迅思考着思想本身的负担，"人若一经走出麻木境界，即增加苦痛。""但一有知识，就不能回到这地步去了。"(1925年3月23日致许广平)鲁迅终其一生都在这样一种战士式的前进要求和柔性的感情之间作思考，作斗争，作抉择。这样一种纠缠、矛盾，犹豫、决绝，恰恰是鲁迅思想和文章独有的魅力。他的感情和文字在充满战斗力量的同时，也充满了感染力，在不同的时代和地域产生悠远而长久的回响。

鲁迅柔性的一面，绝不是这样一篇小文章可以完成。我只想借此提出这一话题，引来更多方家的研究，也希望于读者阅读鲁迅有一点作用。

(2009年2月3日《文艺报》)

这也是鲁迅精神

火鸟(蜜蜂)

"鲁迅精神"是很高远的境界,是现代中国民族精神的精华和凝练。如果我们不能完全学到,无法全部继承,也应在心向往之的同时充满敬意,但什么是鲁迅精神呢?评价太多了。近读鲁迅文章,我留意到鲁迅的另外一种风范,从作文风格上讲,也可以说是只取一端、不及其余,但精神上的穿透力才是我们最应该体会的。

鲁迅身上有这样一种性格,如果有人对他讲某人是教授,是博士,他倒不一定认为此人一定有学问;如果有人告诉他另一人是将军,是"总长",他也未必觉得有多么了不得。相反,他总能从一些被常人不屑、讥讽、鄙夷的人物和世相上面,发现常人所不易发现的"优点",并将其扩大,以为醒世之喻。鲁迅的思想因此才让人觉得是一种中国的、草根的思想,具有同现实土壤割不断的内在联系。

鲁迅从天津的"青皮"身上看到了"韧性",从上海的"吃白相饭"者身上看到一种"直落",从广州人的迷信行为中读出一种"认真",从厦门的"听差"的"言动"中看到了"平等观念",这样的思想很特别,却很有说服力。

一九三三年,鲁迅从《自由谈》上读到一篇题为《如此广州》的文章,说在广州有"店家做起玄坛和李逵的大像来,眼睛里嵌上电灯,以镇压对面的老虎招牌",文章作者是语含讥讽的,但鲁迅却读出了另外一种含义。在鲁迅看来,都是迷信,大多数人的迷信方式表现为一种自我麻醉的"小家子相",广州人这种迷信倒是含着明目张胆的叫板,"迷信得认真,有魄力。"所以鲁迅认为:"广州人的迷信,是不足为法的,但那认真,是可以取法,值得佩服的。"我们知道,鲁迅所批判的"国民性"里,用自我麻醉的方式取得精神上的胜利是最让他痛心疾首的,种种"精神胜利法"里,相信迷信就是其中一种,鲁迅选择这样的话题谈"认真"二字的要义,是一个危险的立论,但我们读过鲁迅的《〈如此广州〉读后感》,不但会心于鲁迅的机智,更对他在彻底处的立论感到心悦。

鲁迅久居上海,对上海的世相了然于心,《"吃白相饭"》里,鲁迅把独见于上海的"不务正业,游荡为生"的一类人刻画得入木三分,说他们以"欺骗""威压""溜走"为手段骗取钱财。但鲁迅同时却在文章的末尾写道:"但'吃白相饭'朋友倒自有其可敬的地方,因为他还直直落落地告诉人们说,'吃白相饭的!'"显然易见,比起道貌岸然的大骗子,"吃白相饭"的混世者倒更让人能接受些,原因就是他们身上还有"直直落落"的一面。

鲁迅评人论世总是有自己"独"的地方。我们知道,鲁迅身上有一种精神叫"韧性的战斗",但鲁迅对这种精神的解释有时并不像我们想得那么高深。早在《娜拉走后怎样》一文中，鲁迅就以天津的"青皮"为例，对"韧性"一词加以注释。他说："世间有一种无赖精神，那要义就是韧性。""天津的青皮，就是所谓无赖者很跋扈，譬如给人搬一件行李，他就要两元，对他说这行李小，他说要两元，对他说道路近，他说要两元，对他说不要搬了，他说也仍然要两元。青皮固然是不足为法的，而那韧性却大可以佩服。"切记，鲁迅一再申明，广州人的迷信、天津的"青皮"、上海的"吃白相饭"，都是"不足法的"。但那种彻底的做法中，却又有一种让人可以"取法"的精神。直率也罢，认真也罢，韧性也罢，是鲁迅所看重，而又是中国人最缺少的。他取之极端，用之普遍，足见其改造"国民性"的急切之情。

鲁迅评人论世，并不全以自己的损益为根据。比如他在厦门任教期间，学校的"听差"并不因他是教授就唯命是从，言辞中颇有"平等"味道，鲁迅从中看到一种在"首善之区"难得一见的刚烈之气，对此他很认同。在给许广平的信中，鲁迅对此评价道："大约看惯了北京的听差的唯唯从命的，即易觉得南方人的倔强，其实是南方的阶级观念，没有北方之深，所以便是听差，也常有平等言动，现在我和他们的感情已经好起来了，觉得并不可恶。"

这些看上去并不那么高深的议论,其实正包含着鲁迅始终不渝的思想,反映出他看取人间世相的态度。这种态度正是鲁迅高远的精神境界在现实社会的某种折射。读来让人觉得深刻、精妙、有趣且又耐人寻味。

(原载 2009 年 3 月 3 日《文艺报》)

姿态即精神

鲁迅的老花眼镜

我曾写过一篇从鲁迅自序里见出自谦风范的文章,尽管提到了"五四"时期的作家和学人普遍具有这种自谦,但毕竟没有用实例说明。近读一九三三年上海天马书店《创作的经验》一书,又勾起了对这一话题的思考。

《创作的经验》是天马书店的编辑向当时文坛上已经拥有很高名声的作家发出的一次征稿,每位作家就自己的创作经验写成专文,汇成专书。鲁迅、茅盾、郁达夫等人纷纷为此写了专稿。作家在其中对个人创作的自我评价,又让人回到"五四"时代的文化氛围中,自谦与自醒仍不失为其中的一个看点。

作家们对自己创作的准备、成绩和经验都做出谦逊的声明。叶圣陶《随便谈谈我的写小说》中说:"有人问我对于自己的小说哪一篇最满意,我真个说不出来,只好老实说没有满意的。"田汉的《创作经验谈》上来就说:"很惭愧的,我在过去十多年间虽也曾写过一些东西,但因为那些都不大成'东西',所以似乎我也没有什么经验好说,我过去从来也不大说这方面的话。"郑伯奇、鲁彦、洪深都声明自己创作成绩不行,不够谈"创作经验"。郑伯奇《即兴主义的与即物主义的》开篇则道:"老实说,创作经验这样的题目,我是没有资格来写的。"理由是"我自己对于工作太不努力了,至少,自己不能不承认,我是太没有成绩了"。鲁彦《关于我的创作》说到自己不敢谈"创作经验","一则我的创作少,经验不多,二则觉得这些经验写了出来,在高明的创作家看了未免浅薄,在开始创作的人看了恐怕得到坏的影响。"洪深也要先声明"我在文艺方面,成绩非常地不行;而我的创作经验,实没有什么可以说的"(洪深《我的经验》),然后才开谈正题。柳亚子先生在我们心目算是学问修养很好了吧,他在《我对于创作旧诗和新诗的感想》中却说:"行年四十有七的我,对于新旧学问,都没有根底;所谓创作,不过胡诌而已,有什么感想好讲呢?"茅盾先生尽管在长篇小说方面已经有数部作品问世,可他仍然自谦道:"虽则朋友们对于我的期望是写小说,而我在五年来亦已胡乱写成了一百万字的小说,可是这些作品当真有点意思吗?"(茅盾《我的回顾》)

"五四"时期成长起来的作家之所以有这样一种自谦的风范,一方面是出于他们态度的审慎,知道创作的"深浅"何在;另一方面是他们对文学创作、对别人的创作、对现实生活怀有一种尊重和敬畏之情。丁玲说:"我对我的作品,从来不爱好。我常常惊诧有些作家的自信和自骄。"(丁玲《我的创作生活》)说明她对过分自信和自骄持有怀疑的态度。叶圣陶则引用自己的"旧话"对生活永远比文学作品更生动、更丰富这个常识做了诠释,这些话引自他本人的《战时琐记》:"你说作宣传文字么,士兵本身的行为的宣传力量比文字强千万倍呢;你说制作什么文艺品,表现抗战精神么,中国却是一种书卖到一万本就算销数很了不得的国家。在这一点上,我以为执笔的人应该没落。"而冰心则对"后生可畏"作了生动表达,她这样比喻自己和同时期的作家:"从头看看十年来自己的创作和十年来国内的文坛,我微微的起了感慨。我觉得我如同一个卖花的老者,挑着早春的淡弱的花朵,歇担在中途。在我喘息挥汗之顷,我看见许多少年精壮的园丁,满挑着鲜艳的花,葱绿的草,和红熟的果儿,从我面前如飞的过去。我看着只有惊讶,只有艳羡,只有悲哀。"(冰心《小说集自序》)而时下我们见到许多"老"、"少"作家们互相争吵,互不相让,双方实在都应该读读前辈大家们的这些文字。

朱自清先生是我们都十分敬仰的作家和学者,他在创作和学术研究上的成就无可质疑,但我从《朱自清选集》中读到他的《〈背影〉序》,其中的一段让人觉得未免过分自谦的文字不妨在这里完整抄录。这样的"过分"怕是一般的创作者很难做到的:

"我是大时代中一名小卒,是个平凡不过的人。才力的单薄是不用说的,所以一向写不出什么好东西。我写过诗,写过小说,写过散文。二十五岁以前,喜欢写诗;近几年诗情枯竭,搁笔已久。前年一个朋友看了我偶然写下的《战争》,说我不能做抒情诗,只能做史诗;这其实就是说我不能做诗。我自己也有些觉得如此,便越发懒怠起来。短篇小说是写过两篇。现在翻出来看,《笑的历史》只是庸俗主义的东西,材料的拥挤,像一个大肚皮的掌柜;《别》的用字造句,那样扭扭捏捏的,像半身不遂的病人,读着真怪不好受的。我觉得小说非常地难写;不用说长篇,就是短篇,那种经济的,严密的结构,我一辈子也学不来!我不知道怎样处置我的材料,使它们各得其所。至于戏剧,我更是始终不敢染指。我所写的大抵还是散文多。"

想到鲁迅在各种序言里对自己小说、散文、杂文的自谦评价,看一看与他同时代的作家们表现出同样的风范,让人深感"五四"是多么了不起的一个时代。这些自谦与自醒并没有多少微言大义,但那一种"集体认知"让人感慨良多。其实,无论旧学的功底、西学的修养,还是创作的才华、生活的积累,今人未必能和他们相比,但那一代作家、学者却总是强调自己的不足多,指责别人的少,一种难得的对创作、对艺术、对生活的敬畏之情溢于言表。我们常常不吝"大词"地表达对"五四"精神的向往,但任何一个时代的伟大精神,都应在一些微小的细节中表现出来,让人真切地感知。"五四"作家们的自谦姿态,就映照着这个时代的精神风貌。

(原载 2008 年 10 月 30 日《文艺报》)

文体兴衰之叹

鲁迅使用过的"金不换"笔

许多人会费解，为什么今天的长篇小说热度远胜于短篇，浮躁时代不是更应该把文章写短吗，不是更符合"文化快餐"这个说辞吗？还有，为什么诗人的影响力和社会知名度整体上不及小说家？于是，值得对文学文体的流变进行思考。

文体的流变显然是有线索可循的——思想的复杂、感情的丰富，迫使文体不断被突破。最突出的例证是中国的诗歌流变，从《诗经》的四言到汉诗的五言，再到唐朝的七言为多，直至宋词的出现，文体流变表现为一个不断扩充的过程。元代戏曲、明清小说，从外部进一步证明文体的"扩容"势不可当，而与此同时，绝句、律诗则逐渐退化到"闲笔"的境地。这说明了文体的流变和人类文明发展，和人们表达感情的丰沛程度是同时进步的。

然而，一种文体的兴衰，受文人的追捧或淡化，被读者热衷或冷落，涉及更多因素，外部环境力量甚至更直接地影响、左右、决定着这种起落。社会需求迫使文化人必须去适应、去追随，这是跟写作的功利性密切相关的，潜藏着"务实"的、"非文学"的动力，也可以说是时代风潮影响的结果。二十世纪八十年代，文学火热，中短篇小说掀起热潮，很多小说家都热衷于此，那是个观念日新月异、不断突破的年代,中短篇表达思想、传递观念更迅速、更直接。长篇小说之类的"黄钟大吕""扛鼎之作"何时能出现,成了很多文学人的担忧。时间过了不到三十年,世情大变,长篇小说已经不再是需要呼吁的文体,它在各方面的待遇都远远超过了中短篇。长篇写作也已经不再是一个作家在长期的中短篇创作积淀后的尝试,而成了很多年轻作家的处女作。人们又开始担忧,最能体现作家艺术风格和特色的中短篇为什么寥落了?这显然和市场、发行量、改编机会有关。一部作品靠作者知名度销售,远不及靠题材、靠书名更能抓人眼球。市场这个冷冰冰的东西已经推动起一股热潮,裹挟着文体的兴衰。

近日重读鲁迅的《中国小说的历史的变迁》,找到了更为久远的证据——文体的兴衰想来是一个很不文学的问题。谈到唐代传奇小说的兴盛,鲁迅认为,这其实与那时的"社会需求",说彻底了是与士子、文人、"知识青年"的生存需要密切相关的。唐时,举子们进京赶考,需要将自己写的诗抄成卷子,拜名人鉴定,如果能得到"文化名人"的赞赏,则"声价十倍",及第希望大增。但开元年后,诗歌被人厌倦,应该是名人们也看烦了吧,诗歌不招人待见,有人就抄小说呈上,结果反而暴得名声,于是鲁迅说:"所以从前不满意小说的,到此时也多做起小说来,因之传奇小说,就盛极一时了。"

今天是市场,唐时是及第,它们都关乎生存和现实前程,对个体有着重要的影响。所以,文学的健康发展并非靠作家、评论家呼吁就能实现。

我又想起了文学批评,为什么充满感性、精短的文学批评文章难成气候?为什么大家诟病、批评家们自己也都厌倦的长篇大论、冗繁沉闷、掉书袋、无个性、无温度的"学术论文"大行其道?因为批评家大都需要通过学术鉴定,评职称、过选题、获资助有硬性要求:选题必须宏观,字数不能少于三千,发表文章要求级别,开篇要罗列关键词,要写出内容提要,引文必须规范足量,必须列出参考书目,等等,此中要素缺一不可。我曾经在一所地方院校上学,我的一位老师在《读书》杂志发表了好几篇关于"红学"的文章。二十世纪八十年代的《读书》,在读书人心目中是一个高不可攀的文化重镇,但老师说评职称时这些文章不能算数,因为《读书》不算学术刊物,不在序列当中,不可能加分。我听了以后颇为震惊,更下定决心,绝不要进入如此"考评"系列。文学批评现状要从总体上改变,这样的考评体系不打破很难实现,其消极影响堪比"红包批评""人情批评"——后者大多是赤裸裸的,一上来就暴露标识,是除了文章作者和评论对象外无人认真对待的,前者却大多正襟危坐,一副满腹经纶、学富五车的样子。

文体流变有规律,其推手却很复杂,需要我们准确把握动力源和方向感,梳理其中的关系。然而面对许多难以左右的因素,总免不了一声叹息。但愿在喧嚣的社会环境中,文学依然能够循着自己的方向前行。

(原载2015年5月15日《光明日报》)

编选"鲁迅箴言"的起因

一九三八年版《鲁迅全集》

动手编一册关于鲁迅言论的书，这一想法由来已久。十多年前，我开始收集有关"鲁迅语录"的书籍。这类书又以"文革"时期印制的最多。说是印制而非出版，是因为其中大部分书并无正式出版单位，多是当时的大中学校学生小组、工厂里以车间为基础的工人小组甚至红卫兵组织以自己的名义编辑印制的，发行范围已不可考，但"语录体"的状况却是差不多的。翻阅这些书的过程中产生了诸多自己无法解释的问题：为什么中国作家里只有鲁迅可以"语录"？为什么鲁迅语录可以按照任何时代的政治要求、文化氛围来编辑？更深入的问题是：为什么同样一句鲁迅的话，或一个文章片段，可以在不同的条目下放置，从而看上去并不完全"牵强附会"？这绝不纯粹是一个文学问题，甚至也不是一个政治问题，在极致层面上，这是一个语言学问题。这是不是意味着，鲁迅的话语具有"超级不稳定"结构，或极具模糊性、流动性的特点？我们能不能从语言学、符号学、阐释学的角度去研究这些问题，或许可以对鲁迅的语言、文体和表达风格做一次学理上的分析与研究？我所指的是，在我看到的"鲁迅语录"里，大家都可以按照"阶级与阶级斗争""打倒孔家店""反对资产阶级""反抗帝国主义"等条目，去鲁迅杂文里找到对应的句子或片段。这些语言仿佛并非条目所指，又仿佛确实与此相关。我想就这一点而言，中国现代文学史上恐怕找不出第二个作家来了。现代以来，中国文学的表达方式大多直指主题，具有极高的确定性，一句评论时事的话，一种评论社会现象的表达，如果那时事已经消失，那现象也成为旧事逸闻不复存在，与之相关的文字也就失去了效用，扩散的幅度随之增减。鲁迅却是个例外。

但这绝不是一个人可以一时就能解决的学术问题，我只是想到了这个问题，却深知自己无力面对。最后，这些想法就逐渐减化成为编一本自己挑选、自己分类的"鲁迅语录"。因为即使加上"文革"后编辑出版的同类书籍，我以为我们面对鲁迅名言时往往有一种选择上的趋同，这就是，我们仍然按照鲁迅评论社会、历史的态度寻找其中的"硬性"话语，而忽略了他同时是一位文学家。他的许多论断是针对文艺问题的，他还有很多关于生活、关于个人、关于人生的议论不但有妙趣，而且惹人思。他的言论应该在更大范围、更全面的领域里被人认识。

范围还不是最重要的，理解鲁迅一段话真实、完整的意思，必须要阅读他的全文，而理解他某一篇文章的意旨，又应当对他整个的思想有所认识。但同时，鲁迅文章的复杂性是分层面的，即使你不能理解他的深刻用意，却并不妨碍你欣赏他的美文。你摘出来的鲁迅名言也许有——通常一定有——比文字层面更深刻更复杂的内涵，但即使就按照你所理解的那样去引用，大多数时候又仍然是有效的。这真是个奇妙的现象。

我们对鲁迅的误读，常常是发生在两点上：认为鲁迅的"曲笔"是难懂的；认为鲁迅的批判就是刻毒的骂人和一个也不宽恕的回骂。然而事实并非如此。于是我觉得有必要按照自己的理解来编一本鲁迅语录。

由于鲁迅是专注于解剖国民性的，所以在他笔下，不管是小说里的灰色人物，杂文里的学者名流，其实都不只是他个人和他那一阶级的代表，他们都具有"国民性"的通病和共同特征。这就在很大程度上扩大了他文章的意旨。他讨论任何问题，哪怕是一封给朋友的书信里探讨一本书的编辑问题，也常常会发出题旨以外的感慨，所以收集鲁迅名言不能只到他的名篇里去找，而要寻找"日记"之外的所有文字。这就是一个伟大作家的力量，这就是鲁迅文字的魔力。因此，既然自己反复阅读了这些文章，或有必要为读者做一点总括性的事情。

编辑此书的过程中，我再次阅读了鲁迅所有的文章。我深知，尽管如此，自己的编辑也是很难到位的，我自己做了一个小小的试验,将自己认为属于"鲁迅名言"的文字画出来,将画线部分全部摘录完毕后,再回过头来挑读他的文章,发现,那些未曾画线的部分里仍然有大量精彩的论断。但既然是语录,总会有取舍。我就硬着头皮把本书编成了。它们绝不能说代表了鲁迅言论的精彩,更不能说集中了鲁迅思想的精华。他们永远是不周全的。理解鲁迅,唯一的办法是阅读《鲁迅全集》,而且是一遍又一遍地进行。

这是不是有点神化鲁迅?为了避免这样的误会,我尽量在编辑条目上力图清晰。本书的分类共十五种。其中既有对中国国民性的剖析、中国文化的批判,也有对文学艺术、中国新文学的分析,既有对文学批评、文学翻译的态度,也有对自己作品的自谦或辩护,既有对青年、对同时代人的思考,也有对中国社会情状、对人生的理解。选择和分类时,首先注意捡摘句子时的把握,每论需尽量寻找那些具有"超越性"的话语,即虽然鲁迅论述的是一时一事,但话语却可指涉更广大范围。比如对同时代人的评说,鲁迅文章里涉及到的人名太多了,我所取的,是当他评说某一人时,也指向了对某一类、某一阶层人的态度,比如他关于陈独秀、胡适、刘半农三位人物韬略的比较就非常有趣而典型。其次,在分类上难免勉强,因为正如前述所谈,鲁迅的话语具有不确定、不稳定的特点,具有模糊性、流动性的色彩,谈国民性时也是谈美学问题,谈艺术时也涉及民族特性,谈青年也是谈人生,谈人生又何尝不是谈艺术。我在分类选择时,重点是看文章整体的用意和主题,文字里直接的取向和针对性。第三,所选的话语尽量保证原文的完整性,既要保证"名言"之精彩、精练,又不要随意断章取义,尽量从句号后面开始摘录,一直到以句号为"休止符"。但也有时不能完全做到,有时就在逗号处开始或结束。有时是我自己在结尾处将原文的逗号改为句号,这也是没办法的事,不过这样的情况尽量少之又少。

本书的目标不是想编一本可以省略阅读《鲁迅全集》的工具书,真正的目的,或许倒是引起读者阅读鲁迅文章的兴趣,借这些片段摘录而去查到鲁迅原文去整体阅读。对今天的读者来说,这样的用意是否恰切,能否达到那样的目的是不敢断定的,也因此,我也希望,即使就本书内容而言,也可以帮助读者加深对鲁迅、对鲁迅所评说的人与事的认识。

我以此冒险的工作,来表达对一位中国现代的伟大作家的致敬,也希望读者能从中理解和了解到他的伟大,激发起对中国、中国文化、中国文学的探索热情,引发出更多关于人生世事的思索和理解。编者所愿若能实现十分之一二,则亦为幸事。

(《鲁迅箴言新编》,阎晶明选编,三联书店生活书店出版有限公司 2017 年 3 月出版)

(原载 2017 年 3 月 15 日《中华读书报》,题《识箴言更须读全集》)

为什么说演讲不是激昂煽情

鲁迅风雨操场演讲图(局部)

非常感谢生活书店，他们有兴趣重新出版我在十五年前编辑而成的《鲁迅演讲集》。这本书十多年前由漓江出版社出版后，常常能听到一些朋友和读者的反应，大家多由这些演讲文字中获得鲁迅在文章之外表达的思想。鲁迅并非专业的演说家，他甚至并不喜好到处去演说，他的数十次演讲所产生的影响，和我们今天通常所认为的"演讲效果"远不是一回事。也正是因此，在今天这样一个演讲越来越成为某种"专业"和"职业"的时代，面对那些愈演愈烈的空洞的、表演式的演讲，我常常会遥想起鲁迅的演讲，而且认为非常有必要在今天重新认识其独特魅力，并引发对演讲本身的思考和探讨。在此书重印之际，我很愿意将自己几年前写成的一篇短文《从鲁迅谈讲演魅力》的大部分片段置于书前，代为编选者的前言。

……

鲁迅是演说家，他有证可考的讲演达六十六次之多。鲁迅本人并不喜欢到处讲演，"人家在开会，我决不自己去演说。""我曾经能讲书，却不善于讲演。"（《海上通讯》）他的讲演大多是因为无法拒绝邀请者的"坚邀"而不得已为之。鲁迅讲话带着浓重的绍兴口音，语调也不高亢，他的话并不能为所有的听者全部听懂。然而无论在北京、厦门，还是广州、上海,凡鲁迅讲演的时候,听者的热情都格外高涨,目睹鲁迅风采是很多人前往聆听的主要原因。一九二九年五月,鲁迅自上海回到北京探亲,期间他曾应邀到北大等大学讲演。据当时报载,在北大讲演时,"距讲演尚差一小时,北大第二院大礼堂已人满为患。"主办方只能改至第三院大礼堂,听者于是蜂拥而至,最终"已积至一千余人"。一九三二年十一月,鲁迅再次回到北京,在北师大讲演时,由于听众太多,不得不改到露天操场进行,听众达到两千余人,场面十分壮观。

鲁迅的讲演常常是到了现场才道出主题,他的讲演在并不展现"技巧"、显示"口才"的情形下,却令那么多的热血青年为之激动,靠的是什么呢?我们自然可以总结出很多,深刻的思想,讲真话的要求,直面现实的胆魄,等等。这些都毫无疑问是构成鲁迅讲演魅力的根本原因。但就站在"学者、作家及其讲演"这个话题上讲,我以为鲁迅讲演还有另一个非常重要的启示,就是讲演的真正魅力不在于现场的绘声绘色的表演,不在于滔滔不绝的"妙语连珠",而在于讲演者在讲演背后作为作家的创作和作为学者的研究是否真正可以为其"立言"。讲演在很大程度上其实是"靠文章说话"。

我们说鲁迅是演说家,但上述那种讲演盛况对他而言并不是从来就有。一九一二年五月,鲁迅进京在教育部社会教育司任职,刚刚履职的第二个月,教育部为普及社会教育而举办"夏期讲演会",邀请中外学者就政治、哲学、佛教、经济、文化等作讲演,鲁迅被聘讲演《美术略论》。根据鲁迅日记记述,他总共去了五回,讲了四次,讲演的情形却并不令人乐观。六月二十一日第一讲,"听者约三十人,中途退去者五六人。"二十八日作第二讲,日记没有记载听讲情形;但第三次,即七月五日,鲁迅冒着大雨"赴讲演会","讲员均乞假,听者亦无一人,遂返。"十日,"听者约二十余人。"最后一次即当月十七日,也是雨天赶去讲演,"初止一人,终乃得十人,是日讲毕。"五次赶场,听者总人次居然不过百,情形之冷淡可想而知。原因自然很多,但有一点恐怕是必然的,那时的鲁迅还只是初来乍到的"公务员",以学者的身份前去讲演,号召力显然不足。到二三十年代,已经名满天下的鲁迅再去讲演,盛况之壮观每每令人惊讶。在所有的原因当中,我最想说的,是鲁迅靠的是文章立言,没有他在小说、散文、杂文方面的创作,没有他在小说史上的研究,没有他在文学翻译方面的成果,讲演又何能谈得到令人期待?我们今天的很多演说家,越来越走"专业讲演"的路径,学问没有根本，研究难得钻研，创作上未必有什么成就，却忙着上电视、进礼堂，侃侃而谈，不亦乐乎。最终让人看破真相甚至令人厌倦，实在不是什么奇怪的事。夸张的姿态，油滑的腔调，故作的高深，随意的解说，这一切的背后，都是在回避一个作家、学者立身的根本，遮蔽学术讲演立言的根基。

演讲的号召力不是或未必是言说本身，演讲的魅力来自更为深沉的、丰富的底蕴。林曦先生曾这样描述他听鲁迅演讲时的感受，我以为他的描述特别能表达我自感难以言尽的观点："鲁迅先生的讲演态度中，是决找不到一点手比脚画的煽动和激昂的。他的低弱的绍兴口音，平静而清明，不急促，不故作高昂，却夹带着幽默，充盈着力量，像冬天的不紧不慢的哨子风，刮得那么透彻，挑动了每根心弦上的爱憎，使蛰伏的虫豸们更觉无地自容。"（林曦《鲁迅在群众中》）

演讲者的信心来自讲坛之外的地方。

（《鲁迅演讲集》，阎晶明选编，三联书店生活书店出版有限公司2017年3月出版）

图书在版编目（CIP）数据

鲁迅还在 / 阎晶明著. — 南京：江苏凤凰文艺出版社，2017.8
 ISBN 978-7-5594-0342-1

Ⅰ.①鲁… Ⅱ.①阎… Ⅲ.①随笔－作品集－中国－当代 Ⅳ.①I267.1

中国版本图书馆 CIP 数据核字(2017)第 095886 号

书　　名	鲁迅还在
著　　者	阎晶明
责任编辑	李　黎
出版发行	江苏凤凰文艺出版社
出版社地址	南京市中央路 165 号，邮编：210009
出版社网址	http://www.jswenyi.com
印　　刷	江苏凤凰新华印务集团有限公司
开　　本	880×1230 毫米 1/32
印　　张	11.75
字　　数	175 千字
版　　次	2017 年 8 月第 1 版　2020 年 7 月第 3 次印刷
标准书号	ISBN 978-7-5594-0342-1
定　　价	48.00 元

（江苏凤凰文艺版图书凡印刷、装订错误可随时向承印厂调换）